L'imprudence d'Isabella

DE LA MÊME AUTRICE AUX ÉDITIONS J'AI LU

La voleuse de Whitechapel
Le dilemme de lord Hargrave

Sortilèges amoureux

1 – *Les aventures de Charlotte*
2 – *Les petits secrets de Letitia*
3 – *L'honneur d'Eleanor*

Les cousins Garland

1 – *Le stratagème de Primrose*
2 – *Insaisissable Violet*

EMILY

LARKIN

L'imprudence d'Isabella

Traduit de l'anglais (Nouvelle-Zélande)
par Catherine Berthet

J'AI LU

POUR elle

Si vous souhaitez être informée en avant-première
de nos parutions et tout savoir sur vos autrices préférées,
retrouvez-nous ici :

www.jailu.com

Abonnez-vous à notre newsletter
et rejoignez-nous sur Facebook !

Titre original
LADY ISABELLA'S OGRE

Éditeur original
Published in agreement with the author,
c/o BAROR INTERNATIONAL, INC., Armonk, New York, USA

1

— Ceci est un établissement respectable. Ce n'est pas un endroit pour les gens comme vous.

Lady Isabella Knox, sœur du duc de Middlebury, s'apprêtait à retirer ses gants. Elle interrompit son geste et baissa les yeux sur son chien. Rufus leva la tête, posa sur elle ses yeux vairons et agita la queue, balayant la boue accrochée à la jupe de son costume de voyage.

— Je vous en supplie, ne me chassez pas.

La voix appartenait à une jeune fille éplorée, et visiblement bien éduquée.

— Vous n'avez qu'à aller au *Hogshead*, répliqua froidement Mme Botham, l'aubergiste.

— Oh, je vous en prie...

La phrase s'éteignit dans un sanglot.

Isabella retira son gant de chevreau, un doigt après l'autre. Elle jeta un coup d'œil à la porte entrouverte donnant dans la salle principale de l'auberge, puis à l'escalier en haut duquel l'attendait un confortable salon privé. « La curiosité est un vilain défaut », songea-t-elle.

Elle entendit alors des pas précipités derrière elle. C'étaient ceux de Partridge, sa femme de chambre.

— De l'air froid, marmonna Partridge en refermant l'ombrelle avec un claquement sec. De la boue, des flaques, et des paysans qui nous dévisagent les yeux écarquillés...

Isabella leva un doigt devant elle.

— Taisez-vous un instant, Partridge.

— Je vous en supplie…

La voix ressemblait tellement à celle de sa nièce, Felicity, qu'Isabella prit sa décision. Elle se dirigea vers la salle de l'auberge. Rufus la suivit, ses griffes cliquetant sur les dalles de pierre.

— Il ne manquerait plus que je vous laisse vous installer ici, alors que lady Isabella est dans la maison…

Isabella posa la main sur la porte, et le battant s'ouvrit. Elle balaya la salle du regard. Le plafond bas aux poutres apparentes, la large cheminée, l'aubergiste avec son tablier blanc amidonné et son bonnet de veuve. Et la jeune fille, avec son joli visage strié de larmes, une valise posée à ses pieds.

L'aubergiste se redressa fièrement, puis d'un air obséquieux fit une profonde révérence.

— Lady Isabella.

— Madame Botham.

Isabella observa la jeune fille. Oui, elle ressemblait en tout point à Felicity. Mince et délicate, les cheveux bruns, elle semblait à peine sortie de l'école.

— J'ai entendu malgré moi. Je vous en prie, ne jetez pas cette enfant à la rue à cause de moi.

L'aubergiste se releva. Elle avait des joues rondes et colorées, une expression vertueuse.

— Le *Hogshead* lui conviendra très bien.

Isabella détailla la tenue de la jeune fille. La pelisse verte, le chapeau de paille garni de rubans, la robe de mousseline. Le tout bien coupé et de bonne qualité.

— Vous croyez ?

Elle s'exprimait d'une voix douce, mais le visage de Mme Botham s'enflamma. La jeune fille fit la révérence.

— Madame, je vous en prie. Je ne souhaite pas me rendre au *Hogshead*.

Il n'y avait rien d'ordinaire dans la voix et les manières de cette jeune fille.

— Je vous comprends. Où est votre femme de chambre ?

— Je n'en ai pas, madame, répondit-elle en rougissant.

— Je tiens un établissement respectable..., commença Mme Botham.

— Justement, interrompit Isabella en retirant son deuxième gant. C'est pourquoi cette enfant doit rester ici.

La jeune fille lui lança un regard empreint de reconnaissance.

— Malheureusement, je n'ai pas de chambre convenable, Madame, déclara l'aubergiste avec un sourire aussi poli qu'hypocrite.

— J'ai du mal à le croire, rétorqua Isabella qui sentait la moutarde lui monter au nez.

— Du moins, je n'ai rien qui convienne à cette jeune personne.

La fille rougit violemment.

— Je n'ai pas les moyens de payer une chambre, chuchota-t-elle. J'espérais... pouvoir dormir avec les domestiques, mais...

— Vous n'avez ni argent ni servante ? dit Isabella en la dévisageant. Vous êtes dans une situation fâcheuse, n'est-ce pas, ma chère enfant ?

Des larmes apparurent dans les yeux de la jeune inconnue.

— Vous partagerez la chambre de ma servante, déclara Isabella.

Partridge eut un reniflement indigné, mais elle l'ignora.

L'aubergiste prit une inspiration, gonflant son corsage amidonné.

— Je ne veux pas d'une fille perdue sous mon toit !

— Je ne suis pas une fille perdue, madame ! Non, pas du tout !

Qu'elle soit perdue ou non, quelle importance ? Cette fille était très jeune, et avait visiblement besoin d'être secourue.

— Faites porter un lit de camp dans la chambre de ma servante, ordonna Isabella d'un ton sec. Et des rafraîchissements dans mon salon.

Elle plia ses gants, attendant les protestations de l'aubergiste. Mme Botham inspira de nouveau, sa poitrine se souleva sous son tablier, mais elle ne dit mot.

— Venez, ma chère.

Isabella tendit la main en souriant gentiment.

— Et ma valise ?

— Une servante la montera dans la chambre. N'est-ce pas, madame Botham ?

L'aubergiste hocha la tête avec un sourire crispé.

La jeune fille prit la main d'Isabella.

— Allons prendre le thé, déclara celle-ci alors qu'elles sortaient de la salle, Rufus sur les talons.

Ignorant le silence désapprobateur de Partridge, Isabella poursuivit :

— Quel est votre nom, mon enfant ?

— Je m'appelle Harriet, répondit-elle alors qu'elles montaient l'escalier. Harriet Durham.

*

* *

— Dites-moi, ma chère... Comment se fait-il que vous vous retrouviez dans un tel pétrin ?

Les joues de Harriet se colorèrent, et elle baissa les yeux.

— Je me suis enfuie.

— Enfuie ?

Isabella prit une gorgée de thé et dévisagea la jeune fille. Celle-ci avait de doux yeux bruns, des cheveux bruns, et l'air timide. Pas le moindre signe d'effronterie. Quand ses yeux se posaient sur Rufus, elle semblait sur ses gardes. Ce n'était pas du tout le genre de fille à commettre une fugue...

— Vous fuyez vos parents ?

— Mes parents sont morts, répondit-elle en levant les yeux de sa tasse. Je vis avec mon grand-père.

— Est-ce lui que vous fuyez ?

— Oui, dit-elle en frémissant. Lui, et le major Reynolds.

— Le major Reynolds ? Qui est-ce ?

Les yeux de Harriet s'emplirent de larmes.

— Celui que je dois épouser.

— Vous ne souhaitez pas ce mariage ?

La jeune fille frémit de nouveau en secouant la tête.

— Non.

Isabella posa sa tasse sur la petite table en merisier à côté d'elle. Le bois était brillant, et il régnait dans le salon une agréable odeur de cire d'abeille. L'établissement de Mme Botham était extrêmement propre... et respectable.

— Avez-vous dit à votre grand-père que vous ne souhaitiez pas épouser le major Reynolds ?

Harriet acquiesça.

— Il m'a dit que j'étais idiote. Il s'est mis à crier, et...

Elle prit son mouchoir. Le minuscule carré de dentelle était trempé de larmes.

Isabella avala une gorgée de thé, tandis que Harriet s'essuyait les yeux.

— Quel âge avez-vous, ma chère ? demanda-t-elle quand la jeune fille se fut ressaisie.

— Dix-sept ans.

L'âge de Felicity. Trop jeune pour être livrée à elle-même.

— Où allez-vous ?

— Chez ma tante Lavinia, répondit Harriet avec un sourire tremblotant. Mais je ne savais pas que le voyage était aussi long, et qu'une nuit dans une chambre d'auberge coûtait aussi cher.

Isabella posa la tasse sur sa soucoupe, et se pencha pour caresser Rufus. Le chien ouvrit les yeux – un brun et un bleu – et sa queue battit le sol.

— Où habite votre tante ?

— À Penrith. Dans le Lake District.

Isabella se rembrunit.

— Ma chère enfant, savez-vous que c'est très loin ?

— Très loin d'ici ? demanda Harriet en chiffonnant le mouchoir.

Isabella vit les larmes dans ses yeux et décida de ne pas répondre à cette question.

— Est-ce que votre tante vous attend ?

Harriet secoua la tête.

— Mais vous êtes sûre qu'elle vous ouvrira sa porte ?

— Oh, oui. Elle a dit que je serais toujours la bienvenue chez elle, mais... mais mon grand-père m'interdisait de prononcer son nom, ou de lui écrire, ou... ou...

— Comme c'est mystérieux ! dit Isabella d'un ton léger, dans l'espoir d'éviter un nouvel accès de larmes. Qu'a-t-elle fait pour mériter une telle colère ?

— Elle a épousé M. Mortlock. Grand-père trouvait qu'il n'était pas assez bien pour elle... Tante Lavinia lui a dit qu'il était un tyran, et elle a quand même épousé M. Mortlock !

L'admiration de la jeune fille était évidente.

— Mais M. Mortlock est mort. Grand-père a dit que c'était bien fait pour elle, et maintenant elle vit seule.

— Quand cela s'est-il passé ?

— Quand j'étais enfant.

Harriet était toujours une enfant. Trop jeune pour être mariée de force, et pour traverser l'Angleterre toute seule. Isabella regarda par la fenêtre les toits de Stony Stratford dans le crépuscule, et prit sa décision. *Je ne me mêle pas de ce qui ne me regarde pas. Je l'aide simplement à suivre la route qu'elle a choisie.*

— Je vous emmène chez moi, à Londres, déclara-t-elle. Et ensuite...

— À Londres ? Oh, non !

Dans son agitation, Harriet laissa tomber son mouchoir.

Rufus ouvrit de nouveau les yeux en dressant les oreilles. Il souleva la tête et regarda Harriet.

— Pourquoi non, mon enfant ? demanda Isabella en posant la main sur la tête douce et chaude de Rufus.

— Parce que le major Reynolds se trouve à Londres ! s'exclama Harriet, le visage crispé d'angoisse. Si jamais il me trouvait...

— Le major Reynolds ne vous trouvera pas, déclara fermement Isabella. Vous serez chez moi, en sécurité. Une fois que nous aurons reçu la confirmation que votre tante peut vous recevoir... car il se pourrait qu'elle soit en voyage, voyez-vous, alors vous partirez chez elle.

— Mais le major Reynolds...

Isabella la regarda avec une pointe d'amusement.

— Est-ce un tel ogre, mon enfant ?

— Un ogre ? Oh, oui. Oui, c'est un ogre ! s'exclama Harriet avec un frisson de crainte.

— Dans ce cas, je vous promets de vous protéger de cet ogre.

— Il sera très en colère, reprit la jeune fille en ravalant ses larmes. Mon grand-père a annoncé nos fiançailles.

Isabella eut un instant de doute. Si les fiançailles avaient été annoncées dans les journaux, alors le scandale...

Je devrais la ramener chez son grand-père.

Harriet était aussi jeune que Felicity, et elle n'avait pas de parents pour la chérir. *Malgré tout, je devrais...*

Elle baissa les yeux sur Rufus. Celui-ci la regarda et battit le tapis de sa queue, l'air confiant.

— Parlez-moi du major Reynolds, dit Isabella en donnant son mouchoir à Harriet.

— Il est militaire.

Isabella réprima un sourire.

— Oui, ma chère, je m'en doutais. Est-ce un ami de votre grand-père ?

— Oh, non. Grand-père ne l'avait jamais rencontré avant notre arrivée à Londres.

Harriet déplia le mouchoir.

— C'est ma première saison mondaine, vous voyez. Grand-père était tellement content, quand le major Reynolds lui a demandé la permission de me faire la cour.

D'autres larmes apparurent, qu'elle essuya délicatement à l'aide du mouchoir.

— Le major est-il très âgé ? Quel est son caractère ?

— Âgé ? Oh oui, madame. Il est au moins aussi âgé que vous.

Les joues de Harriet se colorèrent, et elle rectifia :

— Je veux dire, beaucoup plus âgé que vous. Il a l'âge qu'aurait mon père s'il était encore en vie.

Elle se mordit les lèvres en fixant le mouchoir qu'elle serrait dans ses mains.

Cela réglait la question, songea Isabella. Elle n'allait pas laisser cette enfant épouser un homme assez vieux pour être son père.

— Quant à son caractère, il semble si... austère, et... et...

— J'ai l'impression que c'est un ogre, dit Isabella d'un ton calme. Je suis sûre qu'il doit être laid, pardessus le marché !

Harriet fut parcourue d'un frisson.

— Son visage est balafré, madame. Et il crie, et...

Isabella haussa les sourcils.

— Le major Reynolds vous a crié dessus ?

— Non, madame, répondit la jeune fille. Mais c'est un militaire : aussi, je sais qu'il le fera.

— Vous connaissez les militaires ?

Harriet fit oui de la tête.

— Ils tapent du pied, ils ont une grosse voix, ils sont toujours en colère, et...

— Votre grand-père est militaire ?

— Oui, madame. Colonel.

Une servante toqua à la porte, entra, et fit une courte révérence. Rufus s'assit, sur le qui-vive.

— Je viens fermer les volets, Madame.

Elles gardèrent le silence pendant que la servante ajoutait des bûches dans le feu, allumait les chandelles et fermait les volets.

— C'est décidé, déclara Isabella quand elle fut ressortie. Vous viendrez à Londres avec moi demain, et vous y resterez jusqu'à ce que votre tante confirme qu'elle peut vous recevoir.

Harriet crispa les doigts sur le mouchoir.

— Et votre époux, madame ? Que dira-t-il ?

— Je n'ai pas de mari. Une cousine veuve habite avec moi à Londres. Elle ne sort pas souvent, et sera heureuse d'avoir votre compagnie.

— Pas de mari ? releva la jeune fille en écarquillant les yeux.

— Non, répondit Isabella en souriant. Je sais que cela peut paraître étrange, mais je trouve plus agréable de vivre sans mari !

*
* *

— Comment va la petite jeune fille ? demanda Isabella un peu plus tard dans la soirée, alors qu'elle se brossait les cheveux devant la coiffeuse.

À peine éclairée par quelques bougies, la chambre était plongée dans la pénombre.

— Elle *dort*.

— Partridge ! s'exclama Isabella en riant. Comment parvenez-vous à exprimer autant de désapprobation en un seul mot ?

Partridge renifla d'un air offensé, mais ne dit rien.

Isabella posa sa brosse. Le manche d'argent scintilla dans la lueur de la bougie.

— Vous pouvez me dire que je me mêle de ce qui ne me regarde pas, Partridge. Vous aurez raison.

Partridge plia les vêtements de voyage en silence.

Isabella se mêlait en effet de ce qui ne la regardait pas. Mais Mme Botham l'avait agacée, avec ses mines indignées.

— Elle me fait penser à Felicity, reprit-elle en caressant le manche argenté du bout du doigt.

Je lui tiendrai lieu de mère pendant quelque temps.

— Nous protégerons sa réputation, en attendant que sa tante la prenne chez elle.

Partridge fit entendre un nouveau reniflement. Isabella se retourna pour la regarder.

— Vous pensez que je devrais la ramener chez son grand-père ? Vous avez raison, ma chère Partridge. Mais je crains qu'il ne l'ait déjà reniée.

Partridge ne répondit pas.

Isabella se retourna vers le miroir et reprit sa brosse. Une mèche de cheveux s'accrocha dans les crins. Elle la dégagea, puis l'enroula pensivement autour de son doigt. Ses cheveux brillaient comme de l'or dans la lumière douce de la chandelle. Oui, elle prendrait la place de la mère de Harriet pendant quelques jours... Bien que personne ne puisse la considérer comme sa fille. Harriet était brune et petite, alors qu'elle était grande et blonde. Un admirateur l'avait un jour comparée à Déméter, la déesse des Moissons. Il lui avait même écrit un poème. *Pour la déesse des Moissons, à la chevelure blonde comme les blés...*

Isabella étouffa un ricanement. Elle approcha son visage du miroir, mais il faisait trop sombre pour distinguer les fines rides qui encadraient ses yeux. *Et je n'ai que vingt-neuf ans.* Bien trop jeune pour être la mère de Harriet.

— Elle ne restera pas très longtemps avec nous, dit-elle à Partridge. Elle écrira demain à sa tante... ainsi qu'à son grand-père pour lui faire savoir qu'elle est en sécurité, dans une maison respectable.

Harriet devrait aussi écrire au major Reynolds pour lui demander pardon de l'avoir abandonné. Il fallait toujours être polie, même avec les ogres.

Partridge finit par rompre le silence.

— Cette jeune fille n'est pas l'un de vos chiens perdus, Mademoiselle. J'espère que vous ne regretterez pas ce que vous faites.

« Moi aussi », songea Isabella en se regardant dans le miroir.

— C'est ridicule, Partridge. Qu'est-ce qui pourrait tourner mal dans cette histoire ? Personne ne saura jamais ce que j'ai fait, répondit-elle avec un petit rire.

2

Le major Nicholas Reynolds, qui avait appartenu à la brigade des fusiliers britanniques, contempla son bureau sur lequel étaient disposés les documents nettement empilés, le gros encrier, les plumes bien taillées, et le coupe-papier qu'il avait ramené d'Espagne.

— Non, dit-il.

— Mais, monsieur…

Nicholas soupira. Il posa sa plume et repoussa la lettre qu'il était en train d'écrire.

— Que t'ai-je dit, la dernière fois ?

— Que vous ne paieriez plus mes dettes, répondit son neveu d'un air boudeur en évitant son regard.

— Précisément. Et je tiens toujours parole, Harry.

Il parlait d'un ton sobre, mais son neveu s'empourpra violemment.

Nicholas soupira de nouveau et se massa le front.

— Ton père a-t-il refusé de te faire une avance sur ta pension ?

— Je ne le lui ai pas demandé, répondit Harry d'une voix sourde. Vous savez comment il est. Il crierait comme un poissonnier, et n'en finirait pas de me réprimander.

Nicholas le savait. Il regarda son neveu, de l'autre côté du bureau. Ses cheveux étaient coiffés à la dernière mode, sa veste bleue avait des épaulettes, une taille ajustée, et de larges boutons dorés. Son nœud de cravate était si élaboré qu'il avait dû demander au moins une heure de travail à son valet.

Une créature sortie d'un carton à chapeau. Nicholas n'avait pas de temps à perdre avec une personne aussi frivole. Il y avait des choses plus importantes que le costume, dans la vie.

Mais sous cette tenue extravagante se trouvait un jeune homme dans le pétrin.

Nicholas passa pensivement les doigts sur la cicatrice qui lui barrait la joue. Que faire ? Il prit sa décision.

— Je veux bien t'acheter ton étalon noir. Combien en veux-tu ?

— Quoi ?

Décontenancé, Harry leva les yeux et croisa son regard pour la première fois depuis le début de la conversation.

— Combien coûte cet étalon ?

— Mais... mais j'aime ce cheval !

— Dans ce cas, tu dois apprendre à ne pas vivre au-dessus de tes moyens, répondit doucement Nicholas.

Harry rougit et baissa les yeux.

— Oui, monsieur, bougonna-t-il.

Il retrouva ses bonnes manières et s'inclina en bredouillant des remerciements quand Nicholas lui tendit une liasse de billets. Son oncle le regarda gagner la porte. Quelque part sous ces vêtements extravagants se cachait encore le garçon espiègle qui aimait plus ses chevaux que ses habits.

— Harry, que dirais-tu d'entrer dans l'armée ?

Son neveu s'immobilisa, la main sur la poignée de la porte.

— Monsieur ?

— L'armée, Harry. Cela te plairait ?

Harry cligna des paupières, l'air consterné.

— Je vous remercie, monsieur, mais... c'est-à-dire... je préfère...

Tu préfères être un dandy plutôt qu'un militaire.

— Si jamais tu changes d'avis, fais-le-moi savoir.

Nicholas reprit sa plume, congédiant son neveu. Il ne leva même pas les yeux quand la porte se referma derrière lui.

Une heure plus tard, sa correspondance d'affaires terminée, il scella les lettres. Chez lui, il serait parti faire une promenade à cheval. Mais à Londres, il n'éprouvait aucun plaisir à traverser les rues encombrées et les parcs envahis par une foule soucieuse des convenances. Ici, il n'y avait nulle part où galoper.

À moins de se rendre à Richmond.

Nicholas jeta un coup d'œil vers la fenêtre. Il avait besoin d'un peu d'air frais, loin de la touffeur londonienne. Il repoussa sa chaise.

Un valet toqua et ouvrit la porte.

— Votre courrier, Monsieur.

Nicholas regarda la pile d'invitations sur le plateau d'argent. Encore une chose qu'il détestait à Londres. Tous ces bals et ces réceptions où le but n'était pas de danser mais de déterminer qui, parmi les hommes présents, ferait un époux convenable. L'allure, l'éducation, la fortune… tout était passé au crible. *Comme dans une foire aux bestiaux.*

— Jetez tout cela au feu.

Il avait choisi une fiancée. Le marché du mariage et ses à-côtés ne le concernaient plus.

Le valet se figea.

— Pardon, Monsieur ?

— Donnez-les-moi, dit-il d'un ton résigné en tendant la main. Et envoyez quelqu'un à l'écurie demander que Douro soit prêt dans vingt minutes.

Il consulta rapidement la pile de lettres, jetant de côté les invitations sans même les lire. Il posa à l'écart une lettre du colonel Durham. Et une autre, d'une écriture féminine qu'il ne reconnaissait pas. Il prit le coupe-papier, ouvrit la lettre et la déplia. Le majordome frappa et entra.

— Monsieur ? Lord Reynolds souhaite vous voir.

Nicholas ferma les yeux un instant. Il envisagea brièvement de faire dire à son frère qu'il n'était pas là, puis rouvrit les yeux et posa la missive.

— Faites-le entrer, Frye.

Repoussant sa chaise, il alla vers l'armoire à liqueurs. Il était encore tôt, mais s'il devait parler avec Gérald il avait besoin d'un remontant.

— Nicholas ! J'ai deux mots à te dire.

— Un brandy ? proposa Nicholas en se servant, avant de se tourner vers son frère.

Il avait l'impression de voir son reflet, un peu plus pâle et bouffi. Toutefois, personne ne pouvait le confondre avec Gérald, et pas seulement à cause de sa cicatrice. Les habits de Gérald étaient aussi sophistiqués que les siens étaient simples. Une cravate extravagante nouée sous le menton, un gilet aux broderies exotiques. Des chaînes, des breloques et des épingles en diamants ornaient ses vêtements, et des pompons se balançaient aux revers de ses bottes. Ses cheveux étaient pommadés, et un parfum d'eau de lavande flottait autour de lui. « Paré tel un cochon à la foire au gras », songea Nicholas, qui réprima à grand-peine une grimace de dégoût.

Gérald secoua la tête, les sourcils froncés.

— Tu as donné de l'argent à mon fils !

Nicholas avala une bonne gorgée de brandy, qui lui brûla la gorge.

— Je lui ai racheté son étalon noir.

— Pour rembourser ses dettes !

— J'ai acheté son cheval, répliqua Nicholas en haussant les épaules. Ce qu'il fait de cet argent ne me regarde pas.

— Je lui verse une pension généreuse ! dit son frère avec amertume. Et pourtant, il n'arrive jamais… C'est toi ! s'exclama-t-il en pivotant vers lui. Pourquoi s'adresse-t-il à toi, et pas à moi ?

Parce que tu cries comme un poissonnier. Nicholas haussa de nouveau les épaules.

— Il a de mauvaises fréquentations. Il ferait mieux de se trouver de nouveaux amis.

— Et tu l'encourages en payant ses dettes !

— Gérald..., fit Nicholas en soupirant.

— Je te demande de ne plus donner d'argent à mon fils, dit Gérald avec raideur.

— Je ne lui ai pas donné d'argent. Je lui ai acheté ce satané cheval.

— Et je te demande de ne plus lui mettre d'idées en tête.

— Quelles idées ?

— L'armée.

— Je ne pense pas que ça l'intéresse, remarqua sèchement Nicholas.

Bien que le garçon eût tout intérêt à apprendre qu'il n'y avait pas que les costumes et le jeu dans la vie.

— Je lui interdirai de faire ça !

— Il est majeur, souligna Nicholas. S'il veut entrer dans l'armée, il en a le droit.

— Pas si j'ai mon mot à dire !

Nicholas s'aperçut que ses doigts étaient crispés sur son verre. Il se détendit et avala d'un trait le reste de brandy.

— Très bien. Je ne lui en parlerai plus.

— J'espère bien. Il accorde beaucoup trop d'intérêt à tout ce que tu dis.

— Vraiment ? Je ne m'en étais pas rendu compte.

— Il te considère comme un héros.

L'amertume réapparut dans la voix de Gérald. Nicholas se sentit soudain mal à l'aise. Il se détourna et posa son verre sur la desserte.

— Je te donne ma parole de ne plus jamais lui en parler, dit-il sans regarder son frère.

Mais Gérald insista, avec la ténacité qui lui avait valu le surnom de « Fox-terrier » à Eton.

— Il ne pourrait rien lui arriver de pire que d'entrer dans l'armée.

— Vraiment ? Je connais pourtant de pires sorts, répliqua Nicholas, sarcastique.

Gérald s'empourpra.

— L'armée...

— Un peu de discipline lui ferait le plus grand bien.

— Insinues-tu que mon fils manque de...

— Je n'insinue rien du tout, répondit Nicholas, agacé. Je dis simplement que l'armée lui ferait du bien. Et, ajouta-t-il en levant une main pour empêcher son frère de l'interrompre, tu as ma parole que je n'aborderai plus jamais le sujet avec lui.

— Bien. Il ne faudrait pas que mon fils devienne comme toi !

— Ou comme toi ! répliqua Nicholas, piqué au vif.

Gérald se redressa de toute sa hauteur.

— Que veux-tu dire ?

Je veux dire, mou et indolent comme toi.

— Rien. N'y pense plus.

— Bon sang, Nicholas...

Nicholas soupira et ferma les yeux. Pourquoi finissait-il toujours par se quereller avec Gérald ?

— C'est tout ? demanda-t-il. J'ai des affaires à régler.

Il retourna à son bureau, s'assit et s'empara du coupe-papier. Gérald hésita, puis pivota sur ses talons et gagna la porte.

— Je te verrai ce soir chez Augusta, lança-t-il, avant de faire claquer le battant derrière lui.

Nicholas reposa la lettre. Bon sang. Le bal de Gussie avait lieu ce soir. Il devait y aller.

Il se massa le visage, sentant sous ses doigts la peau hachurée de sa joue. *Pourquoi nous disputons-nous toujours, Gérald et moi ?*

Il connaissait la réponse. Il en avait toujours été ainsi, même lorsqu'ils étaient enfants. Gérald était l'aîné, le vicomte. Pourtant, c'était vers Nicholas que les gens se tournaient quand ils avaient besoin d'aide. Le fait que le propre fils de Gérald en fasse autant n'arrangeait pas leur relation.

Nicholas soupira, et contempla la lettre posée devant lui. Elle était très courte.

Cher monsieur,

C'est avec regret que je vous informe que je ne pourrai pas vous épouser. Je vous prie d'accepter toutes mes excuses.

Harriet Durham

Nicholas se pinça l'arête du nez. Jurant à mi-voix, il se leva et alla se servir un autre verre de brandy. Il le but lentement, posément, puis retourna au bureau et prit la lettre du colonel Durham. Il l'ouvrit d'un mouvement sec.

Le majordome frappa.

— Quoi ? s'exclama Nicholas, renfrogné.

— Le colonel Durham souhaite vous voir, Monsieur.

La mâchoire crispée, Nicholas soupira.

— Faites-le entrer.

— Et votre cheval, Monsieur ?

Nicholas ferma les yeux. Ses tempes étaient douloureuses.

— Il attendra vingt minutes de plus.

— Mais le temps, Monsieur…

Il jeta un coup d'œil à la fenêtre. Une pluie fine s'était mise à tomber. *Bigre.*

— Vingt minutes, répéta-t-il.

S'il n'allait pas faire galoper son cheval, il casserait quelque chose.

Il inspira profondément, gardant à l'esprit l'idée de se rendre à Richmond avec Douro pour le faire galoper. Puis il s'apprêta à faire face au colonel Durham, que Frye faisait entrer dans le bureau.

Le colonel était un homme massif. Malgré ses cheveux gris, il avait une allure de soldat et portait son costume comme un uniforme. Les années ne l'avaient pas épargné. Son visage s'était creusé, marqué par de profonds sillons. Des rides encadraient sa bouche et lui donnaient une expression revêche.

Nicholas s'inclina.

— Je m'apprêtais à lire votre lettre, monsieur.

— Ne prenez pas cette peine, répondit le colonel avec brusquerie. J'espérais pouvoir... mais c'est trop tard, ajouta-t-il avec une grimace de contrariété.

— Un brandy, monsieur ? Sinon, je peux demander à Frye de nous monter une bouteille de bordeaux.

— Un brandy, dit le colonel en dardant sur lui un regard sombre.

Il était embarrassé, songea Nicholas. Embarrassé, et furieux.

Frye se retira, fermant la porte derrière lui. Nicholas se dirigea vers la desserte, servit un grand verre de brandy au colonel, et en prit un plus petit pour lui.

— Asseyez-vous, monsieur, je vous en prie.

Le colonel Durham prit place dans un fauteuil.

— J'ai reçu une lettre de votre petite-fille. Je crois comprendre qu'elle souhaite mettre fin à nos fiançailles.

Nicholas lui donna son verre, puis retourna s'asseoir derrière son bureau. Le colonel avala une gorgée d'alcool en grimaçant.

— Je vous demande pardon pour la conduite de ma petite-fille.

— Pourrais-je parler avec elle, monsieur ?

Le colonel laissa échapper un rire dur.

— Parler avec elle ? Mais bien entendu, si toutefois vous la retrouvez.

— Je vous demande pardon ?

— Cette stupide gamine s'est enfuie !

Nicholas posa son verre sur le bureau avec précaution.

— Enfuie ? Pourquoi ?

— Parce qu'elle ne veut pas vous épouser.

Nicholas contempla son brandy. Il avait un goût amer dans la bouche.

— Si elle me l'avait dit, j'aurais retiré ma demande.

— C'est ridicule ! Je le lui ai dit.

— Elle vous en a parlé ?

Le colonel acquiesça d'un signe de tête.

— Et que lui avez-vous dit ?

— Que son devoir était de vous épouser.

Sentant la colère poindre en lui, Nicholas poussa son verre au milieu du buvard.

— Et ensuite, elle s'est enfuie ?

Le colonel s'empourpra.

— Cette fille me couvre de ridicule !

Non. C'est moi, qui suis ridicule.

— Où est-elle, à présent ?

— Je n'en sais rien, et cela m'est égal. Je m'en lave les mains.

Nicholas prit une gorgée de brandy et reposa son verre. Le colonel Durham était un homme rigide, autoritaire, à l'esprit étroit. Il savait cela avant de demander la main de Harriet. Mais renier une fille aussi jeune était… criminel.

— Elle n'a que dix-sept ans. Vous ne pouvez pas…

— En quoi est-ce que cela vous regarde ?

— Au cas où vous l'auriez oublié, monsieur, c'est à moi qu'elle est fiancée.

Et c'est moi qu'elle fuit.

— Une commère indiscrète l'a prise chez elle. Tenez, fit Durham en prenant un morceau de papier dans sa poche, pour le poser sur le bureau de Nicholas.

Celui-ci déplia deux feuilles de papier. Il s'agissait de deux lettres. Il reconnut l'écriture.

Cher grand-père,

Je suis partie vivre chez ma tante. Je sais qu'il est de mon devoir d'épouser le major Reynolds, mais cela m'est impossible.

Votre petite-fille,

Harriet

— Cette lettre date de quatre jours.

Le colonel Durham sembla mal à l'aise, comme s'il percevait l'accusation sous-jacente.

— J'ai cru qu'il serait facile de la retrouver et de la ramener à la maison.

Et ensuite ?

Nicholas s'abstint de poser la question. La réponse était évidente. Le colonel avait eu l'intention d'intimider Harriet pour l'obliger à accepter ce mariage.

Et je ne l'aurais jamais su.

En proie à une soudaine colère, il lut la deuxième lettre, datée de la veille.

Cher grand-père,

Ne vous faites aucun souci pour ma sécurité. Une généreuse bienfaitrice m'a accueillie sous son toit, en attendant que je puisse aller retrouver ma tante.

Votre petite-fille,

Harriet

— Qui est cette bienfaitrice ?

— Je n'en sais rien. Et ça m'est égal !

— Vous devriez vous en soucier, déclara Nicholas d'un ton de réprimande. Le sort de votre petite-fille se trouve entre ses mains.

Le visage du colonel s'empourpra davantage.

— Sans son intervention, j'aurais déjà récupéré Harriet. L'affaire aurait été réglée en toute discrétion ! Et maintenant...

— Elle peut toujours être réglée discrètement, dit calmement Nicholas en plaquant les mains sur son bureau. Personne n'a besoin de savoir pourquoi les fiançailles ont été rompues.

Le colonel détourna les yeux, l'air gêné.

— Je suis passé à mon club avant de venir... Il se peut que j'aie laissé échapper quelques paroles imprudentes.

Nicholas soupira, les dents serrées. Il savait ce que cela voulait dire. Le colonel Durham avait l'habitude de manifester sa colère. Dès ce soir, tout Londres aurait entendu parler de la fuite de Harriet. *Et parce que vous êtes incapable de vous contrôler, nous serons tous les deux au centre du prochain scandale.*

— Cette gamine idiote ! s'exclama Durham. Si je pouvais lui mettre la main dessus, elle tâterait du fouet !

Nicholas le considéra avec dégoût. *C'est vous qui mériteriez d'être fouetté.*

— J'enverrai un message aux journaux, expliquant que nous ne sommes plus fiancés, dit-il avec froideur.

Il se leva, s'inclina, et conclut :

— Je vous souhaite une bonne journée, monsieur.

Les rides du colonel s'accentuèrent. L'espace d'un instant, il sembla vouloir en dire davantage. Puis il se leva et fit un bref signe de tête.

— Bonne journée.

Nicholas le regarda sortir, en proie à une colère sourde. Puis il reprit les lettres de Harriet.

Je sais qu'il est de mon devoir d'épouser le major Reynolds, mais cela m'est impossible.

Il serra les poings, froissant le papier. À présent, il allait devoir tout recommencer. Les bals, les réceptions, les invitations à danser, les conversations. Il devrait choisir une jeune fille réservée et docile, pour en faire l'épouse qu'il souhaitait. Pendant que la bonne société leur lancerait des regards en coin en se moquant de lui.

Il jeta les lettres de côté, et alla chercher ses gants d'équitation.

3

Isabella parcourut la salle de bal du regard, heureuse de retrouver Londres. Sa gaieté, son effervescence.

— J'adore la saison !

— Oui, répondit sa compagne en fronçant les sourcils.

— Avez-vous mal à la tête, Gussie ?

Augusta Washburne écarquilla les yeux.

— Mal à la tête ? Non, je suis fâchée.

— Fâchée ?

Isabella regarda encore une fois autour d'elle. Le scintillement des tissus luxueux et des bijoux, les lustres illuminés. La salle était bondée, et la musique ne parvenait pas à couvrir les bavardages des invités. Gussie n'avait aucune raison d'être fâchée. Le bal était une réussite.

— C'est à cause de cette affaire avec Nicholas, expliqua Gussie. Tout le monde ne parle que de cela.

— Nicholas ?

À cet instant, lady Faraday fondit sur Gussie.

— C'est merveilleux, cette foule, ma chérie ! On peut à peine circuler !

Elle se tourna vers Isabella, et les trois plumes plantées dans son turban se balancèrent d'avant en arrière. Sa robe rose était pourvue d'un nombre incalculable de volants.

— Isabella, ma chère ! Vous êtes enfin revenue en ville !

— Bonsoir Sarah, comment allez-vous ? répondit poliment Isabella.

Mais lady Faraday s'était déjà retournée vers Gussie, les yeux brillants.

— J'ai entendu ce qu'on dit sur votre cousin. Est-ce vrai ? Sa fiancée s'est enfuie ?

Crispée, Gussie lança un regard en coin à Isabella.

— Oui.

— Votre cousin ? releva Isabella, soudain mal à l'aise.

— Le major Nicholas Reynolds.

— L'ogre ? C'est votre cousin ?

— L'ogre ? répéta lady Faraday en laissant échapper un gloussement.

— L'ogre ? reprit Gussie sur un ton entièrement différent. Qui l'a appelé ainsi ?

Isabella se mordit l'intérieur de la joue. « Idiote », se morigéna-t-elle intérieurement.

— Le major Reynolds est votre cousin ?

Gussie confirma d'un signe de tête.

— Et sa fiancée s'est enfuie ! s'exclama lady Faraday. Dites-moi, Augusta...

C'en était trop pour Isabella, qui l'interrompit :

— Sarah, il me semble que Mme Drummond-Burrell essaie de capter votre attention.

— Vraiment ? Oh, veuillez m'excuser...

Isabella la regarda s'éloigner, ses plumes d'autruche s'agitant au-dessus de la robe de bal rose. Comment lady Faraday pouvait-elle être au courant ? Harriet avait écrit ses lettres la veille.

— Un ogre ! répéta Gussie. Où avez-vous entendu cela ?

— Oh... J'ai reçu beaucoup de visites, répondit vaguement Isabella. Vous savez ce que c'est, quand on vient d'arriver en ville.

Gussie se rembrunit.

— Mais qui a employé ce mot ?

Fortement tentée de mentir, Isabella s'humecta les lèvres et posa les yeux sur son éventail d'ivoire sculpté.

« Ne mens pas, s'enjoignit-elle. Ne commets pas une erreur de plus. »

— Je crois que c'était la personne chez qui Mlle Durham s'est réfugiée.

— Elle n'a pas le droit de dire ça ! s'exclama Gussie d'une voix sifflante.

Je sais.

— Qui est-ce ?

Isabella referma son éventail.

— Aucune des personnes à qui j'ai parlé ne le sait.

« Ce n'est pas un mensonge. Pas vraiment », se dit-elle en lissant ses longs gants sur ses avant-bras.

— J'ignorais que le major Reynolds était votre cousin.

— Mon cousin au deuxième degré. C'est le frère de lord Reynolds.

Isabella sentit son cœur sombrer. Le major appartenait donc à l'aristocratie ?

— Je ne crois pas le connaître.

— Il va venir ce soir, précisa Gussie. Je vous le présenterai.

— Oh... Il ne viendra peut-être pas, si tout le monde parle...

— Nicholas n'est pas un lâche, répliqua Gussie d'un ton ferme.

— Oh, eh bien... j'ai hâte de faire sa connaissance.

*

* *

Nicholas s'arrêta et regarda de l'autre côté de la rue. Des flambeaux illuminaient l'entrée, et les marches du perron étaient couvertes d'un tapis rouge. Maudissant le colonel Durham, il rassembla son courage en pensant aux regards et aux chuchotements qui l'attendaient. Maudit soit cet homme pour son impulsivité, pour ne pas être capable de tenir sa langue, pour avoir laissé libre cours à sa mauvaise humeur dans son club !

La fuite de Harriet devait être connue de tous, à présent.

Je ne suis pas obligé d'assister à ce bal. Je peux encore faire demi-tour.

Une vague de colère suivit aussitôt cette pensée. Il était habitué aux regards curieux qu'attirait sa cicatrice. Ces commères pouvaient aller au diable, elles ne le feraient pas reculer !

Nicholas traversa la rue et gravit les marches. Après avoir donné son chapeau à un valet, il se dirigea vers la salle d'où s'échappait la musique.

Il était en retard. Le bal avait déjà commencé. Une chaleur étouffante régnait dans la vaste salle, et les fleurs se flétrissaient dans les vases.

Nicholas resta campé près de la porte pour regarder les danseurs. Son regard glissa sur les débutantes en robe claire, les officiers en uniforme, les mères de famille aux chignons garnis de plumes colorées. Les officiers et les dames ne l'intéressaient pas. Seules les débutantes retenaient son attention.

Cette jeune fille brune et enjouée était jolie, mais... trop audacieuse. Il ne voulait pas d'une coquette pour épouse. À côté d'elle se trouvait une rouquine qui paraissait une possible candidate. Elle était timide, ne cherchait pas à attirer les regards.

— Nicholas ! Je ne vous espérais plus.

— Gussie, répondit-il en s'inclinant. Je vous prie de pardonner mon retard.

— Vous êtes tout pardonné, assura sa cousine en riant, se haussant sur la pointe des pieds pour l'embrasser.

— Vous êtes resplendissante.

Avec ses cheveux bruns et brillants, ses yeux pétillants et ses taches de rousseur sur le nez, Gussie ressemblait plus à une écolière qu'à une mère de deux enfants.

Sa cousine ignora le compliment, et lui agrippa la main.

— Nicholas, vous ne devez pas vous sauver.

Le sourire de Nicholas s'évanouit.

— C'est aussi terrible que cela ?

— Vous connaissez l'amour des Londoniens pour les ragots, dit-elle en faisant la moue. Mais il faut que vous dansiez avant d'aller vous cacher dans la salle de jeu.

— C'est un ordre, Gussie ?

— Oui. Vous savez ce que les gens diront si vous ne le faites pas.

Il le savait. C'était une des raisons pour lesquelles il détestait Londres. Tout le monde vous épiait et vous jugeait.

— Je vous ai réservé la prochaine danse, dit Gussie. C'est une valse.

— Je suis donc arrivé au bon moment.

Un sourire creusa une fossette dans la joue de la jeune femme. Elle lui prit le bras alors que la danse précédente se terminait et que les danseurs quittaient la piste. Ils étaient si nombreux qu'il était difficile de se frayer un passage.

— Félicitations, Gussie. Il y a foule.

— Oui, reconnut sa cousine sans fausse modestie. C'est très réconfortant.

Nicholas rit de sa candeur. Cela lui permit de ne pas faire attention aux regards lancés dans sa direction. Personne n'était vraiment mal élevé, mais il avait conscience que les têtes se tournaient vers lui. « Ignore-les », s'enjoignit-il.

Il avait appris à garder la tête haute, à ne pas chercher à dissimuler sa joue hachurée. Il apprendrait à ignorer cela aussi. Cette curiosité ne durerait pas, les commères s'intéresseraient bientôt à quelqu'un d'autre.

Son regard balaya la salle. Gérald se tenait dans l'angle opposé, le visage rougi par la chaleur. Lucas, le mari de Gussie, se trouvait en compagnie d'une beauté blonde en robe bleue. Nicholas l'observa longuement, séduit par sa taille élancée, ses courbes généreuses, sa bouche sensuelle.

Gussie continua de bavarder un moment avec légèreté, mais dès que la musique commença, elle changea de ton.

— Je suis désolée de ce qui s'est passé, Nicholas.

« Moi aussi », songea Nicholas en regardant derrière elle. Il croisa le regard de quelqu'un. Une dame vêtue de rose, avec des plumes dans les cheveux, qui rougit et détourna précipitamment les yeux.

Les mâchoires crispées, il reporta son attention sur Gussie.

— Je dois vous mettre en garde…, reprit celle-ci en esquissant une grimace.

— À quel propos ?

— Nicholas… On dit que vous êtes un ogre.

— Quoi ?

Nicholas eut un haut-le-corps et faillit s'arrêter au beau milieu de la danse. L'habitude et le soutien de Gussie l'aidèrent à se ressaisir.

— C'est une sottise, précisa sa cousine. Vous ne devez pas y faire attention.

Ils dansèrent en silence. Il était conscient des murmures sous la musique, et vit des coups d'œil lancés vers lui, des lèvres formant des mots. Il n'avait pas besoin de les entendre pour savoir ce qui se disait.

Si le sobriquet n'avait pas été aussi bien adapté à sa personnalité, il en aurait ri. Mais il était parfaitement trouvé. Son visage abîmé, sa fiancée qui avait pris la fuite… *Un ogre*.

Une colère surgit en lui et grandit de seconde en seconde, enflant à chaque pas.

— N'y pensez plus, dit Gussie alors que la musique cessait.

— Je vous promets de ne plus y penser, répondit-il avec un sourire contraint.

Elle décida visiblement de le croire.

— Bien, dit-elle avec un sourire qui fit apparaître ses fossettes. Et maintenant, Nicholas, je veux vous présenter une amie qui m'est très chère.

Il fut tenté de se dérober. Il était de trop mauvaise humeur.

— Elle s'appelle Isabella, poursuivit Gussie en glissant un bras sous le sien. Lady Isabella Knox. Elle dansait avec Lucas, ajouta-t-elle en se haussant sur la pointe des pieds pour regarder autour d'elle. Vous les voyez ?

La blonde ? Il la voyait. Grande, élégante, avec des formes délicieuses. Ses cheveux avaient la couleur des blés mûrs illuminés par le soleil.

L'humeur de Nicholas s'améliora un peu. Encore une danse, décida-t-il.

Ensuite, il irait passer sa colère à la table de jeu.

4

Il était impossible de confondre le major Reynolds avec quelqu'un d'autre. Une cicatrice blafarde lui barrait la joue, de la tempe au menton. C'était un militaire : cela sembla évident alors qu'il escortait Gussie sur la piste de danse. La coupe sobre de ses vêtements, la façon dont il se tenait, son autorité naturelle, le regard vigilant qu'il portait sur la foule, la dureté de sa bouche et de ses yeux. *Un homme dangereux.*

Isabella détourna le regard et s'efforça de se concentrer sur sa conversation avec Lucas Washburne.

— L'ogre arrive, murmura une femme derrière elle, en étouffant un rire.

Isabella éprouva une brusque irritation. C'était elle qui avait employé le mot par inadvertance, mais c'était Sarah Faraday qui s'était amusée à colporter ce surnom. Quelle méchante femme !

— Isabella, j'aimerais vous présenter mon cousin, le major Nicholas Reynolds.

Isabella plaqua un sourire sur ses lèvres et tourna la tête.

Le major Reynolds se tenait devant elle, grand, avec un regard froid et un visage balafré, exactement comme Harriet le lui avait décrit.

Non, pas tout à fait. Le major Reynolds n'était pas vieux. Il devait à peine avoir dépassé la trentaine.

— ... ogre, entendit-elle murmurer derrière elle.

— Comment allez-vous, major Reynolds ? dit vivement Isabella en lui tendant la main.

La culpabilité était-elle inscrite sur son visage ? *S'il découvre que je suis responsable de ce surnom...* Un frisson lui parcourut le dos.

Le major ne semblait pas avoir entendu le mot chuchoté.

— Je suis enchanté de faire votre connaissance, lady Isabella, dit-il en s'inclinant sur sa main gantée.

— Prenez garde, Nicholas, dit Gussie avec un rire joyeux. Elle va essayer de vous refiler un chien perdu.

Le major lui relâcha la main.

— Pas de chien de manchon, je vous en supplie, madame.

Le sourire n'atteignait pas ses yeux. Isabella se sentit mal à l'aise. *Il est en colère.*

— Ce sera plutôt un chaton à la queue coupée, ou un chiot plein de puces, précisa Gussie.

— Ce que nous possédons déjà, ajouta son époux d'un ton sec.

L'espace d'une seconde, le major parut amusé. L'ombre d'un sourire effleura ses lèvres, le coin de son œil droit se plissa légèrement. Le côté gauche de son visage, qui portait la cicatrice, ne montra aucun signe d'amusement.

Les musiciens se mirent à accorder leurs instruments.

— Le quadrille ! s'exclama Lucas Washburne en tendant la main à sa femme. C'est notre danse. Voulez-vous nous excuser ?

Isabella les regarda s'éloigner, puis se tourna vers le major Reynolds à qui elle sourit poliment.

— Depuis quand êtes-vous en ville, major ?

Elle connaissait la réponse. Harriet le lui avait dit dans la voiture : le major Reynolds était arrivé à Londres trois semaines plus tôt, pour trouver une épouse. *Cet homme ne perd pas de temps.*

— Trois semaines.

Il ne la quittait pas des yeux. Ceux-ci avaient une couleur étrange, un vert clair et glacé.

— Avez-vous promis cette danse à quelqu'un ? ajouta-t-il.

Isabella eut une brève hésitation. Elle aurait aimé pouvoir répondre par l'affirmative.

— Non, dit-elle.

Les traits du major se durcirent. Il avait perçu son hésitation.

Gênée, elle s'empourpra.

— Je serai enchantée de danser avec vous, assura-t-elle en dépliant son éventail.

Il lui offrit le bras.

— Allons rejoindre un groupe.

Il était poli, mais elle décela un brin d'ironie dans sa voix.

Isabella se mordit les lèvres et s'éventa, puis posa légèrement la main sur le bras du major. L'étoffe de son costume était simple, presque rude, et d'un vert si foncé qu'elle paraissait noire.

Ils s'avancèrent au milieu de la piste, parmi les murmures des conversations et les bruissements des robes de soie.

— Depuis quand êtes-vous en ville ? demanda le major.

Isabella entendit le mot « ogre » chuchoté sur sa droite.

— Je suis arrivée il y a deux jours, dit-elle d'une voix forte. Samedi. Je m'étais rendue chez mon frère, dans le Derbyshire, pour faire la connaissance du dernier de mes neveux.

Le major avait lui aussi entendu les chuchotements. Une lueur de colère passa dans son regard. Il se figea.

— Vous préférez peut-être ne pas danser, lady Isabella ?

En proie à la culpabilité, elle n'osa pas saisir au vol cette occasion de s'échapper.

— Pas du tout ! répondit-elle en refermant son éventail.

— Vous ne pouvez souhaiter danser avec un ogre, madame.

La voix était légère, mais l'expression sarcastique. Ses yeux brillaient de colère. Isabella leva crânement le menton, tout en vouant silencieusement Sarah Faraday aux gémonies.

— Vous vous trompez.

Le major ne répondit pas et la conduisit vers un groupe qui venait de se former. Ses manières étaient posées ; il ne prêtait nulle attention aux regards et aux chuchotements.

Isabella se plaça face à lui. Elle soutint son regard dur et brillant qui semblait la transpercer et fit la révérence tandis que les musiciens jouaient les premières notes. Elle comprenait pourquoi Harriet avait peur de lui. Ce n'était pas tellement sa cicatrice, mais plutôt ses yeux qui étaient effrayants.

Elle l'observa de côté, tout en dansant. La ressemblance entre lord Reynolds et lui était marquée. Son visage était bien sculpté, ses traits réguliers. Sans cette cicatrice, il aurait été fort bel homme. Mais à cause d'elle, c'était...

Un ogre.

Le major avait un physique de soldat, ce qui le rendait très différent de son frère. Son corps mince et musclé n'avait rien de doux. Comme lord Reynolds, il avait des cheveux couleur de miel, qui hésitaient entre le brun et le doré. Mais sa peau était brunie par le soleil. La cicatrice couvrait le côté gauche de son visage. Épaisse, elle lui hachurait la joue et lui donnait l'air d'un sauvage.

Était-ce un souvenir de Waterloo, la bataille qui avait coûté la vie à tant de jeunes Anglais l'année dernière ? Ou datait-elle de la guerre en Espagne ?

Des questions qu'elle ne pouvait poser.

Le major effectuait les pas avec assurance, apparemment inconscient des regards obliques, des remarques et des rires étouffés. Seuls ses yeux, brillants de colère, montraient qu'il n'ignorait pas l'émoi suscité par sa présence.

La culpabilité d'Isabella la tenaillait. Elle était impardonnable d'avoir prononcé le mot « ogre » devant Sarah Faraday. Le major n'était certes pas le mari rêvé pour Harriet, mais il ne méritait pas d'être traité ainsi. Et elle avait beau blâmer Sarah Faraday, Isabella savait qu'elle avait commis une bévue. *C'est ma faute. J'aurais dû tenir ma langue.*

Malgré elle, elle éprouva de l'admiration pour cet homme. Le major avait le courage de garder la tête haute et de faire face aux commérages, en arborant fièrement sa cicatrice.

Isabella n'avait aucun plaisir à danser le quadrille, ce soir. Avec chaque murmure, chaque gloussement, son sentiment de culpabilité augmentait. « Taisez-vous ! » eut-elle envie de crier à la débutante qui dansait à côté d'elle. Les mains la démangeaient de lui tirer les oreilles.

Le mot qu'elle avait malencontreusement prononcé quelques heures plus tôt était sur toutes les lèvres. Elle avait tourné cet homme en ridicule. Et elle ne pouvait pas revenir en arrière.

Le quadrille ne lui avait jamais paru aussi interminable. Elle éprouva un intense soulagement quand les musiciens cessèrent de jouer.

Le major Reynolds la raccompagna, calme et souriant, alors que ses yeux étincelaient encore de colère.

— Je vous remercie, dit-il en s'inclinant poliment.

— Ce fut un plaisir, major.

Il haussa presque imperceptiblement les sourcils, avec un air désabusé. Cela donna du courage à Isabella, qui inspira et posa la main sur son bras.

— Major Reynolds, il ne faut pas que vous manquiez une seule danse ce soir.

Il se raidit.

— Vous croyez ?

Son expression glaciale était intimidante, mais elle persista :

— Oui, major. Vous ne devez accorder aucune attention à ce qui se dit, et... et vous ne devez pas partir avant la fin de la soirée.

Les mâchoires de Reynolds se crispèrent. Il devait la trouver impertinente. La gorge serrée, parcourue d'un léger frisson, elle prit une autre inspiration et sourit nerveusement.

— Allons. J'aimerais danser la prochaine valse avec vous.

— Par charité ? rétorqua-t-il avec un regard dur.

Non, par culpabilité.

— Pas du tout, protesta-t-elle en levant le menton. Je ne suis charitable qu'avec les animaux.

Le major sourit, et sa colère disparut en un instant.

— Les chiens de manchon ?

Il était très différent quand il souriait. Isabella se détendit un peu.

— Mes protégés sont généralement beaucoup plus gros. Et souvent très laids. Il est difficile de les faire adopter.

Le major Reynolds rit tout bas.

— Très bien. La prochaine valse, donc, dit-il en s'inclinant. Je suis enchanté d'avoir fait votre connaissance, lady Isabella.

La jeune femme le suivit des yeux tandis qu'il s'éloignait le long de la piste. Des têtes se tournèrent sur son passage. Quelqu'un rit et se mit à tousser pour dissimuler son rire.

C'est ma faute.

Elle ne pouvait rattraper ses paroles imprudentes, mais elle pouvait essayer d'atténuer le mal qu'elle avait fait.

*
* *

Nicholas endura un cotillon, deux danses campagnardes et une « boulangère » à la mode. Cette dernière avec une partenaire qui ne croisa qu'une seule fois son regard, rougit violemment et garda les yeux fixés au sol pendant tout le reste de la danse. Enfin, la deuxième valse de la soirée arriva. Il n'eut pas besoin de chercher lady Isabella Knox : il savait exactement où elle était.

Il raccompagna sa jeune partenaire et fit le tour de la salle.

— Le voilà. L'ogre.

Les mots prononcés à voix basse lui parvinrent, et il serra les dents. Plaquant un sourire sur ses lèvres, il franchit les derniers mètres qui le séparaient de lady Isabella. Son humeur s'améliora quand il la conduisit sur la piste. Et plus encore quand les musiciens commencèrent à jouer. Ils se saluèrent, et lady Isabella lui donna la main. Nicholas l'attira près de lui. Pendant quelques minutes, il allait pouvoir oublier sa fiancée enfuie et savourer le plaisir de valser avec une jolie femme.

— Avez-vous passé une bonne soirée, major Reynolds ?

Il croisa le regard de lady Isabella. Ses yeux étaient gris-bleu, et elle affichait un air grave.

— J'en ai connu de plus agréables, admit-il.

— Oui. Moi aussi. En fait, major, j'ai bien réfléchi et je crois savoir comment il faut nous y prendre. Vous devez devenir mon soupirant.

Il eut un rire de surprise. Des têtes se tournèrent vers eux. Nicholas ignora les regards curieux.

— Votre soupirant ? répéta-t-il en secouant la tête. Il me semble que votre mari aurait son mot à dire !

— Je n'ai pas de mari.

Pas de mari ? Il prit soudain conscience de la finesse de sa taille, de ses doigts gantés serrant les siens, de la sensualité de ses lèvres.

— Knox était le nom de mon père, major Reynolds. Ce n'est pas celui de mon mari.

— Oh, fit-il, désarçonné.

— Je suis la fille d'un duc. La société londonienne ne se moque pas de moi, ajouta-t-elle avec détachement. Et si vous êtes mon soupirant...

— Londres ne se moquera pas de moi non plus, termina-t-il, en proie à une brusque colère. Merci pour votre offre, lady Isabella, mais je n'ai pas besoin de...

— Ce n'est pas de la charité, déclara-t-elle calmement en soutenant son regard.

— Non ?

— Non. Ce qui s'est passé ne me plaît pas, major Reynolds. Je suis très fâchée !

Apparemment, elle disait vrai. Ses lèvres étaient pincées, ses sourcils froncés.

— Je n'aime pas être fâchée, poursuivit-elle du même ton détaché. Donc, je voudrais arranger cela. Qu'en dites-vous ?

Elle sourit, et la colère de Nicholas se dissipa.

— Avez-vous l'habitude d'avoir des soupirants ?

— Non, admit-elle, nullement troublée par son air désapprobateur. Mais étant donné les circonstances, je suis prête à faire une exception. Cela ne durera qu'une semaine ou deux.

— Personne n'y croira, dit Nicholas d'un ton plat.

— Pourquoi ?

— Au cas où vous ne l'auriez pas remarqué, madame, je suis défiguré.

Une note d'amertume perça malgré lui dans sa voix.

Le regard d'Isabella se porta sur sa joue, et elle fronça légèrement les sourcils.

Nicholas serra les mâchoires. Il savait ce qu'elle voyait, il l'avait vu assez souvent dans le miroir. Les bourrelets rougis, la peau épaissie, hachée.

— Cela n'a pas d'importance.

Elle le pensait vraiment. Le ton était sincère. Nicholas faillit trébucher. Il s'éclaircit la voix.

— Madame...

— Je suis une excentrique. Si je vous choisis comme soupirant, tout Londres y croira. Et maintenant, comment allons-nous faire ? continua-t-elle avec un sourire radieux. Deux danses ce soir, et puis... demain, je vous retrouverai dans Hyde Park, et je vous ferai monter dans mon phaéton. Êtes-vous libre l'après-midi, major ?

Il la considéra d'un air ébahi.

— Eh bien, major Reynolds ?

Il tourna et retourna l'idée dans sa tête. Cette comédie lui plaisait. Jouer le rôle de soupirant pour une dame aussi adorable que lady Isabella, se promener dans Hyde Park avec elle, danser...

— Oui, dit-il, presque gaiement.

— À 17 heures dans le parc, déclara lady Isabella alors que la valse s'achevait. Près de Stanhope Gate.

La mauvaise humeur de Nicholas réapparut quand il la raccompagna et qu'il perçut le mot « ogre », chuchoté sur sa droite.

Lady Isabella l'entendit également. Elle se mordit les lèvres et le regarda.

Nicholas eut un sourire crispé. *Si je savais à qui je dois ce surnom, je lui ferais regretter sa plaisanterie.*

L'espace d'un instant, la lumière des lustres parut plus vive. Les pampilles de cristal scintillaient. Nicholas inspira, perçut les odeurs de parfums mêlés à la transpiration, et quelque chose de plus sombre. Sa propre colère. Il découvrirait qui lui avait joué ce mauvais tour. Quelqu'un devait forcément savoir. Les dames parlaient toujours entre elles. Gussie serait peut-être au courant, ou même lady Isabella...

Nicholas dévisagea sa cavalière.

— Lady Isabella ?

— Oui ?

— Savez-vous à qui je dois ce sobriquet ?

Il s'efforçait de parler d'un ton léger afin de dissimuler sa colère, mais elle dut la percevoir. Ses joues se colorèrent, et elle déploya son éventail.

— Pourquoi voulez-vous le savoir, major Reynolds ?

— Il est utile de connaître ses ennemis, répondit-il avec un haussement d'épaules.

— Ses ennemis ? Je suis certaine qu'il n'y avait aucune mauvaise intention, major. Vous faites fausse route.

L'intérêt de Nicholas s'aiguisa brusquement.

— Vous savez qui c'est ?

Lady Isabella effleura la délicate dentelle d'ivoire de son éventail, évitant son regard.

— Je crois... que cela vient de la dame chez qui Mlle Durham a trouvé refuge.

La gentille bienfaitrice de Harriet. Une flèche de fureur le transperça.

Lady Isabella leva les yeux.

— Je suis certaine que cette personne n'était pas mal intentionnée, major Reynolds. C'était une sottise, rien de plus. Je vous en prie, n'y pensez plus !

Il eut un sourire crispé.

— Je vous promets de ne pas trop y penser, madame.

Il se contenterait de chercher la bienfaitrice de Harriet. Et quand il l'aurait trouvée...

Il lui donnerait une bonne leçon.

5

Isabella prit une longue inspiration quand le phaéton, passant sous l'arcade de Stanhope Gate, pénétra dans le parc. *Sois calme. Confiante.* Mais elle était trop à cran pour être calme et confiante.

Elle posa les yeux sur Rufus. Lui, au moins, était content. Il était assis, vigilant, les oreilles dressées. Sa queue remuait, soulevant le volant de sa robe.

Isabella inspira de nouveau, redressa les épaules et balaya l'allée du regard. Elle vit des cabriolets, une calèche, des messieurs à cheval, des dames se promenant à pied. Le gratin londonien était là pour voir et être vu. *Où êtes-vous, major Reynolds ?*

Malgré sa nervosité, sa conscience était apaisée. Elle devait faire cela. C'était sa pénitence, en quelque sorte. Non pour avoir recueilli Harriet, car son rôle de protectrice ne lui posait aucun problème, mais pour la désastreuse gaffe qu'elle avait commise la veille au soir.

Ses doigts se crispèrent sur les rênes. *Il est là.*

Le major se tenait sur le côté et contemplait la Serpentine et les arbres de Kensington Gardens. Isabella l'observa en faisant ralentir les chevaux. Il était habillé comme un gentleman, avec une redingote et des bottes, mais il gardait une allure martiale. Il ne souriait pas et semblait sur ses gardes.

Isabella eut la même impression que la veille. Cet homme était dangereux. Malgré son attitude calme, il y avait quelque chose de dur dans son visage et sa silhouette. Elle n'avait aucun mal à croire qu'il avait déjà tué.

De profil, la cicatrice ne se voyait pas. Il avait des traits forts, il était séduisant. Puis il tourna la tête, et elle vit sa joue gauche. La cicatrice sautait aux yeux, choquante. Elle éprouva un pincement au cœur en songeant à la souffrance que cette blessure représentait.

Levant le menton, elle plaqua un sourire sur son visage.

— Major Reynolds, dit-elle en s'arrêtant à sa hauteur. Qui aurait cru vous rencontrer ici ?

— En effet, qui l'aurait cru ? répondit-il en faisant la moue.

Isabella se détendit un peu, son sourire se fit plus naturel.

— Nous pourrions faire un tour ensemble dans le parc ?

Le major s'inclina avec une raideur toute militaire. *Soldat jusqu'au bout des ongles.*

— J'en serais enchanté.

Le valet d'Isabella sauta à terre, et le major Reynolds prit sa place dans le phaéton. Rufus, en bon chien bâtard, aimait faire de nouvelles connaissances. Il accueillit le major avec enthousiasme et tenta même de lui lécher le visage.

— Pas vraiment un chien de manchon, remarqua le major.

Isabella jeta un coup d'œil à l'animal hirsute.

— Non, pas vraiment.

La voiture repartit, et elle enchaîna :

— Dites-moi, major Reynolds, avez-vous reçu une invitation pour le bal des Harrington, ce soir ?

— Oui, répondit-il en caressant une des oreilles de Rufus. Mais je ne pensais pas m'y rendre. Dois-je comprendre que j'irai quand même ? ajouta-t-il, narquois.

— Oui. Je vous réserve la première valse et la dernière danse.

Le major cessa de caresser Rufus, s'adossa à la banquette et la regarda.

— La dernière danse ?

— Oui, confirma Isabella.

Pour que vous ne partiez pas avant la fin de la soirée.

Il étrécit légèrement les yeux.

— Et vous pourrez m'escorter à la table du dîner, major.

Il l'observa quelques secondes de plus, avant de déclarer avec une infinie politesse :

— Avec plaisir, lady Isabella.

Ce regard vert et froid était assez intimidant. La jeune femme s'éclaircit la voix.

— Et demain mercredi, c'est le bal de l'Almack's.

Le major parut consterné.

— Dois-je... ?

— Oui.

Le major Reynolds continua de la regarder d'un air sombre.

— Très bien.

— Quelles danses préférez-vous ? s'enquit Isabella en reportant son attention sur les chevaux. Une valse, et...

— Deux valses.

— Deux ? répéta-t-elle, déconcertée.

— Si je dois supporter une soirée à l'Almack's, alors j'exige deux valses.

— Oh...

Elle prit soudain conscience de sa prestance virile. Ses mains larges et solides, ses longues jambes musclées, sa taille impressionnante. Elle déglutit et détourna les yeux.

— À présent, nous devons rencontrer le plus de gens possible, dit-elle d'un ton énergique. Voyez-vous des gens que vous connaissez ? Oh, lady Cowper ! Êtes-vous prêt, major ?

*
* *

Une heure plus tard, elle avait les mâchoires crispées à force de sourire. Rufus dormait, la tête sur les bottes du major.

— Je crois que ça suffira pour la journée, dit-elle.

— C'est amplement suffisant, renchérit sèchement le major.

Faire l'objet d'autant d'attentions était épuisant. Mais le premier pas était franchi, songea-t-elle, et dans quelques heures ils auraient franchi une deuxième étape. Dès minuit, tout Londres parlerait du major Reynolds, et ce ne serait pas pour le traiter d'ogre.

— Nous recommencerons demain, déclara Isabella d'un ton enjoué.

Ce serait sa pénitence.

— Si vous pensez que c'est nécessaire, lady Isabella, répondit-il d'un ton plat.

Elle lui lança un regard en coin. Il avait dû apprécier encore moins qu'elle les bavardages sans intérêt et les regards curieux.

— Oui, dit-elle fermement.

C'était nécessaire. Elle ne voulait pas qu'on se moque de lui par sa faute. Elle se mordit les lèvres, regrettant de ne pouvoir lui demander pardon. Mais le pli amer de ses lèvres et son regard dur l'en dissuadaient.

— Je veux vous aider, major. Si je peux le faire d'une façon ou d'une autre, je vous prie de me le dire.

Le major l'observa pendant quelques secondes, puis sembla prendre une décision.

— Il y a une chose, lady Isabella.

— Oh ?

— Si vous pouviez découvrir où habite la bienfaitrice de Mlle Durham, ça me ferait plaisir.

Le ton était léger, mais ses yeux...

Ils étaient froids et exprimaient la colère. La gorge d'Isabella se noua.

— Vous pouvez me déposer ici, ajouta-t-il.

Elle obéit machinalement et tira sur les rênes. *Pas de panique.*

— Pourquoi voulez-vous le savoir ?

— J'aimerais faire sa connaissance.

— Pourquoi, major ?

Il toucha sa cicatrice sur la joue.

— C'est elle qui a inventé mon nouveau nom, n'est-ce pas ?

Isabella acquiesça en se mordant les lèvres.

— Dans ce cas, ajouta-t-il, j'aimerais la rencontrer. Savez-vous qui elle est ?

Le cœur de la jeune femme tressauta. En proie à la panique, elle contempla son visage dur, ses yeux brillants de colère, et n'eut pas le courage de lui révéler la vérité.

— Non, répondit-elle dans un filet de voix.

Le major Reynolds accueillit sa réponse avec un bref signe de tête.

La honte submergea Isabella, mais il était impossible de lui dire la vérité. Pas maintenant, alors qu'il avait l'air aussi furieux.

Le major sauta souplement à terre. Puis il la regarda, plissant les yeux à cause du soleil.

— Merci de votre compagnie, lady Isabella.

— Ce fut un plaisir, major.

— Bonne journée, madame, conclut-il en s'inclinant.

Isabella le suivit des yeux. Elle avait menti. Mais sa honte était éclipsée par une autre émotion. La panique. Elle avait l'impression de ne plus pouvoir respirer. La peur la faisait frissonner.

Le major Reynolds était à ses trousses.

*

* *

La première chose que fit Isabella en regagnant sa maison de Clarges Street fut de faire appeler son homme d'affaires. La seconde fut de parler à sa cousine.

Mme Westin était dans le salon, une pièce confortable aux murs vert pâle, agrémentée d'une cheminée de marbre blanc. De la porcelaine de Sèvres garnissait le manteau de cheminée. Il y avait des pots, des cache-pots, et un très beau vase orné de motifs chinois. Et aussi des figurines disposées sur les guéridons et dans l'armoire d'acajou vitrée, qui la regardaient avec leurs yeux minuscules et bien dessinés.

Mme Westin se livrait à son occupation préférée : tricoter pour les pauvres. Assise dans un fauteuil à côté d'elle, Harriet lisait à haute voix un livre de morale. Mme Westin n'avait jamais critiqué le goût d'Isabella pour les romans, mais elle refusait de lire ce genre de livres.

Harriet leva les yeux.

— Lady Isabella !

Elle posa le livre de côté, se leva et fit la révérence. Elle regardait Isabella avec un mélange de timidité et d'adoration. Celle-ci s'obligea à sourire.

— Bonjour, ma chère. Auriez-vous la gentillesse de me laisser un moment en tête à tête avec ma cousine ?

Elle attendit que la porte se soit refermée derrière Harriet pour se tourner vers sa cousine.

— Elinor...

Mme Westin avait posé son ouvrage et croisé les mains sur ses genoux. Ses yeux d'un bleu délavé considérèrent Isabella d'un air étonné.

— Oui, ma chère ?

— Elinor, je voulais vous demander...

Isabella sentit ses joues s'empourprer. Elle se détourna et alla se camper devant la fenêtre en se tordant les mains.

— Est-ce que tout va bien, ma chère ?

— Oh, oui ! C'est-à-dire… Le major Reynolds s'est mis en tête de me retrouver, avoua-t-elle tout à trac en se retournant vers sa cousine.

Mme Westin fronça les sourcils.

— Vous retrouver ? Mais je croyais que vous deviez le rejoindre aujourd'hui à Hyde Park ? Bien que je ne comprenne pas pourquoi il vous revient de faire cesser les moqueries à son sujet. Tout cela n'a rien à voir avec vous.

Isabella n'eut pas le courage de croiser le regard de sa cousine… ni d'aller au bout de sa confession.

— Je me suis mal exprimée, Elinor, répondit-elle, les yeux fixés sur ses mains jointes. Le major Reynolds veut découvrir où se cache Harriet. Et… il est très en colère.

— Oh. Oh, mon Dieu.

— Je serai souvent en sa compagnie au cours des prochaines semaines, et… et il est possible que vous le rencontriez, et… je voulais vous demander de… de ne pas lui dire que Harriet est ici, même s'il vous pose la question.

Mme Westin eut une expression de gentil reproche.

— « Tu ne mentiras point », ma chère Isabella, répondit-elle d'une voix douce. Le Seigneur notre Dieu nous l'ordonne.

Les joues d'Isabella s'enflammèrent de plus belle.

— Je sais, mais… Je vous en prie, si vous pouviez ne pas lui dire que c'est moi qui…

— Si le major Reynolds me pose la question, dit Mme Westin en reprenant son ouvrage, je lui répondrai que je ne prête nulle attention aux commérages. Ce qui est la stricte vérité.

Isabella poussa un soupir de soulagement.

— Merci, ma très chère Elinor.

— Vous avez bien fait de secourir cette pauvre enfant, ajouta sa cousine en maniant sa laine grise. Mais je pensais que vous l'auriez rendue à son grand-père. Il n'aurait sûrement pas eu le cœur assez dur pour la renvoyer, n'est-ce pas ? Quoi qu'il en soit, je sais que vous avez fait ce que vous pensiez être juste.

Isabella se mordit les lèvres.

— J'avoue que cette ruse ne me plaît pas, reprit Elinor. Elle a quelque chose de déplaisant.

Isabella était de cet avis. C'était extrêmement déplaisant. Elle n'avait pas pensé à cela quand, d'un cœur léger, elle avait offert l'hospitalité à Harriet. Mais ses efforts pour contourner la vérité hier soir, le mensonge prononcé aujourd'hui, le fait de solliciter la complicité de sa cousine...

Tout cela était détestable.

— Et il faut admettre que Harriet n'aurait jamais dû s'enfuir, déclara Mme Westin en levant les yeux de son tricot. Il faut toujours accomplir son devoir envers sa famille, si désagréable soit-il.

Isabella ouvrit la bouche pour protester. *Ce mariage n'aurait pas été heureux !* Mais elle la referma sans prononcer un mot.

Accomplir son devoir était un précepte essentiel pour Mme Westin. Elle continuait de porter le deuil d'un époux qu'elle n'avait jamais aimé.

— Toutefois, ce qui est fait est fait, et nous devons agir pour le mieux.

Isabella parvint à esquisser un sourire.

— Oui, c'est ce que nous devons faire.

La conversation terminée, elle se précipita au rez-de-chaussée, mais son homme d'affaires n'était pas encore arrivé. Après un moment de réflexion, elle remonta et s'assit au pianoforte. Tournant les feuilles des partitions, elle chercha le dernier morceau qu'elle avait acheté. La *Sonate au clair de lune*, de Beethoven. Elle inspira et demeura immobile un moment, les mains au-dessus du clavier. *Calme.* Puis elle se mit à jouer.

Le premier mouvement était doux, telle une lamentation. Mais les notes jaillirent, saccadées et décousues, sous ses doigts. Au bout de quelques minutes, ses oreilles en souffrirent trop. Isabella repoussa le tabouret de piano et redescendit, résistant à la tentation d'ouvrir la porte d'entrée pour regarder dans la rue. Elle se mit à faire les cent pas dans la bibliothèque, tandis que Rufus, allongé sur le tapis devant la cheminée, la suivait des yeux. L'horloge égrenait les minutes sur son cadran doré. Une demi-heure s'écoula avant que le majordome vienne annoncer la visite de M. Tremaine.

Celui-ci s'inclina, et avança vers elle.

— Bonsoir, lady Isabella. Je crois que vous avez une affaire urgente à me confier ?

M. Tremaine était un homme trapu, au visage carré, qui donnait une impression de solidité. Son arrivée aurait dû l'apaiser. Il n'en fut rien. M. Tremaine faisait pâle figure à côté du major Reynolds.

Isabella eut un sourire embarrassé.

— J'aimerais que vous vous rendiez à Stony Stratford, dans une auberge qui s'appelle *La Rose et la Couronne*.

— Ce soir ?

— Oui. Aussi vite que possible.

— Quelle est ma mission, Madame ?

— Il faut que vous parliez à l'aubergiste, une certaine Mme Botham.

Elle lui tourna le dos et alla vers la cheminée, accompagnée par le tic-tac de l'horloge.

— Je m'y suis arrêtée il y a trois jours en revenant du Derbyshire. J'y ai fait la rencontre d'une jeune dame, Mlle Harriet Durham. Vous devez faire en sorte que mon nom ne puisse être associé au sien. Elle n'était pas là ce jour-là, ou bien je n'y étais pas. Peu importe.

— Souhaitez-vous que je... que je paie Mme Botham ?

— Oui, répondit Isabella, dont les joues se colorèrent. Je vous donnerai la somme nécessaire.

— Très bien, Madame, dit M. Tremaine en s'inclinant. Je me mets en route immédiatement.

Isabella regarda la porte se refermer derrière lui en se mordant les lèvres. *Non seulement j'ai menti, mais maintenant j'achète le silence de l'aubergiste.* Ses doigts étaient si crispés que ses phalanges en étaient blanches.

Elle soupira. Il était temps de monter se préparer pour le bal des Harrington. Deux danses avec le major Reynolds, et le souper.

Isabella redressa les épaules.

— Je n'ai pas peur de lui, dit-elle à Rufus.

Mais au fond d'elle-même, elle savait que c'était un nouveau mensonge. Le major Reynolds devait être un ennemi redoutable. Si jamais il découvrait le rôle qu'elle avait joué dans…

Un frémissement de crainte courut sur sa nuque.

— Il n'en saura rien ! dit-elle à Rufus.

Le chien remua la queue.

6

Nicholas contempla d'un air maussade son reflet dans le grand miroir à l'encadrement d'acajou. Il avait revêtu la veste à queue de pie, les hauts-de-chausses et les bas de soie qui étaient de rigueur dans une salle de bal. « Une autre soirée à subir des regards curieux et des moqueries », songea-t-il avec aigreur.

Son regard se posa sur la cicatrice de sa joue. « J'ai eu de la chance », se dit-il en passant le bout des doigts sur la chair boursouflée. Mais en ce moment, il ne se sentait pas du tout chanceux.

Un valet entra, avec une missive.

— Monsieur ?

Sa mauvaise humeur se dissipa, et il se tourna pour prendre la lettre. Sûrement lady Isabella qui se décommandait...

Non. Il reconnut l'écriture de son frère.

Son humeur s'assombrit de nouveau. Il brisa le sceau, déplia la feuille de papier et parcourut rapidement les quelques lignes que Gérald lui adressait. *Malheureuses circonstances... déplorables pour la famille... Par conséquent, je juge qu'il vaudrait mieux que tu quittes la ville.*

Nicholas éprouva un brusque accès de colère.

— Tu juges, vraiment ? marmonna-t-il entre ses dents.

— Pardon, Monsieur ? fit le valet.

Nicholas lui lança un coup d'œil.

— Le serviteur qui a apporté la lettre souhaite savoir s'il y aura une réponse, Monsieur.

— Absolument !

Nicholas dévala l'escalier en faisant claquer ses talons sur les marches de marbre, et entra dans son bureau où il rédigea une courte lettre pour son frère. La plume crissa sur le papier. *Je n'ai pas l'intention de quitter la ville comme un chien, la queue entre les jambes.* Il apposa son sceau sur le papier et le tendit au valet.

Puis il se tourna vers le miroir accroché au-dessus de la cheminée, en rajustant les plis de sa cravate de mousseline. Il n'était plus aussi morose qu'auparavant. Il se sentait presque revigoré, d'humeur combative, comme si le bal des Harrington était une bataille à livrer.

Une bataille comprenant deux danses avec lady Isabella.

Il tourna le dos au miroir. Avec sa beauté blonde et lumineuse, lady Isabella savait mieux que son frère comment régler la situation.

« Affrontez-les la tête haute. »

*

* *

Au bal des Harrington, Nicholas capta quelques ricanements ainsi que des regards obliques et amusés. Il nota également l'air furieux de son frère et son départ très tôt dans la soirée.

À l'Almack's, le soir suivant, il y eut moins de ricanements et les regards furent plus songeurs qu'amusés. Gérald n'était pas là, et son épouse non plus.

— Tout fonctionne comme prévu, dit lady Isabella alors qu'ils dansaient ensemble pour la deuxième fois.

Les conversations et la musique formaient un tourbillon autour d'eux, se mêlant au bruissement des robes de soie et au frottement des mules de danse sur le parquet.

— Oui.

Mais il n'avait toujours aucun indice au sujet de la bienfaitrice secrète de Harriet, et il n'était pas près de trouver une fiancée. Les mères qui autrefois le considéraient avec intérêt ne lui accordaient plus un regard. Comme si elles croyaient vraiment qu'il était un ogre.

Quelques-unes cependant poussaient encore leur fille vers lui. Notamment Mme Pennington.

— Demain, il y aura une ascension en ballon à Turnham Green, dit lady Isabella dont il tenait la main gantée. J'y serai avec Lucas, Gussie et les enfants. Aimeriez-vous nous accompagner ?

C'était une question, mais il savait quelle réponse elle attendait. Le lancement de ce ballon était une nouvelle opportunité d'être vus ensemble en public.

— Avec plaisir, répondit-il poliment.

Mais la vraie question était celle-ci : comment pourrait-il dénicher la bienfaitrice de Harriet s'il passait tout son temps avec lady Isabella ? Et surtout, comment allait-il pouvoir trouver une épouse ?

— Êtes-vous une bonne entremetteuse ? demanda-t-il de but en blanc.

Lady Isabella haussa les sourcils et l'observa avec curiosité. Ce soir, elle portait une robe aux riches tons rouges. Au-dessus du corsage, sa peau était d'un blanc laiteux et satiné. Des rubis et des diamants ornaient ses cheveux d'or.

— Veuillez pardonner mon impertinence, major, mais... que rechercheriez-vous chez une épouse ?

Le contraire d'une Pennington. Une jeune fille réservée, à la voix douce.

— Je veux la paix et le silence. Un mariage sans disputes.

Lady Isabella balaya la salle du regard en fronçant légèrement les sourcils.

— Avez-vous songé à Mlle Thornton ? Elle est…

— Trop vieille.

— Trop vieille ? Mais elle a à peine vingt-deux ans !

— Je veux une fiancée jeune.

Nicholas se rendit compte, mais un peu tard, que lady Isabella avait largement dépassé les vingt-deux ans.

Mais celle-ci ne semblait pas avoir remarqué cet impair.

— Pourquoi ? demanda-t-elle simplement.

Il se concentra un instant sur les pas de danse et choisit ses mots avec soin, afin de ne pas l'offenser.

— Quand j'étais dans l'armée, j'ai remarqué que plus une recrue est jeune, plus il est facile d'en faire un soldat avec lequel on peut s'entendre.

Lady Isabella le dévisagea d'un air grave.

— Vous voulez former une épouse qui vous conviendra.

Présentée ainsi, cette idée paraissait follement… arrogante.

— Oui, affirma-t-il.

Il n'avait pas à avoir honte, se dit-il, alors même qu'il sentait ses joues s'enflammer.

— Et pensez-vous que votre épouse devra vous former pour devenir le mari dont elle rêve ?

— Me former ? Bien sûr que non !

Lady Isabella fit la moue, comme pour réprimer un sourire.

— Vous n'avez donc aucun défaut, major ?

Nicholas la considéra avec méfiance. Se moquait-elle de lui ?

— Aucun qui puisse déplaire à une femme, répliqua-t-il avec raideur. À part ma cicatrice.

Il parlait comme Gérald. D'un ton pompeux, se reprocha-t-il.

Le sourire de lady Isabella s'évanouit, et son regard glissa sur sa joue gauche.

— La cicatrice ne compte pas, dit-elle. Une femme qui ne comprendrait pas cela ne ferait pas une bonne épouse.

Nicholas demeura sans voix.

— Réservée et malléable, reprit-elle en scrutant de nouveau la salle. Et jeune... Sont-ce vos seuls critères ?

Il acquiesça d'un signe de tête.

— Que diriez-vous de Mlle Bourne ? Avez-vous pensé à elle ?

Il ne suivit pas le regard d'Isabella. Il savait précisément à quoi ressemblait Mlle Bourne. Des yeux noisette, des cheveux châtains, un sourire timide. Elle avait été sur sa liste d'épouses possibles.

— Malheureusement, la mère de Mlle Bourne semble croire que je suis un ogre.

Lady Isabella posa de nouveau les yeux sur lui et se rembrunit légèrement.

— Mme Bourne est stupide !

— Elle suit simplement l'opinion en vogue. Et elle n'est pas la seule mère à le faire.

— Mais...

— Aimeriez-vous que votre fille épouse un homme qu'on décrit comme un ogre ?

Lady Isabella se mordit les lèvres.

— Non, reprit Nicholas. Et moi non plus.

Il sourit, mais de la colère couvait sous ce sourire. Quand il découvrirait qui était la bienfaitrice secrète de Harriet...

Il manqua trébucher et dut faire un effort pour reporter son attention sur la valse et sa partenaire. Celle-ci se démarquait des débutantes avec leurs robes de soie aux tons pastel. Ce n'était pas seulement à cause de sa robe rouge et de sa beauté. Il y avait aussi son assurance, la sobriété de ses manières. Contrairement aux jeunes filles qui se pressaient sur la piste de danse, lady Isabella était la simplicité même. Elle ne se rengorgeait pas, ne faisait rien pour attirer l'attention. Et cependant, aucun homme ne pouvait ignorer sa présence.

Elle ne correspondait pas non plus aux critères à la mode qui vantaient la minceur. Sa silhouette était pulpeuse, avec des courbes délicieuses et…

Nicholas se racla la gorge. Ce n'était pas une femme pour lui. Il savait quel genre d'épouse il voulait, et lady Isabella en était aussi éloignée que possible.

Il regarda autour de lui et remarqua les regards qui se détournaient rapidement. Les dames le scrutaient en se cachant derrière leur éventail. Il vit de la curiosité, de l'amusement, de l'incrédulité. *Londres m'observe et s'interroge.*

La danse se termina.

— Maintenant, vous pouvez m'escorter jusqu'à la salle à manger, annonça gaiement lady Isabella.

Des gâteaux secs et de la limonade tiède ? Nicholas réprima un frisson de dégoût.

— Avec grand plaisir.

*

* *

Nicholas se rendit à Turnham Green dans son cabriolet. Lady Isabella était assise à côté de lui, et le valet perché à l'arrière. C'était une journée parfaite pour une ascension en ballon. Le ciel était d'un bleu d'azur, les nuages étaient hauts et dispersés vers l'est, l'herbe ondoyait sous la brise. Celle-ci transportait des parfums d'été, d'herbe, de soleil et de fleurs des champs.

Nicholas apprécia cette excursion plus qu'il ne s'y était attendu. Il était amusant de voir le vicomte de Washburne jouer au père attentif, installant son fils sur ses épaules pour qu'il voie mieux le ballon, et s'amusant à faire sauter sa fille en l'air pour la rattraper dans ses bras alors qu'elle poussait des cris de joie. Mais Lucas ne jouait pas, songea-t-il tout à coup. Il était vraiment un père et concentrait son attention sur sa femme et ses enfants. *C'est ça que je veux. La vie et non la mort, le rire et non la guerre...*

Il éprouva un sentiment d'envie soudain, inattendu, si fort qu'il dut se détourner. Derrière lui résonnèrent des voix surexcitées, le grincement des cordes, puis un grand cri :

— Reculez, mesdames et messieurs ! Reculez !

Et pendant ce temps, le nœud noir et amer de la jalousie se formait en lui.

L'espace d'un instant, il ne se reconnut pas lui-même. Puis le nœud se défit. La clameur enflait derrière lui, des cris s'élevaient.

— Regardez ! Regardez !

Nicholas se retourna. L'envie avait disparu, une calme détermination ayant pris sa place. Il posa les yeux sur Lucas Washburne et sa famille. « J'aurai cela aussi », se promit-il.

Lady Isabella se tourna vers lui. Des boucles dorées comme les blés encadraient son visage sous son chapeau de paille.

— Ce doit être tellement excitant de s'élever dans les airs !

— En effet.

Elle semblait terriblement jeune. Ses yeux brillaient comme ceux d'un enfant, ses lèvres étaient entrouvertes, et elle était d'une beauté extraordinaire. Il fut captivé par sa joue arrondie, la ligne superbe de son cou, ses lèvres roses, sa peau de soie...

Une flèche de désir lui contracta le ventre, remplaçant la jalousie. Nicholas la repoussa aussitôt.

— Monteriez-vous en ballon si vous en aviez l'occasion, lady Isabella ?

Les yeux de la jeune femme s'illuminèrent.

— Oh, oui !

Mais la question qui lui brûlait les lèvres et qu'il n'osait pas poser était tout autre. *Pourquoi n'êtes-vous pas mariée ?*

C'est ce qu'il demanda un peu plus tard à Gussie, pendant que Lucas jouait avec Grace et que lady Isabella écoutait le jeune Timothy lui donner une leçon d'aérodynamique.

— Son fiancé est mort, expliqua doucement Gussie.

— Oh. Il y a longtemps ?

— Dix ans, je crois. Peut-être onze.

— Dix ans ! Elle devait beaucoup l'aimer.

Gussie haussa légèrement les épaules.

— Je suppose.

— Mais…

Il regarda lady Isabella. Celle-ci écoutait d'un air grave les explications un peu embrouillées de Timothy. Elle semblait sérieuse, mais une lueur d'amusement brillait dans ses yeux.

— Ne veut-elle pas avoir d'enfants ?

— Elle a beaucoup de neveux et de nièces. Isabella est leur tante préférée.

N'a-t-elle pas envie d'être mère ?

— Elle devrait se marier.

— Elle ne le souhaite peut-être pas.

Mais…

C'était tellement dommage.

Il n'osa prononcer ces mots à haute voix. Ni devant Gussie ni devant lady Isabella, alors que le cabriolet les ramenait en ville. La voiture dans laquelle se trouvaient les enfants, leurs parents et la gouvernante, était loin derrière eux. Rufus était couché aux pieds de sa maîtresse.

— Vous êtes-vous beaucoup ennuyé ? s'enquit lady Isabella.

— Non. Bien que j'aie été moins fasciné que le petit Timothy.

— N'est-il pas adorable ? Quel enthousiasme !

Ne voulez-vous pas d'enfants à vous ? Il retint ses mots et se concentra sur la conduite de la voiture, tirant légèrement sur les rênes quand le cabriolet passa sur un étroit pont de pierre.

Lady Isabella agrippa la manche de sa veste.

— Oh, arrêtez !... Arrêtez !

Il obéit, inquiet.

— Que se passe-t-il ?

Elle sauta de la voiture sans répondre.

— Descendez, ordonna Nicholas à son valet. Tenez les chevaux.

Il sauta sur la route à son tour. Isabella retournait vers le pont. Mais au lieu de le traverser, elle descendit le talus, vers la rivière. Rufus gambadait à côté d'elle, les oreilles au vent, comme si elle venait d'inventer un nouveau jeu.

Nicholas la suivit en courant.

— Qu'y a-t-il ?

Lady Isabella s'agenouilla sur la rive et tendit la main vers quelque chose qui flottait dans l'eau.

— Un sac, dit-elle. Il bouge. Il y a un animal à l'intérieur.

Nicholas s'arrêta à côté d'elle.

— Vous en êtes sûre ?

Il voyait maintenant ce qu'elle essayait d'attraper. Un sac de toile grossière, noué avec de la ficelle, presque échoué. Le tissu remuait légèrement.

Lady Isabella ne répondit pas. Elle essaya de nouveau d'attraper le sac, hors de sa portée.

Elle se redressa et souleva le bord de sa jupe comme si elle voulait entrer dans l'eau. Nicholas poussa un soupir.

— Laissez-moi faire.

— Oh, vraiment ? Vite ! Il est en train de se noyer !

Nicholas descendit au bord de la rivière, se pencha, et agrippa le sac. De l'eau s'écoula de la toile.

Il retourna vers la rive, tandis que des couinements aigus s'échappaient du sac. Lady Isabella se tenait au bord, tenant toujours sa jupe relevée et lui permettant ainsi d'admirer ses jolies chevilles gainées de soie. Rufus se tenait près d'elle, la tête inclinée, les oreilles dressées, comme s'il percevait aussi les petits cris de détresse.

Relâchant ses jupes, la jeune femme tendit les mains vers le sac.

— C'est trempé, protesta-t-il. Votre robe...

— Comme si je me souciais de ma robe !

Nicholas lui donna le sac et grimpa sur la berge. Ses bottes étaient remplies d'eau.

Lady Isabella s'agenouilla et dénoua la ficelle à la hâte. Puis elle ouvrit le sac avec précaution. Les cris de détresse augmentèrent.

— Ce sont des chatons, dit-elle.

Nicholas approcha et regarda. Des chatons trempés gigotaient dans le sac. Rufus regarda aussi, plongea la truffe et remua la queue.

— J'espère qu'ils sont assez vieux pour survivre..., murmura lady Isabella d'un ton anxieux.

Elle souleva une des minuscules créatures pour l'examiner. Le chaton frémissait dans la paume de sa main. Il était gris, rayé de noir.

La voiture des Washburne traversa le pont et s'arrêta à côté du cabriolet.

— Est-ce que tout va bien ? lança le vicomte.

— Oui, répondit Nicholas en faisant quelques pas vers la route. Nous avons trouvé un sac plein de chatons.

Il comprit son erreur en entendant le petit Timothy s'écrier d'une voix aiguë :

— Des chatons !

Nicholas se retourna vers lady Isabella.

— J'espère qu'ils sont tous vivants, dit-il à mi-voix. Les enfants arrivent.

Elle répondit d'un signe de tête affirmatif.

— Des chatons ! Maman ! Des chatons !

Lady Isabella ôta son superbe châle en soie de Norwich, et s'en servit pour frotter vigoureusement le chaton qu'elle tenait dans la main.

— Voilà, dit-elle en le lui passant, avant d'en prendre un autre dans le sac.

Nicholas tint le chaton frissonnant, en regardant Lucas et Gussie accompagner leurs enfants vers la rive. Gussie avait l'air inquiète, mais Lucas paraissait résigné.

Le petit Timothy âgé de six ans s'accroupit près du sac.

— Où est leur maman ?

— Elle n'est pas là, mon chéri, répondit Isabella en séchant un chaton roux.

— Je veux celui-là, déclara Grace en tirant sur la jupe de sa mère. Il est joli.

— Mais tu as déjà un chat, ma chérie, lui dit Isabella en souriant.

— Oui, mais je veux celui-là.

Grace tendit le doigt vers la petite créature qui miaulait.

Nicholas vit Gussie et Lucas échanger un regard dans lequel il décela de la résignation et de l'amusement. Il réprima un rire.

— Tu ne crois pas que ton chat sera jaloux si tu en ramènes un autre à la maison ? demanda Isabella. Tiens, prends-le dans tes bras pendant que je sèche ses frères et sœurs.

— Je crois qu'ils seront amis, déclara Grace en serrant le petit rouquin contre sa poitrine.

Le sac contenait cinq chatons.

— Et la maman ? insista Timothy, inquiet.

— Je la remplacerai, répondit lady Isabella en souriant. Jusqu'à ce qu'ils soient assez grands pour trouver une famille.

— Ils sont très petits, remarqua le garçon en observant le chaton qu'il tenait à deux mains.

Nicholas éprouvait quelques doutes, mais il se garda de les exprimer. Il alla chercher une couverture.

— Merci, dit lady Isabella quand ils furent remontés en voiture.

Les chatons étaient pelotonnés sur ses genoux, dans la couverture.

— Je suis désolée pour vos bottes... Ce doit être très inconfortable.

— J'ai été soldat, madame. Des bottes trempées ne me gênent pas.

— Eh bien... je vous remercie. Sincèrement.

Il l'enveloppa d'un regard. Sa robe était mouillée et tachée, ses chaussures incrustées de boue, et le châle de soie définitivement gâché était étalé sur le sol du cabriolet.

— Votre femme de chambre ne sera pas contente.

Elle le regarda et sourit, révélant des dents blanches mais légèrement irrégulières.

— Partridge a l'habitude.

— Oh ?

— Ce n'est pas la première fois que je secours des animaux.

— Lui aussi était dans un sac ? demanda-t-il en désignant Rufus.

L'expression de lady Isabella changea.

— Je l'ai trouvé dans la rue. Il n'avait que quelques semaines. Il était affamé, il avait été battu, et...

Elle se mordit les lèvres et posa sur le chien un regard attendri. Elle se pencha pour le caresser.

— Il devrait en vouloir aux humains, mais ce n'est pas le cas. Il a si bon cœur.

Tout comme vous.

— Il a de la chance que vous l'ayez trouvé.

— Oui, admit-elle sans cesser de caresser l'animal, qui la contemplait avec adoration. Il était minuscule, perdu, terrifié... Parfois, je déteste les gens. Ils font des choses terribles !

Ces paroles ravivèrent des souvenirs. La chute de Badajoz, l'armée britannique devenue folle, les soldats qui tuaient, volaient, violaient...

Nicholas repoussa ces visions horribles.

— Les humains sont capables d'une grande cruauté, dit-il en espérant qu'elle ne serait jamais témoin de ce genre de scène. Mais ils peuvent aussi faire preuve d'une grande bonté.

Lady Isabella regarda la couverture sur ses genoux, d'un air peu convaincu.

— Croyez-vous qu'ils survivront ? demanda-t-il.

— Je n'en sais rien. Ils sont très petits. Major, m'en voudrez-vous si je ne me rends pas au concert chez les Fancott, ce soir ?

— Pas du tout.

Le soulagement dut transparaître dans sa voix. Lady Isabella sourit de nouveau, lui laissant voir ses petites dents mal alignées. Cette imperfection semblait accentuer sa beauté. Sa peau sans défaut, ses cheveux dorés, ses lèvres roses.

— Vous pouvez vous y rendre sans moi, major.

— Jamais de la vie !

Lady Isabella laissa fuser un rire cristallin. Comme en écho, l'un des chatons émit un couinement. Elle se pencha aussitôt vers lui, refermant les mains d'un air protecteur autour du paquet formé par la couverture.

Ses animaux étaient comme des enfants pour elle, songea Nicholas. Elle leur donnait son cœur.

Il espérait vivement que les chatons survivraient.

7

Isabella écouta la gouvernante d'une oreille distraite. Toute son attention était concentrée sur les chatons.

— Je ne sais pas quoi faire pour la petite Becky Brown, Madame. Sa mère est tombée malade et elle demande la permission de s'absenter…

— C'est tout naturel ! Combien de temps veut-elle ?

— Elle m'a demandé cinq jours, Madame.

— Accordez-les-lui.

— Très bien, Madame, répondit Mme Early d'un air peu convaincu.

Comme si l'absence de la servante pouvait plonger la maison dans le chaos.

L'un des chatons léchait consciencieusement le museau d'un autre.

— Est-ce tout ?

— Non, Madame, répondit la gouvernante d'un ton lourd de sens.

Isabella cessa de regarder les chatons et reporta son attention sur le visage rond de Mme Early.

— J'ai de bonnes raisons de croire que l'un des domestiques commet des vols.

— Quoi ? Sûrement pas !

— La réserve des bougies en cire d'abeille diminue trop vite, Madame.

Isabella garda le silence un moment. Elle savait parfaitement que les bougies en cire étaient chères et se revendaient facilement.

— Si vos soupçons sont justifiés, il faut régler ce problème.

Un voleur. Dans cette maison. Cette idée était perturbante. Ses domestiques étaient généreusement payés. Trop bien, selon certains. Et pourtant, l'un d'eux la volait.

— Où stockez-vous les bougies ? Dans le buffet entre la réserve du majordome et la cuisine ?

— Oui, Madame. Mais je peux les ranger dans mon salon, si vous le désirez.

Isabella réfléchit à cette suggestion, puis secoua la tête d'un air décidé.

— Non. J'aimerais prendre le responsable sur le fait. Un voleur n'a pas sa place dans cette maison. Laissez les bougies où elles sont, madame Early, mais gardez un œil sur ce buffet.

— Bien, Madame.

Sa seconde visiteuse ce matin-là fut Harriet.

— Le courrier est arrivé, madame, et il n'y a pas de lettre de ma tante.

La voix de la jeune fille était tremblotante, et Isabella vit que ses lèvres frémissaient. Elle prit un chaton noir dans ses bras.

— Vous lui avez écrit il y a moins d'une semaine, répondit calmement Isabella. Il est trop tôt pour s'inquiéter.

Les yeux de Harriet s'embuèrent.

— Mais, madame, que deviendrai-je si…

Isabella fut soulagée de voir un valet entrer dans le salon.

— Major Reynolds ? fit-elle en jetant un coup d'œil à la carte qu'il lui présentait sur un plateau. Dites-lui que je vais descendre.

Le valet s'inclina et sortit, prenant soin de ne pas marcher sur un chaton échappé de son panier.

— Le major Reynolds ! s'exclama Harriet en posant le chaton qu'elle avait pris dans ses bras. Il est là ?

Toute couleur se retira de son visage.

— N'ayez crainte, mon enfant. Il a dû venir prendre des nouvelles des chatons. Je les ai trouvés avec lui. Je vous suggère de vous retirer dans votre chambre.

Isabella était calme en apparence, mais son pouls se mit à battre un peu plus vite.

— Bien sûr, répondit Harriet, les yeux élargis de frayeur.

Elle était si pâle qu'elle semblait sur le point de perdre connaissance.

— N'ayez pas peur, répéta Isabella. Il ignore que vous êtes ici.

— Mais le valet...

— Les domestiques savent que votre présence dans cette maison ne doit être révélée à personne.

Harriet ne semblait pas en être certaine. Elle quitta le salon en courant.

— Quelle sotte ! dit Isabella au chaton qu'elle tenait. Cet homme n'est pas un ogre.

En réalité, elle essayait de se rassurer elle-même. Elle déposa le chaton dans le panier avec ses frères et sœurs, et lissa les plis de sa jupe.

— Viens, Rufus, dit-elle en ouvrant la porte.

Le chien la précéda dans le couloir en remuant la queue.

— Ce n'est pas un ogre, se répéta-t-elle à mi-voix.

Mais son cœur battait la chamade tandis qu'elle descendait l'escalier.

Son appréhension se dissipa quand le major Reynolds s'inclina pour la saluer. Il n'avait rien d'un ogre. Ses yeux verts étaient souriants.

— Vous avez belle allure, madame.

— Vous aussi.

Son expression changea ; il prit un air désabusé.

— J'espère que les chatons ont survécu ? s'enquit-il en tapotant la tête de Rufus.

Le chien lui lécha la main.

— Ils ont survécu. Voulez-vous monter les voir ?

Le major Reynolds gravit l'escalier avec elle, et elle éprouva un léger malaise à l'idée que Harriet Durham se trouvait à l'étage au-dessus. Son mensonge ne lui avait jamais paru aussi fragile, ni aussi odieux. Elle fut brusquement tentée de tout avouer.

Elle lança un regard de côté à son compagnon, ouvrit la bouche, et la referma aussitôt.

— Oui ? questionna-t-il en haussant les sourcils.

Isabella se mordit les lèvres. Il lui souriait aujourd'hui, mais deux jours plus tôt à Hyde Park, il avait déclaré vouloir découvrir la bienfaitrice de Harriet. Et il n'était pas souriant à ce moment-là : ses yeux brillaient de colère. Elle avait eu peur de lui.

— Vos bottes, dit-elle. Sont-elles gâchées ?

— Hélas, oui, répondit-il avec un sourire dépité.

Isabella détourna les yeux. *Rappelle-toi ta première impression. C'est un homme dangereux, il ne faut pas le contrarier.* Elle ouvrit la porte du salon.

— C'est luxueux pour des chatons, dit-il. Je pensais que vous les aviez mis dans un carton, dans la cuisine.

La pièce était décorée dans des tons jaunes. Les fauteuils en bois doré, les guéridons en citronnier, l'horloge fantaisie en bronze posée sur la cheminée donnaient au salon de l'éclat et de la luminosité.

— Les domestiques m'en voudraient si je leur demandais de s'occuper d'une nichée de chatons. Une des servantes va devoir s'absenter, et je ne peux leur demander de veiller sur ces animaux, en plus de leurs tâches habituelles. D'autre part, je préfère m'en occuper moi-même.

Le major pénétra dans la pièce.

— Ils mangent déjà ? demanda-t-il en remarquant les coupelles sur le sol. J'avoue que je les croyais trop jeunes.

— Moi aussi. Pardon, major, mais... verriez-vous un inconvénient à ce que je ferme la porte ?

Il se tourna vers elle, hésita un bref instant, et dit :

— Je suppose qu'à notre âge nous pouvons nous tenir dans la même pièce sans être compromis.

— C'est tout à fait mon avis, répliqua-t-elle en fermant la porte.

Elle se pencha pour ramasser un chaton noir qui explorait le salon d'une démarche encore incertaine, et ajouta, poussée par la curiosité :

— Major... puis-je vous demander quel âge vous avez ?

— Trente-quatre ans.

Il s'abstint poliment de lui retourner la question.

Il n'était pas vieux du tout. Il n'avait que cinq ans de plus qu'elle.

Rufus s'approcha de la corbeille et renifla les chatons. Ceux-ci s'agitèrent, et le chien lécha l'un des petits museaux gris qui se tournaient vers lui.

— C'est extraordinaire, commenta le major.

— Rufus est très doux avec les chatons, répondit Isabella en caressant celui qu'elle tenait dans les bras. Il a l'habitude.

— Comme vous, à ce que je vois.

Il examina les bols contenant de l'eau et du lait, les coupelles de viande, le panier garni d'une couverture, la boîte remplie de sciure.

— Que pense votre cousine de tout cela ? demanda-t-il en riant.

— La maison m'appartient. Si le tapis ou les rideaux devaient être remplacés, c'est moi qui m'en occuperais.

Le major alla s'accroupir à côté de Rufus.

— Je n'ai pas encore fait la connaissance de votre cousine. Elle est en deuil, je crois ?

— M. Westin est mort il y a six ans.

Il leva les yeux, l'air surpris.

— Ma cousine prend ses devoirs d'épouse très au sérieux, expliqua-t-elle.

— De toute évidence.

Il prit un chaton rayé de gris, qui miaula un moment, puis finit par se calmer dans ses mains.

— Il faut que vous en adoptiez un, déclara la jeune femme. Vous êtes leur sauveur, après tout.

Le major reposa l'animal dans son panier et se redressa.

— Merci, madame, mais je ne raffole pas des chats.

— Vous pourriez l'appeler Boots, suggéra-t-elle. En souvenir de vos bottes fichues.

Il fit la moue et réprima un rire.

— Non, madame, mais je vous remercie de votre offre.

Isabella soupira.

— Si vous entendez parler de quelqu'un qui voudrait adopter un chaton, faites-le-moi savoir.

— Grace Washburne.

— Gussie ne me le pardonnerait pas.

— Je pense que Gussie et Lucas se sont déjà résignés à l'idée d'avoir un nouveau chat, dit-il en balayant la pièce du regard.

Il s'attarda un instant sur le secrétaire Louis XV orné de dorures et de fleurs en marqueterie. Puis sur le piano de bois brillant, et sur les canapés confortables aux coussins ivoire rehaussés de galons dorés.

Isabella regarda le panier. L'un des chatons grimpait sur ses frères et sœurs et les piétinait.

— Oh... peut-être...

— N'allez-vous pas en garder un pour vous ? demanda-t-il.

— Oui. Il devrait y avoir un chat dans chaque maison.

Un silence s'installa. Isabella se rendit compte tout à coup qu'elle ne l'avait pas invité à s'asseoir et ne lui avait pas offert de rafraîchissement.

— Je vous en prie, major, asseyez-vous. Voulez-vous boire quelque chose ?

Elle s'assit, honteuse d'avoir manqué à ses devoirs.

— Non, merci, dit-il en prenant place face à elle. Je venais simplement prendre des nouvelles des chatons.

— Ils vont bien, comme vous pouvez le voir. Ma cousine dit que j'ai un don avec les créatures perdues.

Elle songea soudain à Harriet, qui attendait dans sa chambre. Encore une de ses protégés. Il y eut une nouvelle pause.

— J'organise une sortie au théâtre demain, avec des amis, dit-elle pour meubler le silence. J'espère que vous viendrez ?

Le major inclina poliment la tête.

— Gussie et Lucas seront là.

Il hocha de nouveau la tête.

Isabella se mordilla les lèvres et regarda le chaton niché au creux de sa main.

— Et le bal masqué des Worthington aura lieu après-demain, à Islington Spa. Avez-vous réfléchi au costume que vous porterez ?

— Un costume ? Est-ce nécessaire ?

Isabella haussa les épaules.

— Un masque et un domino feraient l'affaire, mais pour le bal des Worthington, les gens viennent généralement déguisés.

— Vraiment ? fit-il, renfrogné. En quoi serez-vous déguisée ?

— Vous le saurez le soir du bal, major.

Il l'observa un bref instant, puis haussa les épaules à son tour.

— Très bien. J'assisterai au bal masqué. Mais à condition que vous m'accordiez deux valses.

Soudain consciente de son charme viril, elle regretta d'avoir fermé la porte du salon.

— Donc je m'attends à vous voir arriver dans un déguisement, rétorqua-t-elle.

— Je le ferai.

Il y eut une nouvelle pause gênée. Isabella chercha Rufus des yeux. Le chien était allongé sur le sol, et deux chatons jouaient sur ses pattes.

— Pensez-vous vous rendre à Hyde Park cet après-midi ? s'enquit le major. Le temps n'est pas très clément.

Isabella regarda le ciel gris au-dessus des toits. La cime des arbres se balançait sous le vent.

— Non.

— Et ce soir, où irez-vous ? Au bal des Alleyne, ou à celui des Warwick ?

— J'assisterai aux deux. Choisissez celui que vous voulez, major, et je vous réserverai deux danses.

Il ne semblait vouloir assister à aucun des deux bals.

— Est-ce que tout cela vous plaît ? Londres ? La saison ?

— Oui, beaucoup.

— Pourquoi ?

Désarçonnée, Isabella cligna des paupières.

— J'aime ce tourbillon d'activités, l'effervescence. Mes amis. Les raisons sont nombreuses, major. Mais je déteste par-dessus tout l'oisiveté. À Londres, je ne suis jamais désœuvrée. Cela me convient.

Il fronça légèrement les sourcils.

— Vous n'aimez pas cela ? dit-elle.

— Non.

Elle baissa les yeux, avec un vague sentiment de culpabilité.

— Mais si les circonstances étaient différentes...

Si je ne vous avais pas traité d'ogre...

— Cela me déplairait aussi.

— Pourquoi ?

— Les ragots, dit-il avec mépris. Les prétentions, l'affectation, l'hypocrisie.

— Ces choses ne sont pas réservées à Londres, ni à la saison mondaine. Il y a des commérages dans toutes les villes et tous les villages d'Angleterre.

— Peut-être, admit-il, l'air peu convaincu.

— L'hypocrisie et la prétention sont des sentiments répandus, j'en suis certaine. La stupidité est partout, major. Elle fait malheureusement partie de la nature humaine.

— Vous avez raison, madame, reconnut-il avec un sourire froid qui n'atteignit pas ses yeux.

Isabella contempla le chaton, consciente qu'elle venait de chuter dans l'estime du major. Et sa vanité en souffrait.

Il se leva.

— J'ai assez abusé de votre temps.

— Pas du tout, répliqua-t-elle en se levant à son tour.

Le chaton qui s'était endormi dans sa main poussa un miaulement de protestation. Isabella le déposa sur le sol, et il se secoua en chancelant.

Rufus se leva quand elle ouvrit la porte. Il descendit l'escalier avec eux et lécha poliment la main du major pour lui dire au revoir.

— Quel bal, major ?

— Les deux, dit-il en prenant le chapeau et les gants que lui tendait le majordome.

— Les deux ?

— Quand je fais quelque chose, je vais jusqu'au bout.

Le ton était sévère, comme s'il était question d'une bataille et non d'un bal.

*

* *

Nicholas repartit vers chez lui, plongé dans ses pensées. Lady Isabella voulait qu'il porte un déguisement, n'est-ce pas ? Il eut une inspiration en tournant dans Albemarle Street. Et il éclata de rire en gravissant les marches du perron de la maison qu'il avait louée pour la saison.

— M. Shepherd est arrivé ?

— Non, Monsieur, dit le majordome en prenant ses gants et son chapeau.

Nicholas jeta un coup d'œil à la pendule du hall. Il avait encore dix minutes avant qu'elle sonne l'heure.

— Je serai dans mon bureau. Faites-le entrer dès qu'il arrivera, Frye.

— Très bien, Monsieur.

Il avait loué la maison meublée, mais en dépit des tableaux accrochés aux murs et de la bibliothèque bien fournie, il avait l'impression d'être à l'hôtel. Le bureau était la seule pièce qu'il avait arrangée à son goût, en se débarrassant de tous les bibelots. Le fauteuil de cuir à oreillettes avait fini par s'adapter à sa silhouette au cours des semaines.

Shepherd fut ponctuel. Nicholas poussa de côté la lettre qu'il était en train d'écrire, et se leva.

— Monsieur Shepherd. Merci d'être venu.

— Je vous en prie.

La main de M. Shepherd était sèche, ses tempes étaient éclaircies, et ses yeux gris brillaient d'intelligence.

— J'ai appris que vous travailliez avec les policiers de Bow Street.

— Cela m'arrive parfois, en effet.

— On vous a recommandé à moi pour vos qualités de discrétion et d'opiniâtreté.

Shepherd ne répondit pas. Il demeura impassible.

— J'ai une mission à vous confier. Asseyez-vous, je vous en prie.

Les détails furent rapidement exposés. Puis Nicholas regarda l'homme sortir de la pièce avec un sentiment de satisfaction. Il saurait bientôt. Et quand il saurait…

Il se tourna vers la fenêtre et regarda M. Shepherd longer l'allée et s'engager dans Albemarle Street. L'homme se fondit dans la foule, devenant presque invisible.

Nicholas fit glisser ses doigts sur sa joue. *Un ogre.*

Il connaîtrait bientôt l'identité de la bienfaitrice de Harriet.

*

* *

Sa démarche suivante le conduisit dans un dédale de rues tortueuses du côté de Drury Lane, à la recherche d'un établissement recommandé par l'un de ses valets, un homme qui était né et avait grandi à Londres. Il passa une heure à discuter avec un individu grassouillet, pourvu d'une tignasse brune, aux doigts tachés de peinture. Puis, après s'être délesté d'une somme d'argent non négligeable, il sortit en sifflotant.

Il se rendit alors à son club, où il dîna et s'installa dans une alcôve tranquille, pour lire le journal en dégustant un verre de bordeaux. C'est là que son neveu le trouva une demi-heure plus tard.

— Monsieur ! Je vous ai cherché partout.

Nicholas abaissa son journal et observa le jeune homme. Le visage de Harry était empourpré et la colère brillait dans ses yeux, dont l'un disparaissait presque entièrement sous un coquard.

— Tu t'es battu, Harry ?

— Oui ! Et je recommencerai ! C'est terrible, monsieur ! Terrible !

Nicholas replia le journal et le déposa sur le guéridon d'acajou, à côté de lui.

— Tu m'inquiètes, Harry, dit-il en désignant un fauteuil à son neveu. Assieds-toi, je te prie. Veux-tu un verre de bordeaux ?

Harry se tint un moment immobile, les poings serrés, en proie à une visible indignation. Puis il prit place dans le fauteuil. Sa colère sembla s'apaiser quand il fut assis.

— Je ne t'ai pas vu pendant plusieurs jours, dit doucement Nicholas.

— J'étais parti à la campagne pour une course de chevaux. Il y avait cette jument, du nom de Winnit… Mais peu importe ! Je suis revenu dès que j'ai appris. C'est infâme !

— Oui, j'en ai l'impression, répondit Nicholas, amusé. Qu'est-ce qui est infâme ?

— Le sobriquet qu'on vous donne, monsieur. J'ai dit à Grantham que ce n'était qu'un sale mensonge !

Nicholas posa les yeux sur le poing serré de son neveu.

— C'est pour ça que tu as récolté un œil au beurre noir ?

— Oui ! Et je recommencerai ! Je les ferai taire…

— Je te remercie d'avoir pris ma défense. Mais je n'ai pas besoin que tu te battes à ma place, Harry.

— Mais, monsieur…

Nicholas fit signe à un serveur.

— Deux verres de bordeaux, demanda-t-il.

Il dévisagea son neveu pendant qu'ils attendaient. Harry n'avait pas grand-chose en commun avec le jeune homme qui lui avait rendu visite quelques jours plus tôt. La mollesse et la morosité avaient disparu, ainsi que les cheveux pommadés et la chemise au col de dentelle. Tout cela avait cédé la place à la colère, l'agitation, et une cravate sobre.

— C'est infamant, reprit Harry quand le serveur eut déposé devant eux les verres de vin. Comment pouvez-vous le supporter, monsieur ? Cela me met hors de moi !

C'était curieux, songea Nicholas en sirotant son vin, mais la colère de Harry surpassait la sienne.

— Ignore-le, conseilla-t-il.

— L'ignorer ? Comment le pourrais-je ? Vous n'êtes pas un ogre, monsieur, et ceux qui disent ça sont…

Nicholas reposa son verre.

— Harry, c'est une sottise ridicule. Il vaut mieux l'ignorer.

— Mais, monsieur…

— Je te demande de ne plus échanger de coups de poing avec qui que ce soit à ce sujet.

— Mais...

— En faisant cela, tu t'exposes aux moqueries de la bonne société. Un seul mouton noir dans la famille suffit bien, ajouta-t-il en plaisantant.

— Cela m'est complètement égal !

— Pas pour moi. Ni pour ton père, ajouta Nicholas en soutenant le regard de son neveu.

— Mon père ? Il rejette la faute sur vous. Il prétend que vous avez humilié toute la famille.

Nicholas trouva soudain que son vin avait un goût amer.

— Il parle de quitter la ville, précisa Harry avec une moue de mépris.

Nicholas posa son verre sur le guéridon, et se massa le front.

— Eh bien, qu'il s'en aille ! poursuivit le jeune homme. Ce lâche...

— Harry !

Le jeune homme se tut.

— Tu dois parler de ton père avec respect. C'est compris ?

— Oui, monsieur, répondit Harry en baissant les yeux.

Son habituel ton boudeur avait réapparu.

Il y eut un silence gêné, qui fut rompu par l'irruption de nouveaux arrivants.

— Bonjour, l'ogre ! lança joyeusement l'un des hommes qui venaient d'entrer.

Nicholas le salua d'un signe de tête, puis reporta son attention sur Harry, dont le visage était de nouveau empourpré.

— Comment supportez-vous cela, monsieur ?

— Il n'y avait aucune méchanceté dans cette taquinerie.

— D'accord, mais...

Nicholas reprit son verre en riant.

— Et donc, où se déroulait cette course de chevaux ? demanda-t-il pour faire dévier la conversation.

Mais Harry refusa de se laisser distraire.

— J'aimerais savoir qui est à l'origine de cette mauvaise plaisanterie ! Je le...

— Ne t'inquiète pas. Je m'en occupe.

Le regard de Harry s'éclaira, sa morosité s'évanouit, et il se pencha en avant.

— Vous le savez ?

— Je le saurai bientôt.

Harry se renversa dans son fauteuil.

— Que ferez-vous, une fois que vous saurez, monsieur ?

Nicholas fit tourner le vin dans son verre en réfléchissant. Que ferait-il ? Cela demandait réflexion.

Il avala une gorgée de bordeaux, et reposa le verre sur la table.

— Je donnerai une bonne leçon à cette personne.

8

Nicholas dansa un quadrille et une valse avec lady Isabella au bal des Alleyne. Puis il l'invita quelques heures plus tard à celui des Warwick, dans la salle tendue de soie rose. Le champagne, dont il alla chercher deux coupes après une danse campagnarde particulièrement énergique, était également rose.

Après avoir abandonné la jeune femme à un autre cavalier, Nicholas se retira au fond de la salle et s'adossa au mur recouvert de toile rose. Il sirota son champagne en étudiant la salle, faisant passer son regard d'une débutante à l'autre. Clarissa Whedon ferait une épouse acceptable, ainsi qu'Agatha Harrow. Mlle Whedon n'était pas une beauté, mais la beauté n'avait pas d'importance chez une épouse. Ce qu'il recherchait, c'était une nature docile, un caractère calme, et la jeunesse. Mlle Whedon possédait ces trois qualités. Mlle Harrow était jolie et assez insipide, mais son air timide lui rappelait beaucoup Harriet Durham.

Nicholas regarda le champagne rosé d'un air de dégoût et en prit une autre gorgée. Ses yeux retournèrent se poser sur Clarissa Whedon. Il essaya de l'imaginer assise face à lui à la table du petit déjeuner, avec ses traits fades et son air réservé. Cela pouvait marcher. Et même très bien.

Il avait sélectionné diverses épouses possibles en les observant pendant plusieurs jours. Harriet

Durham, Clarissa Whedon, Patience Bourne, et Agatha Harrow. Il s'était finalement décidé pour Harriet, car elle était la plus jeune et par conséquent la plus malléable. Du moins l'avait-il cru. Et, aussi, parce qu'elle était la plus jolie.

Un choix qui s'était révélé désastreux.

Nicholas finit son champagne. Il allait danser avec Clarissa Whedon, et peut-être l'escorter dans la salle à manger pour confirmer sa décision.

Il s'écarta du mur, bizarrement peu enthousiaste à l'idée d'inviter Mlle Whedon.

La raison de ce manque d'enthousiasme était facile à comprendre. Il préférait danser avec lady Isabella.

Nicholas secoua la tête, agacé. Il posa sa coupe sur une table chargée de verres vides et se dirigea vers l'endroit où Clarissa Whedon était assise avec sa mère.

Mlle Whedon était de taille moyenne, avec un visage rond, des cheveux bruns, des yeux bleus et une silhouette plutôt forte. Un jour, elle serait aussi corpulente que sa mère. Cela n'avait pas d'importance. Ce qu'il aimait chez elle, c'était son air imperturbable. Elle ne rougit pas, comme le faisait Harriet, lorsqu'il l'invita à danser. Et elle demeura impassible quand il l'escorta sur la piste de danse.

*

* *

Finalement, il n'était pas nécessaire d'escorter Clarissa Whedon dans la salle à manger, car cette danse venait de confirmer ce qu'il savait déjà sur elle. Pour le caractère, elle correspondait exactement à ce qu'il espérait. Nicholas chercha un terme pour la décrire, tandis qu'il la ramenait près de sa mère. « Flegmatique ». C'est le seul qui lui vint à l'esprit, mais il le repoussa. Ce n'était pas le bon mot.

Il s'inclina devant sa mère, puis alla chercher quelque chose à boire. Il ne lui restait plus qu'une question à régler : à quel moment faire sa demande ?

Nicholas s'empara d'une coupe de champagne rosé sur un plateau, et avala une gorgée. La boisson lui parut plate et sans saveur. Parfaitement adaptée à son humeur.

Grimaçant, il fit tourner le pied du verre entre ses doigts. Pourquoi ne pas parler à Mme Whedon dès ce soir ? Et lui demander s'il pouvait leur rendre visite le lendemain matin ? Il avait passé les dix derniers mois à préparer ce moment. Il avait revendu sa charge de l'armée, pris en main l'administration de son domaine et préparé la maison pour recevoir une femme et des enfants. Il aurait dû être enthousiaste...

— Nicholas.

Il se retourna. Son frère se tenait face à lui. Ses lèvres étaient pincées, ses narines légèrement frémissantes, comme s'il venait de détecter une odeur déplaisante. Nicholas ne sentait que l'entêtant parfum de lavande qui enveloppait son frère.

— Gérald, répondit-il en inclinant poliment la tête. Comment vas-tu ?

Le col et la cravate de Gérald étaient si hauts qu'il ne put lui rendre son salut. Il inclina le buste avec raideur. Il était couvert de bijoux. Des diamants scintillaient sur sa veste, à ses doigts, et dans les plis de sa cravate.

— Je quitte la ville demain.

Nicholas avala une autre gorgée de champagne et ne dit mot. Gérald s'approcha de lui.

— Si tu avais le moindre respect pour la famille, tu partirais aussi ! Au lieu de m'obliger à le faire.

Sa voix sifflante avait un ton amer.

Si tu avais du cran, tu resterais. Nicholas ne prononça pas les mots à haute voix et maîtrisa sa colère.

Gérald jeta un coup d'œil à lady Isabella qui dansait avec un nouveau cavalier.

— Tu perds ton temps, dit-il avec mépris. Elle ne voudra pas de toi. Elle a déjà refusé deux ducs.

— Je n'ai pas l'intention d'épouser lady Isabella Knox, répliqua Nicholas, piqué au vif.

« Imbécile, se gronda-t-il, tu entres dans son jeu. » Les doigts crispés sur son verre, il prit un ton détaché :

— Ce n'est qu'une amie.

Gérald ricana. Pivotant sur ses talons, il s'éloigna, avec son air indigné et son parfum de lavande.

Nicholas sirota son champagne et sentit son agacement s'évaporer au fur et à mesure que son frère s'éloignait. Il regarda lady Isabella danser. Des cheveux d'or, une peau crémeuse, des lèvres sensuelles.

Elle se détachait des autres femmes, éblouissante dans sa robe de bal bleu myosotis brodée de perles de nacre. Mais ce qui attirait le regard, ce n'était pas seulement sa robe, ses cheveux et sa beauté. C'était autre chose, un je-ne-sais-quoi qui n'appartenait qu'à elle.

Nicholas plissa les yeux, essayant de définir ce qui la rendait différente des autres femmes. Il y avait son maintien, sa grâce et son assurance, et quelque chose d'indéfinissable qui la faisait rayonner de l'intérieur.

Elle avait des manières simples et gracieuses, que peu de gens possédaient, et qui révélaient une sorte de sérénité.

Elle était heureuse d'être ce qu'elle était.

Combien de gens pouvaient en dire autant ? Lui-même, pouvait-il en dire autant ?

Nicholas porta machinalement les doigts à sa joue, retint son geste et baissa la main. La cicatrice était ce que les gens voyaient, mais ce n'était pas ce qu'il était.

Il scruta la salle de nouveau, examinant les débutantes. Des jeunes filles dont la personnalité n'était pas encore affirmée. Quelles femmes deviendraient-elles ?

Son regard revint sur lady Isabella. Clarissa Whedon deviendrait-elle le même genre de femme qu'elle ? Serait-elle rayonnante ?

— Bonsoir, monsieur.

Nicholas tourna la tête et découvrit un autre membre de la famille.

— Harry ? s'exclama-t-il, surpris.

Harry ne singeait plus l'allure des dandys. Les habits extravagants avaient disparu. Le jeune homme était élégant, mais habillé avec sobriété. Un peu comme...

Comme moi.

— Cette soirée n'est-elle pas un peu sage pour toi ? dit-il, se demandant si Gérald avait vu son fils.

Harry rougit un peu.

— Oh, j'aime bien les bals, répondit-il d'un air détaché.

— Je pensais que tu préférais les cercles de jeu, suggéra Nicholas, sarcastique.

Harry rougit de plus belle.

— Si vous voulez le savoir, j'ai décidé de cesser de jouer pendant quelque temps.

— Tu es de nouveau fauché ?

— Non, monsieur.

— Alors, tu es fâché avec tes amis ?

Harry s'emporta tout à coup.

— Ils n'avaient pas le droit de vous traiter d'ogre ! Pas du tout !

— Pourquoi pas, puisque tout Londres le fait ? rétorqua sèchement Nicholas.

Il avala le reste de son champagne. Le liquide était tiède et éventé.

— Eh bien, personne ne devrait le faire !

La loyauté de Harry était touchante. Et si cela éloignait le garçon des jeunes gens écervelés qu'il avait fréquentés, tant mieux.

— Je ne te recommande pas le champagne, dit-il en cherchant un endroit où poser son verre.

Harry continua :

— Quand vous aurez trouvé qui est le responsable, j'espère que vous le fouetterez !

— C'est une femme.

— Oh, fit Harry, un peu décontenancé.

Nicholas regarda la salle, les commères regroupées qui échangeaient des ragots, les dames qui dansaient. *Peut-être même se trouve-t-elle dans cette salle.*

*
* *

Le major dansait bien, une main ferme posée sur ses reins, mais il semblait retirer peu de plaisir de cette valse. Il affichait un sourire poli, qui cachait une humeur lugubre. Isabella connaissait la raison de son mécontentement. Elle avait entendu aussi clairement que lui l'exclamation :

— Avez-vous vu l'ogre ? Il paraît qu'il est là.

La débutante qui avait prononcé ces mots s'était empourprée en s'apercevant que le major Reynolds se tenait à côté d'elle. Agissant comme s'il n'avait rien entendu, ce dernier avait escorté Isabella sur la piste de danse. Mais il avait les dents serrées et ses yeux brillaient de fureur.

Isabella dansait en silence. Tout le plaisir de la soirée avait disparu, remplacé par un sentiment de culpabilité. *C'est ma faute, j'ai trop parlé.* Avec la culpabilité, elle ressentait de la colère. Certes, elle estimait que le major avait eu tort de choisir une fiancée si jeune, elle n'approuvait pas les raisons qui l'avaient poussé à le faire, mais en dehors de cela, c'était un homme admirable. Il était courageux, intelligent, honorable. Ce qui n'empêchait pas la bonne société londonienne de se gausser de lui.

— Aimeriez-vous boire quelque chose ? demanda-t-il, une fois que les musiciens eurent reposé leurs instruments. Une coupe de champagne ?

Isabella leva les yeux vers lui. Son regard vert était dur.

— Oui, s'il vous plaît, dit-elle en posant la main sur son bras.

Elle éprouvait le besoin ridicule de le protéger.

— Reynolds !

— Mayhew ? s'exclama-t-il en se retournant. Par exemple !

Il tendit la main, et sa colère parut s'évaporer comme par enchantement. Il arborait un sourire qui le rendit étrangement séduisant.

— Lady Isabella, permettez-moi de vous présenter le lieutenant Mayhew.

Ce dernier s'inclina. C'était un homme maigre et dégingandé, blond aux yeux bruns, qui semblait avoir le même âge qu'elle. Il portait un costume militaire vert, son visage était bronzé et il affichait une expression désinvolte.

— Enchanté de faire votre connaissance, lady Isabella. Me ferez-vous l'honneur de m'accorder une danse ?

Le major étouffa un rire et se tourna vers la jeune femme.

— Prenez garde, madame. Mayhew est un amateur de jupons, un feu follet qui ne tient pas en place.

Le lieutenant sourit et ne fit pas mine de nier. Isabella sourit.

— Certainement, lieutenant Mayhew. Dansons.

Elle prit place face à lui dans le quadrille.

— Vous ne vous attendiez sûrement pas à rencontrer le major Reynolds ici, dit-elle alors qu'ils attendaient que la danse commence.

— Pourquoi ? J'étais sûr de le voir dans un bal.

— Vraiment ? J'avais l'impression qu'il n'aimait pas beaucoup danser.

— Reynolds ? s'exclama Mayhew en riant aux éclats. Je l'ai vu plus d'une fois passer la nuit à danser.

— Oh.

— Si vous saviez ! Il a fait des pieds et des mains à Madrid pour se procurer des billets, pour lui et sa... euh...

Le lieutenant hésita un instant, et reprit :

— C'était un grand bal en l'honneur de Wellington. Il était très difficile d'obtenir des places.

Isabella regarda le major, à l'autre bout de la salle, et essaya de l'imaginer à Madrid avec une beauté espagnole à son bras. L'image eut du mal à se former dans son esprit, car le major Reynolds n'avait rien d'un libertin. Elle ne le voyait pas murmurant des mots doux à l'oreille d'une dame. Il était trop dur, trop discipliné, trop austère.

Pour le lieutenant, c'était différent. Il avait dû semer toute une série de cœurs brisés dans son sillage, avec ses manières désinvoltes, ses yeux rieurs, et la gravité désarmante qui apparaissait parfois sous la légèreté.

— Vous avez servi avec le major Reynolds ?

— En Espagne, et à Waterloo. C'était le major de ma brigade. Reynolds menait toujours, au premier rang.

— Oh, dit-elle en observant l'intéressé, maintenant en grande conversation avec un jeune homme, qui était le fils aîné de son frère. C'était un bon officier ?

— Le meilleur. Je n'aurais pas voulu être sous les ordres d'un autre.

Le quadrille commença, et Isabella passa un moment agréable. Le lieutenant était un charmeur, qui n'avait pas la langue dans sa poche. Quand ils se furent salués et que les musiciens reposèrent leurs instruments, le lieutenant la ramena vers le major. Le jeune Harold Reynolds arborait un œil au beurre noir. Il salua poliment Isabella, mais quand il posa les yeux sur le lieutenant, il eut une expression de respect mêlé de crainte.

— Vous vous rappelez le bal à Ciudad Rodrigo ? lança le lieutenant Mayhew. Ces tentures m'y font penser.

— Comment pourrais-je oublier ? répondit Reynolds en souriant. Wellington avait réquisitionné la dernière maison qui tenait encore debout, mais un boulet de canon avait transpercé le toit, et un autre avait creusé un trou dans le sol. Ils avaient donc disposé des tentures de soie jaune pour masquer le toit. Quant au trou dans le sol...

— Ils avaient posé un tapis par-dessus, enchaîna le lieutenant. Et posté un homme à côté pour s'assurer que personne ne tomberait dedans.

— Quel bal ! s'exclama le major en riant.

Sur une impulsion, Isabella se tourna vers le lieutenant et vers le jeune Reynolds.

— J'ai organisé une sortie au théâtre demain soir. On y joue une pièce d'Elliston. Voulez-vous vous joindre à nous ?

Les deux hommes s'inclinèrent en la remerciant, et Isabella eut conscience que le major se sentait soulagé. En compagnie du lieutenant Mayhew, il passerait une bonne soirée. Même si les Londoniens se moquaient de lui.

*

* *

Le groupe se composait des Washburne, de Harry, de Mayhew et lui, et de lady Isabella avec sa cousine. Mme Westin était une femme d'âge moyen, avec des yeux d'un bleu délavé et un visage doux. Elle portait des vêtements de deuil.

— Je suis enchantée de faire enfin votre connaissance, major Reynolds, dit-elle lorsqu'ils furent assis. Aimez-vous le théâtre ?

Elle ne semblait nullement troublée par sa cicatrice, et soutenait franchement son regard.

— Oui, beaucoup.

Leur loge était privée, mais ils étaient entourés par le brouhaha du théâtre. L'écho de centaines de conversations montait jusqu'au plafond, les musiciens accordaient leurs instruments, et des rires stridents leur parvenaient du parterre où prenaient place les spectateurs les moins fortunés.

— Le major Reynolds est un peu comédien, dit Mayhew en se penchant en avant. Je l'ai souvent vu fouler les planches.

Du coin de l'œil, Nicholas vit lady Isabella tourner vers lui un regard étonné. Harry parut également surpris.

— Vous jouez la comédie, monsieur ?

— C'était une tradition dans la division légère, répondit Nicholas en haussant les épaules.

— Est-il bon comédien, lieutenant ? demanda lady Isabella, amusée.

— C'est un acteur de premier ordre, madame. J'aurais aimé que vous le voyiez dans le rôle de Roméo. Il était incomparable.

— Roméo ? répéta-t-elle, de plus en plus amusée.

Nicholas sembla mal à l'aise.

— C'était un rôle comique.

— Je n'ai jamais autant ri, ajouta Mayhew. Et j'ai cru que Wellington allait s'étouffer de rire !

— Wellington ? releva Mme Westin, d'un ton empreint de respect.

— Nous étions dans nos quartiers d'hiver. Fuentes de Oñoro, n'est-ce pas ?

Nicholas acquiesça d'un signe de tête.

— Nous avions trouvé une chapelle abandonnée, pour monter nos spectacles. Wellington venait parfois nous regarder.

— Une chapelle ? répéta Mme Westin, légèrement contrariée.

— L'évêque de Ciudad Rodrigo était de votre avis, madame, précisa Mayhew. Il avait solennellement réprouvé cette initiative.

Son sourire charmeur eut raison de la désapprobation de Mme Westin.

— Eh bien, si Wellington n'y trouvait rien à redire…

— C'était tout le contraire. Je l'ai rarement vu aussi content. Et si vous aviez vu Reynolds, madame, vous comprendriez. Je n'ai jamais rien vu d'aussi drôle que son personnage de Roméo.

Par chance, le rideau se leva à cet instant. Les regards intrigués de Gussie, Harry et lady Isabella se tournèrent vers la scène, où une grotte pittoresque venait d'apparaître.

Un homme s'avança sur scène, une lettre à la main. Il marqua une pause, attendant que le calme retombe dans la salle, puis lut à haute voix, dominant les murmures du parterre.

— Un homme que vous avez autrefois honoré de votre amitié a d'importants secrets à vous communiquer. Venez seul ce soir à 20 heures dans la grotte des jardins du palais.

L'acteur leva la tête et posa sur les spectateurs un regard perplexe.

— De qui vient ce message ? Ce mystère me fait redouter une personne ennemie.

Une horloge en coulisses sonna huit coups. Nicholas soupira et se laissa absorber par le spectacle.

Après le premier acte, quand les acteurs eurent quitté la scène, un serveur apporta des rafraîchissements dans la loge. Lady Isabella n'avait pas regardé à la dépense. L'assortiment de gâteaux et de boissons était remarquable.

Nicholas se renversa dans son fauteuil en sirotant son vin de Bourgogne. Il aimait le bruit de la foule qui emplissait la salle, l'atmosphère indéfinissable du théâtre. Le vin était doux, légèrement épicé.

— J'ai entendu dire que les Londoniens vous traitaient d'ogre, dit Mayhew en riant.

— Qu'avez-vous entendu d'autre ? grommela Nicholas.

— Que vous faisiez le siège d'une très belle dame. Vous avez toujours eu bon goût.

— Nous sommes simplement amis, rétorqua Nicholas, ignorant l'expression incrédule de son camarade.

Il s'était décidé pour une épouse. Ce serait Clarissa Whedon. Bien que sans beauté, elle avait une nature calme et docile. Sa mère, qui avait quatre filles à caser, accueillerait favorablement sa demande. Ogre ou pas.

Il écouta d'une oreille distraite Mayhew régaler Harry de quelques anecdotes sur la vie militaire.

— Nous n'eûmes que des glands pour le dîner, car les wagons d'approvisionnement s'étaient égarés sur une mauvaise route...

— Un acteur comique, major ? fit une voix douce près de lui. Vous avez des talents cachés...

Il se tourna et vit que lady Isabella était assise à la place de Mme Westin. Elle esquissa un sourire et ajouta :

— Je dois avouer que j'ai du mal à vous imaginer en Roméo.

— J'avais le plus souvent un rôle de bandit, répondit-il en se tapotant la joue du bout du doigt.

— Major, j'espère que vous ne vous formaliserez pas de ma question, mais... comment avez-vous eu cette cicatrice ?

Le tumulte des voix s'effaça. Il n'entendit plus que des cris, le crépitement des flammes, une voix d'homme hurlant.

— Le cantonnement dans lequel je me trouvais a pris feu.

— Ah. Quelle malchance.

— Non. J'ai eu beaucoup de chance.

Elle garda le silence un moment, puis reprit :

— Il y avait d'autres hommes avec vous ?

— Nous étions quatre.

Dans une minuscule cahute, au sol de terre battue.

— Je suis le seul à m'en être sorti.

— Je suis désolée.

— C'était il y a longtemps, dit-il en haussant les épaules.

Il souleva son verre et prit une gorgée de vin, mais il eut l'impression de sentir la fumée et l'odeur de chair brûlée. Une nausée lui tordit l'estomac, et la bile remonta dans sa gorge.

Les doigts crispés sur le verre, il s'obligea à avaler le vin.

— Pardonnez-moi de vous avoir posé cette question, major. Je suis désolée.

Il se concentra sur lady Isabella. Elle avait décelé son malaise.

— Je vous en prie. Comme je le disais, c'était il y a longtemps, et j'ai eu de la chance.

Elle conserva une expression grave. Était-ce de la pitié qu'il voyait dans ses yeux ?

Nicholas se redressa dans son fauteuil. Les lambeaux de souvenirs se dissipèrent, ainsi que sa nausée.

— J'ai eu de la chance, répéta-t-il. Douze ans d'armée, et aucune blessure sur le champ de bataille. Peu d'hommes peuvent en dire autant.

Elle posa de nouveau les yeux sur la cicatrice.

— Que voyez-vous quand vous la regardez ? demanda-t-il brusquement.

— De la souffrance.

Il effleura sa joue.

— Quand je me vois dans le miroir, je me souviens que j'ai eu de la chance.

— Vraiment ?

— Oui.

J'ai survécu.

Lady Isabella sourit. Elle le croyait. Nicholas se détendit également. Elle n'avait pas pitié de lui.

— Vous savez..., reprit-elle, pensive. Je ne la remarque même plus, à présent. Sauf quand...

Elle croisa son regard, et ses joues se colorèrent.

— Sauf quand quelqu'un me traite d'ogre ?

— Oui, reconnut-elle en rougissant encore.

J'espère que mon épouse parviendra aussi à l'oublier.

— Que pensez-vous de Clarissa Whedon ? questionna-t-il de but en blanc.

— Clarissa Whedon ? Avez-vous l'intention de demander sa main ?

Elle se mordit les lèvres et ajouta :

— Pardonnez-moi, major, ma question est impertinente.

Nicholas fit un geste de la main pour la tranquilliser.

— Oui, c'est mon intention, répondit-il en regardant le vin dans son verre. Que pensez-vous d'elle ?

— Elle me paraît gentille.

Elle fronça les sourcils, comme si elle cherchait ses mots.

— Placide, ajouta-t-elle. Elle semble très placide.

— Oui.

C'était le mot qu'il avait cherché la veille. « Placide ». Calme, réservée. Et encore assez jeune pour être modelable. Il sourit et porta son verre à ses lèvres. C'était exactement ce qu'il demandait à une future épouse.

*

* *

Quand le rideau fut retombé et que l'agitation envahit de nouveau la salle, Gussie se tourna vers Isabella.

— Puis-je venir avec Grace, demain ?

— Bien entendu. Elle veut jouer avec les chatons ?

— Elle aimerait en adopter un, rectifia Gussie, narquoise. Le rouquin.

— Il ne se passe pas une heure sans qu'elle en parle, déclara son époux, avec un mélange d'amusement et de résignation. Elle lui a même trouvé un nom. Safran.

— Nous avons cédé, avoua Gussie avec une grimace.

Isabella réprima à grand-peine un sourire.

— Oh, ciel. Je suis désolée.

— Des chatons ? s'exclama Mayhew. Vous avez des chatons, madame ?

— Oui. Connaissez-vous quelqu'un qui voudrait en adopter un ?

— Moi. En auriez-vous deux, par hasard ?

— Oui, répondit Isabella, étonnée.

— Pourquoi voulez-vous des chatons ? grommela Nicholas en haussant les sourcils.

— Pour les offrir à ma nièce et à mon neveu. Ce sont des jumeaux. Les enfants de ma sœur.

Lady Isabella sourit, d'un air approbateur.

— Vous aurez deux chatons, lieutenant Mayhew. Je serai enchantée de vous les donner.

Nicholas enfila ses gants. Pour une raison inexplicable, il se sentait un peu contrarié.

9

Le lundi ne commença pas sous les meilleurs auspices. Une servante tomba dans l'escalier et se cassa la jambe.

— Cela fait deux servantes en moins ! s'exclama Mme Early, affolée. Ce n'est pas possible, Madame. Pas dans une maison aussi grande, avec Mlle Durham en plus.

Isabella parvint à calmer la gouvernante et l'envoya au bureau de l'emploi engager une nouvelle servante. Après quoi, elle monta dans le salon de Mme Westin, où sa cousine se tenait en compagnie de Harriet.

— Oh, laissez-moi vous aider ! dit celle-ci en posant son ouvrage de couture. Je peux faire les lits, la poussière, et...

— Merci, ma chère, mais ce n'est pas nécessaire, répondit Isabella en souriant.

Une pile de mouchoirs était posée sur le canapé à côté de la jeune fille. Isabella en prit un. L'ourlet était si bien fait que les points étaient presque invisibles. Dans chaque coin du carré de tissu, une violette déployait ses pétales.

— Est-ce vous qui avez fait ça ?

Harriet eut un signe de tête affirmatif.

Le deuxième mouchoir était garni de primevères jaunes, le suivant de roses pâles délicatement brodées. Isabella aurait été incapable d'effectuer un travail aussi précis.

— C'est très beau. Vous êtes une excellente couturière.

Le compliment fit légèrement rougir Harriet.

Isabella reposa les mouchoirs et s'apprêta à sortir, gardant la porte ouverte pour Rufus qui ne la quittait pas d'une semelle.

— Madame ? lança Harriet.

— Oui ? dit-elle en se retournant.

— Le courrier est-il arrivé ?

— Oui.

— Y avait-il une lettre pour moi ?

— Non, ma chère petite.

Des larmes apparurent dans les yeux de la jeune fille, qui se tordit les mains.

— Oh, que deviendrai-je si ma tante ne...

— Nous y réfléchirons le moment venu, si nécessaire, déclara Mme Westin sans cesser de tricoter. Ne vous faites pas de souci à l'avance, mon petit.

Sa voix était très calme. Harriet se mordilla les lèvres et baissa les yeux. Des larmes perlaient sous ses paupières.

— Ma cousine a raison, dit Isabella en souriant. Il est trop tôt pour s'inquiéter.

Mais en son for intérieur, elle commençait à être préoccupée. Une semaine s'était écoulée. Une réponse aurait dû leur parvenir du Lake District...

La petite Grace Washburne vint avec sa mère prendre le chaton roux et repartit transportée de bonheur. Après un déjeuner léger, Isabella s'installa dans le salon pour lire la lettre d'une de ses sœurs. Les chatons étaient pelotonnés dans leur panier, et Rufus avait posé le museau sur ses pieds.

Elle était absorbée par la description de son neveu montant un poney pour la première fois, quand le majordome entra et lui présenta une carte sur un plateau.

— Un gentleman désire vous voir, Madame.

— M. Fernyhough ? lut Isabella en examinant la carte. Qui est-ce ?

Le majordome l'ignorait.

— Vous a-t-il dit pourquoi il souhaite me voir ?

— Pour affaires, Madame.

Isabella tapota le bristol du bout des doigts.

— Je le recevrai dans le salon du bas.

Elle passa chez Mme Westin pour avertir Harriet qu'un visiteur se trouvait dans la maison, puis descendit au rez-de-chaussée.

Le costume de M. Fernyhough était d'une grande simplicité, et fort convenable. Il s'inclina respectueusement, et posa sur elle un regard franc. Il ne devait pas avoir plus de vingt-cinq ans. Quelque chose dans ses traits, ou dans ses manières, faisait penser à un chiot plein de bonne volonté.

— Pardonnez-moi cette intrusion, Madame, dit-il quand elle l'invita à s'asseoir. Je suis un complet étranger pour vous. Mais je voulais être certain...

Il se mordit les lèvres et ajouta, avec un brin de brusquerie :

— Est-ce que Mlle Durham va bien ?

Choquée, Isabella se figea.

— Mlle Durham ? répéta-t-elle avec circonspection.

M. Fernyhough se pencha en avant, l'air anxieux.

— Mlle Harriet Durham. Je crois qu'elle est sous votre protection. Est-ce qu'elle va bien ?

Isabella se réfugia dans une attitude hautaine.

— Je ne comprends pas très bien, monsieur Fernyhough. Pourquoi cette Mlle Durham serait-elle sous ma protection ?

Le jeune homme s'enfonça dans le fauteuil de velours rouge, et parut troublé.

— Je vous demande pardon, Madame. J'ai cru comprendre... La patronne de *La Rose et la Couronne* à Stony Stratford m'a dit que...

Il posa sur Isabella un regard implorant.

— Mlle Durham s'est enfuie et j'essaie de retrouver sa trace, pour m'assurer qu'elle est en sécurité et ne manque de rien.

— Quelle relation avez-vous avec Mlle Durham ?

— Nous sommes amis, répondit M. Fernyhough, dont les joues se colorèrent.

Isabella haussa les sourcils.

— Amis, monsieur ?

Il devint écarlate.

— Nous espérions nous marier.

Isabella le dévisagea. Cet homme était très différent du major Reynolds. *Doux, avec cette expression de chiot innocent.*

— Puis-je savoir pourquoi vous ne l'avez pas fait ?

— Son grand-père nous l'a interdit. Il voulait que Harriet épouse un militaire, et non un pasteur de campagne.

— Vous êtes donc clergyman ? demanda Isabella, surprise.

— Le colonel Durham m'a octroyé une cure, il y a deux ans. J'estime avoir beaucoup de chance de bénéficier de son parrainage.

Mais M. Fernyhough n'avait pas l'allure d'un homme privilégié. Il semblait au contraire très malheureux.

Isabella renonça à ses airs hautains.

— Harriet est ici. Voulez-vous la voir ?

Le visage du jeune homme s'éclaira.

— Elle est ici ? Oh oui, j'aimerais beaucoup la voir !

Son visage s'allongea soudain.

— Non, corrigea-t-il. Il vaut mieux que je ne la rencontre pas. Si le colonel me demande... Il m'a déjà accusé de l'avoir aidée à s'enfuir, ajouta-t-il avec indignation. Comme si j'étais capable d'une chose pareille !

Mais si vous l'aimiez vraiment, ne l'auriez-vous pas fait ? Isabella ne prononça pas la phrase à haute voix, mais M. Fernyhough dut deviner ce qu'elle pensait, car il rougit de nouveau et baissa les yeux.

— Je dois subvenir aux besoins de ma mère et de mes frères et sœurs, Madame. Je dépends du colonel Durham. S'il devait me retirer son soutien...

Donc, M. Fernyhough ne manquait pas de cran, mais d'indépendance financière. Isabella soupira.

— Accepteriez-vous de transmettre une lettre à Mlle Durham ? demanda-t-il, suppliant.

— Naturellement. Soyez tranquille, Harriet va bien. Elle se trouve à l'étage, avec ma cousine.

M. Fernyhough s'accrocha à ces paroles rassurantes.

— Nous attendons une lettre de sa tante, continua Isabella, un peu perturbée par l'intensité de son regard. Dès qu'elle arrivera, j'enverrai Harriet chez elle.

— Je vous suis infiniment reconnaissant, Madame. Comme doit l'être Harriet, j'en suis certain, déclara M. Fernyhough, la gorge serrée par l'émotion. Sans votre aide, je n'ose imaginer ce qui aurait pu lui arriver.

— Je m'assurerai qu'il ne lui arrive rien de fâcheux. Soyez-en certain, déclara Isabella, que ce regard reconnaissant mettait mal à l'aise.

— Sa réputation...

— Oui. Le préjudice est irrévocable. C'est malheureux.

M. Fernyhough posa les yeux sur ses mains croisées. Ses doigts étaient crispés.

— J'aimerais...

Il déglutit, leva la tête, et tenta d'esquisser un sourire.

— Mais ce n'est pas la peine.

Il prit une lettre dans la poche de sa veste et la lui tendit.

— Vous pouvez la lire si vous le voulez, Madame. Elle ne contient rien d'inconvenant. Je veux seulement dire au revoir à Harriet, et... et lui souhaiter d'être heureuse.

Isabella prit la missive et la fit tourner entre ses doigts.

— Êtes-vous sûr de ne pas vouloir la voir ?

— C'est impossible. Si le colonel Durham m'interrogeait...

Il secoua la tête.

— C'est un homme coléreux ?

— Très.

Elle imagina M. Fernyhough mis à la porte de la cure, avec sa mère et ses nombreux frères et sœurs.

Si seulement...

Il se leva et s'inclina.

— Merci, lady Isabella. Je ne puis vous dire à quel point je suis reconnaissant de ce que vous faites.

Isabella se leva, soudain frappée par une inspiration.

— Je vais écrire à mon frère, monsieur Fernyhough. Il détient plusieurs cures. Si un poste de clergyman venait à se libérer...

L'espoir illumina le visage du jeune homme.

Isabella se mordit les lèvres. Elle n'aurait pas dû dire cela. Et s'il n'y avait rien de disponible ? Et même si son frère pouvait offrir une cure à M. Fernyhough, ce dernier n'aurait toujours pas la permission du colonel d'épouser Harriet. Toutefois, il existait une solution à ce problème. Partir se marier en Écosse, à Gretna Green.

Isabella regarda la lettre qu'elle tenait à la main. Elle était adressée à Harriet, aux bons soins de lady Isabella Knox, Clarges Street, Londres.

— L'aubergiste vous a donné mon nom et mon adresse ?

M. Fernyhough confirma d'un hochement de tête.

Isabella considéra la lettre pensivement.

— J'espérais… J'avais envoyé quelqu'un lui recommander de ne jamais parler d'un lien entre Harriet et moi.

— Elle ne m'a pas livré cette information facilement. C'est seulement quand j'ai révélé être pasteur qu'elle m'a avoué avoir vu Harriet. Mme Botham est très dévote.

Un frisson d'appréhension parcourut le dos d'Isabella. Elle inspira profondément et sourit à M. Fernyhough.

— Je vais remettre cette lettre à Harriet sur-le-champ.

— Je vous remercie.

Il s'inclina de nouveau.

Isabella ouvrit la porte, et des voix lui parvinrent du hall. Elle reconnut le baryton du major Reynolds.

L'espace d'un instant, elle se figea, envahie par la panique. M. Fernyhough se tenait derrière elle, la lettre était dans sa main : tout l'accusait. Puis le rire léger du lieutenant Mayhew résonna dans le corridor.

Les chatons. Ils viennent pour les chatons. Isabella poussa un soupir de soulagement.

M. Fernyhough la salua encore une fois et prit congé. Isabella se réfugia dans le salon et cacha la lettre dans un livre, les doigts tremblants.

Son cœur fit un bond quand on toqua à la porte. Elle se retourna et vit un valet sur le seuil.

— Le major Reynolds et le lieutenant Mayhew sont là, Madame.

— Merci. Dites-leur que j'arrive dans une minute. Pouvez-vous informer Mlle Durham que nous avons des invités, et que je souhaite qu'elle reste avec ma cousine ?

— Certainement, Madame.

Isabella prit quelques minutes pour calmer sa respiration. Puis elle lissa les plis de sa robe, plaqua un sourire sur ses lèvres et alla accueillir ses visiteurs.

10

Lady Isabella les accueillit avec le sourire en leur tendant la main. Elle était ravissante dans sa robe rose, avec ses boucles dorées qui lui encadraient le visage.

— Major Reynolds. Lieutenant Mayhew.

— J'espère que nous ne vous dérangeons pas, dit Nicholas en désignant la porte d'entrée qui venait de se refermer derrière le précédent visiteur. Nous pouvons revenir plus tard, si...

— Pas du tout. Venez, messieurs. Les chatons sont dans le salon du haut.

Elle leur parla des chatons d'un ton léger en montant l'escalier, Rufus sur les talons. Peut-être était-ce un effet de son imagination, mais il sembla à Nicholas qu'elle était un peu troublée.

— Est-ce que vous allez bien ? demanda-t-il doucement.

— Parfaitement bien ! affirma-t-elle avec un grand sourire.

Non, quelque chose n'allait pas, songea-t-il.

Lady Isabella se tourna vers Mayhew, sans cesser de sourire.

— Ils ont tous des personnalités différentes, vous savez. Je sais déjà lesquels viendront spontanément vers nous.

Elle ouvrit la porte du salon ensoleillé. Les chatons endormis s'agitèrent à leur entrée. L'un d'eux sortit du panier et fila à travers la pièce, sa petite queue dressée.

Lady Isabella se pencha pour le ramasser.

— Voici Boots. Je crains que vous ne puissiez le prendre, lieutenant.

— Vous voulez le garder ? s'enquit Nicholas.

— Oui. Comment pourrais-je le donner, alors qu'il se précipite vers moi chaque fois que j'ouvre la porte ?

— Boots ? releva Mayhew en allant vers le panier.

— Le major Reynolds a gâché une paire de bottes en allant les secourir, expliqua Isabella alors que le chaton noir ronronnait dans ses bras.

— Un héros ! s'exclama le lieutenant en riant.

Ignorant la taquinerie de son ami, Nicholas ferma la porte du salon pour empêcher les petites créatures de s'échapper.

Rufus s'approcha du panier, enfouit sa truffe dans l'amas de chatons et leur lécha le museau. Mayhew laissa fuser un petit rire de surprise tandis que les chatons se hissaient les uns sur les autres pour s'approcher du chien.

— Extraordinaire, n'est-ce pas ? dit Nicholas en caressant Rufus.

Celui-ci était beau avec ses longues pattes, sa queue en panache et ses yeux vairons. Il aurait aimé avoir un chien comme lui.

— Le noir et gris est le plus curieux, expliqua lady Isabella. C'est une fille. L'un des tigrés est un mâle, l'autre est une femelle. Tenez...

Elle tendit le chaton noir à Nicholas, leurs doigts s'effleurèrent, puis elle se pencha pour prendre le chaton gris. Après avoir vérifié son sexe, elle le passa à Mayhew.

— Celui-ci est un garçon. Il aime qu'on lui caresse le ventre. Si vous le tenez comme ça...

Mayhew rit en entendant le chaton ronronner.

— Qu'en pensez-vous, lieutenant ?

Écoutant la conversation d'une oreille distraite, Nicholas examinait les tableaux accrochés au mur. Boots ronronnait au creux de sa main, la petite chatte téméraire grimpait au rideau, et son frère s'endormait dans les bras de Mayhew.

Quand ce dernier aborda le sujet du voyage jusqu'à Southampton avec les deux chatons pour les offrir à sa nièce et à son neveu, Nicholas s'installa dans l'un des canapés. Le velours ivoire semblait intact, mais il crut discerner quelques éraflures sur le pied de bois sculpté, comme si un chaton avait tenté d'y grimper.

Boots se pelotonna sur ses genoux, et il le caressa en l'écoutant ronronner. La chaleur et la douceur de sa fourrure firent remonter à sa mémoire des souvenirs d'Espagne, de feux de camp, et…

— Je croyais que vous n'aimiez pas les chats, major ?

Il leva les yeux et ne trouva rien à répondre.

— Fadaises ! déclara Mayhew. Il vous a menti, madame. Comment s'appelait ce chat que vous aviez ramassé, après Badajoz ? Cette créature hirsute et multicolore. Amigo, il me semble ?

— Compañero, rectifia Nicholas. Ce qui signifie « compagnon » en espagnol.

— Il l'a gardé pendant des mois en prétendant qu'il était trop jeune pour se débrouiller seul.

— Oh, dit lady Isabella en plissant légèrement les yeux.

Nicholas toussota, se leva, et déposa Boots sur le sol. *Tais-toi, Mayhew, ou elle va tenter de m'en refiler un aussi.*

— Lesquels allez-vous prendre, alors ?

— Ces deux-là, répondit Mayhew en montrant les petites créatures. Mais je ne les prendrai pas avant la semaine prochaine, madame, si cela ne vous fait rien ?

La question fut réglée, et ils sortirent du salon. Isabella ferma la porte au nez de l'un des chatons un peu trop aventureux.

— Qu'est devenu votre chat espagnol ? demanda-t-elle alors qu'ils descendaient l'escalier.

— Il a refusé de traverser le Huebra.

— Il a dû vous manquer.

— Un peu, avoua-t-il.

— Vous êtes sûr de ne pas vouloir...

— Certain, répondit-il avec fermeté.

À vrai dire, il avait aimé le contact de Boots sur ses genoux, son doux ronronnement, sa fourrure soyeuse.

Une fois dans le hall, Mayhew s'inclina devant lady Isabella et lui fit un baisemain que Nicholas estima parfaitement superflu.

— J'ai une dette envers vous, madame. Vous m'avez aidé à maintenir ma réputation.

— Quelle réputation ? lança Nicholas d'un ton âpre.

— J'offre toujours les plus beaux cadeaux.

— Hyde Park, cet après-midi ? suggéra discrètement Nicholas pendant que Mayhew récupérait son chapeau et ses gants.

Lady Isabella parut consternée.

— Oh... Pardonnez-moi, major, mais je ne pense pas pouvoir. Le bal masqué a lieu ce soir. Je dois m'occuper de mon costume...

Elle se mordit les lèvres.

— Je vous en prie, ne vous excusez pas, dit-il.

Mais quand il descendit les marches du perron avec Mayhew, il se demanda si le costume n'était pas une excuse. Quelque chose tracassait la jeune femme. Elle était agitée, troublée... mal à l'aise.

Il ne pouvait mettre cela sur le dos de Mayhew. Lady Isabella n'était plus une débutante qui pouvait être déconcertée par le badinage du lieutenant.

Nicholas prit congé de celui-ci en arrivant au bout de Clarges Street.

— Très jolie femme. Je comprends que vous lui fassiez la cour.

— Je vous ai dit que nous étions simplement amis, répliqua Nicholas, agacé.

Mayhew secoua la tête.

— Un conseil, chuchota-t-il. Adoptez le dernier chaton.

— Bon sang, Mayhew ! Combien de fois devrai-je vous dire...

Mayhew secoua de nouveau la tête en riant.

— Je dois vous laisser !

Il le salua d'un geste de la main et fila.

Nicholas le suivit des yeux, partagé entre la contrariété et l'amusement. Ce fut ce dernier qui prit le dessus. Il laissa échapper un rire, enfonça son chapeau sur sa tête et prit la direction de Drury Lane.

*

* *

Isabella retira la lettre de M. Fernyhough de sa cachette. Maintenant que le major était parti, sa tension se dissipait. Elle fit tourner la lettre entre ses mains. Harriet verserait des larmes en la lisant, c'était certain. C'était une enfant adorable, au caractère doux, qui aimait faire plaisir. Mais comme aurait dit Julian, le frère d'Isabella, elle avait tendance à pleurer comme une Madeleine.

Toutefois, la pauvre petite avait de bonnes raisons de se lamenter.

Isabella gravit en soupirant les marches menant au salon de Mme Westin.

La pièce était inondée de soleil. Harriet faisait la lecture de sa voix douce et enfantine. Isabella ne reconnut pas le passage, mais il s'agissait naturellement d'une œuvre pieuse.

Harriet finit la phrase dans laquelle il était question des devoirs d'un bon chrétien et leva les yeux en marquant la page de son doigt.

— Vos visiteurs sont partis, madame ?

— Oui, répondit Isabella. L'un d'eux était une de vos connaissances. M. Fernyhough. Il voulait que je vous remette ceci.

Elle traversa la pièce tout en parlant, consciente que Mme Westin avait cessé de manier ses aiguilles et la regardait. Harriet pâlit, et le livre glissa de ses genoux.

— M. Fernyhough ? répéta-t-elle. Il était ici ?

Elle se leva.

— Il est reparti, ma chère. Il a jugé préférable de ne pas vous voir.

— Oh, fit Harriet, les larmes aux yeux.

— Il s'inquiétait de votre bien-être. J'ai pu lui assurer que vous étiez en sécurité et en bonne santé.

La jeune fille hocha la tête, les yeux brillants.

— Il a laissé ceci pour vous.

Harriet prit la lettre d'une main tremblante.

— Peut-être préférez-vous aller la lire dans votre chambre ?

La jeune fille acquiesça d'un signe de tête et sortit en pressant la missive contre sa poitrine.

— M. Fernyhough ? demanda Mme Westin quand la porte se fut refermée derrière elle.

Isabella s'assit en soupirant.

— Un pasteur.

Elle ramassa le livre tombé à terre et lut le titre de la page à laquelle il était ouvert. *Il n'y a pas de plus grande gloire qu'une vie consacrée au devoir.* Elle referma le livre et constata qu'il s'agissait d'un recueil de sermons.

— C'est un admirateur de Harriet. Il voulait demander sa main, mais il y a renoncé quand le colonel s'est opposé à ce mariage.

Mme Westin hocha la tête d'un air approbateur.

— Ce qui est très convenable, dit-elle en reprenant son tricot.

Isabella lui lança un regard en coin. *Convenable, certes. Mais regardez le malheur qui découle de tout cela.* Elle posa le livre de côté, et annonça :

— Le lieutenant Mayhew a choisi deux chatons.

— Très bien, répondit Mme Westin sans lever les yeux.

Isabella se mordit les lèvres. Elle aurait aimé pouvoir parler librement avec sa cousine, mais c'était impossible. Leurs vues sur le sujet des devoirs familiaux divergeaient entièrement.

— J'ai une lettre à écrire, Elinor, dit-elle en se levant. Veuillez m'excuser.

— Bien sûr, ma chère.

Mme Westin eut un sourire paisible, tandis que ses aiguilles continuaient de cliqueter. Une manche d'épaisse laine bleue apparaissait sous les aiguilles.

Isabella sortit et retourna dans le salon où se trouvaient les chatons. Elle s'assit à son secrétaire afin d'écrire une lettre à son frère, le duc de Middlebury. Elle disposa la feuille de papier devant elle avec une plume, de l'encre, le sceau et la cire. Mais les mots ne lui venaient pas facilement à l'esprit. Elle contempla la feuille blanche, consciente de la douleur qui lui pressait les tempes. Que pouvait-elle révéler ? Que devait-elle cacher ?

— Que dois-je lui dire, Rufus ?

Le chien se contenta de la regarder avec adoration, en remuant la queue.

*

* *

Il y avait quelque chose de spécial, dans un bal masqué. Une liberté, un relâchement, un goût du risque. On pouvait porter des vêtements qui en d'autres circonstances, avec les mêmes personnes, auraient été considérés comme choquants. Isabella contempla ses pieds chaussés de sandales grecques. Elle n'aurait pas pu vernir les ongles de ses pieds dans une autre occasion sans froisser la bonne société et s'attirer les foudres des commères. Mais elle n'était pas seule à avoir des ongles peints, ce soir. Plusieurs autres dames avaient eu l'audace de copier les prostituées parisiennes. L'une d'elles s'était même déguisée en pensionnaire de bordel. Elle était courageuse, songea Isabella en observant le peu de vêtements qui la couvraient.

La musique s'accordait à l'humeur des convives. Elle était forte, et contenait une pointe de folie. Peu de débutantes étaient présentes. Les mères les avaient prudemment tenues à l'écart. Après tout, la réputation des bals masqués des Worthington laissait à désirer.

Isabella scruta la salle derrière son masque doré, cherchant Clarissa Whedon. Elle fut soulagée de ne pas la voir. Ce n'était pas un lieu pour une jeune fille à peine sortie de pension.

Sans s'en rendre compte, elle fronça les sourcils. Comment le major pouvait-il jeter son dévolu sur une fiancée aussi jeune ? Une fille placide et malléable, sans opinions personnelles, dont la personnalité n'était pas encore affirmée ?

Il s'en lassera au bout d'un mois.

Elle haussa les épaules. Si c'était ce que voulait le major Reynolds, grand bien lui fasse.

Elle examina de nouveau la salle, dans l'espoir de le voir. Il y avait beaucoup d'hommes de la même stature que lui. Elle distingua un pirate à la barbe noire, un légionnaire romain, un chevalier en armure qui transpirait derrière sa visière… *Pauvre homme, il a mal choisi son costume.* Un moine, un marin, un bourreau, et un Napoléon un peu trop grand. Mais aucun n'avait la prestance du major.

— Que c'est drôle ! s'exclama Gussie.

Ses yeux brillaient derrière son masque. Avec son manteau à capuchon rouge, son tablier, ses couettes et le panier de fraises à son bras, on devinait tout de suite qui elle était.

— Oui ! répondit Isabella en riant.

Elle prit une fraise dans le panier du Petit Chaperon rouge, qui était déjà presque vide.

Une fée aux ailes arachnéennes passa en riant, poursuivie par un satyre à cornes. Il y avait une douzaine de fées dans la salle, ainsi qu'un paon couvert de plumes, de nombreuses bergères, une sirène traînant une queue bizarre, un papillon, plusieurs laitières, deux Marie-Antoinette coiffées de perruques poudrées, une marionnette et une Cléopâtre.

Ainsi qu'une déesse des Moissons.

Isabella effleura ses minuscules boucles d'oreilles en forme de gerbes de blé.

— Voilà une autre déesse, dit Gussie.

Isabella suivit la direction qu'elle montrait. Une Diane se tenait près d'un pilier, vêtue d'une courte tunique, et portant un carquois et des flèches sur l'épaule.

— Qui est cette femme avec elle ? Juste ciel ! s'exclama Gussie en éclatant de rire. Regarde ce que porte Sarah Faraday !

Isabella l'avait déjà vue. Elle s'abstint poliment de tout commentaire.

— Oh, et voilà Cupidon ! Regarde.

— Oui. Aurais-tu vu ton cousin ? Il m'a dit qu'il viendrait.

Le domaine des Worthington était éloigné de la ville. Plus de dix kilomètres, dans l'obscurité, cela représentait un voyage. Il avait pu se perdre en chemin, ou...

L'attention d'Isabella fut attirée par de l'agitation près de la porte. Il y eut des éclats de voix, puis des exclamations de stupeur, et des rires.

Un homme se détacha de la foule. Il portait un manteau de bure marron. Sa taille et son allure militaire étaient reconnaissables.

Isabella demeura bouche bée.

Elle n'était pas la seule à être fascinée. Des têtes se tournèrent sur son passage, des murmures s'élevèrent.

— Oh ! fit Isabella alors qu'il se dirigeait vers elles. C'est parfait ! Major, je suis très impressionnée…

— Je suis content que ça vous plaise, dit-il en s'inclinant sur sa main tendue.

Elle hocha la tête en l'observant. Un ogre se tenait face à elle. Sa peau était grise, ses narines encerclées de rouge, son front était protubérant et des cheveux noirs tombaient sur ses épaules. Un masque en papier mâché imitait une atroce cicatrice de brûlure.

— Où avez-vous trouvé ce masque ? demanda Gussie en tendant la main pour le toucher.

— Dans un magasin de déguisements, à Drury Lane.

— C'est parfait, répéta Isabella. Absolument parfait.

Elle ne parlait pas que du masque. Le major faisait un pied de nez à la bonne société, tout en se moquant de lui-même.

Très peu d'hommes auraient eu assez d'esprit ou de courage pour en faire autant.

— Cela m'a semblé… approprié, dit-il.

Seuls sa bouche et son menton apparaissaient sous son masque.

Il avait une très jolie bouche. Expressive, avec des lèvres bien dessinées. Une bouche qui semblait en ce moment retenir un rire.

Bravo pour votre sens de l'humour, major. Plus personne ne pourrait se moquer méchamment de lui, désormais. Le major Reynolds avait invité tout Londres à rire avec lui.

Ses yeux verts et brillants examinèrent le déguisement d'Isabella. Le chignon compliqué retenu par des rubans dorés, les boucles d'oreilles en or, la longue robe de satin ivoire dont le corsage était maintenu par des cordons dorés, et les délicates sandales de style grec. Son regard s'attarda une seconde sur ses ongles vernis, puis remonta sur la gerbe d'épis de blé.

— Vous êtes la déesse grecque Déméter.

— Bien deviné, major.

Le vicomte de Washburne émergea alors de la foule des danseurs. Il était splendide dans son costume de chasseur, une peau de loup jetée sur ses épaules.

— Le quadrille, dit-il en tendant la main à Gussie.

Son regard se posa sur le major Reynolds et il écarquilla les yeux, puis laissa fuser un grand rire.

— Magnifique !

— Merci, répondit le major en souriant.

Gussie posa son panier, et donna la main à son mari.

— N'oubliez pas de lui faire goûter le punch, lança-t-elle par-dessus son épaule alors que Lucas Washburne l'entraînait sur la piste.

— Du punch ?

— Une tradition des Worthington, expliqua Isabella. Vous devez y goûter. C'est... Enfin, vous verrez bien.

— C'est vraiment bon ?

— Encore mieux que cela.

— Alors, je dois essayer, dit-il en lui offrant le bras. Vous m'emmenez ?

Ils contournèrent lentement la salle, tandis que les autres dansaient le quadrille. La musique était entraînante, ce qu'on ne voyait plus dans les bals londoniens à la mode. Les danseurs s'abandonnaient gaiement au rythme endiablé, et Isabella les observa un moment, avant de reporter son attention sur les invités groupés à côté de la piste.

Sa satisfaction augmentait à chaque regard étonné, chaque rire étouffé, chaque murmure admiratif que le déguisement du major Reynolds suscitait sur leur passage.

— Major, vous êtes un génie, dit-elle à voix basse.

— Je leur ai cloué le bec, murmura-t-il en saluant un Robin des bois plutôt bedonnant.

Des fêtards étaient agglutinés autour de la table sur laquelle trônait le bol d'argent contenant le punch.

— Il est rose, fit-il remarquer. Vous êtes sûre...

— Essayez !

Il eut une moue amusée, et elle vit un éclair passer dans ses yeux verts.

Il prit une première gorgée en hésitant. Puis une seconde.

— Diable ! s'exclama-t-il en examinant son verre. Qu'ont-ils mis dedans ?

— Il vaut mieux ne pas le savoir, répondit-elle en portant son propre verre à ses lèvres.

Le punch avait un goût puissant, doux et âpre à la fois. Au premier contact il semblait glacé, mais une fois avalé il vous brûlait la gorge. Isabella sentit la chaleur se répandre sous sa peau. Il aurait été dangereux de trop en boire, songea-t-elle.

Après le quadrille vint une valse. La jeune femme abandonna sa gerbe dorée contre un mur et se laissa conduire sur la piste par le major Reynolds. Ils se saluèrent et il l'enlaça, posant une main sur sa taille, tandis qu'elle laissait la sienne sur son épaule. Elle n'avait pas mis de gants ce soir, à cause de son déguisement, et il n'en portait pas non plus. Elle sentait la chaleur de sa paume, la force de ses doigts. L'étreinte lui parut étrangement intime.

Cette valse n'avait rien à voir avec les danses guindées de l'Almack's. Elle était rapide et grisante. Les musiciens y mettaient tout leur cœur. Le major Reynolds la faisait tournoyer au rythme de la musique et elle riait, hors d'haleine. Quand la musique cessa, il garda sa main dans la sienne pour l'aider à recouvrer son équilibre.

— Un autre verre de punch ? suggéra-t-il en la raccompagnant.

Elle accepta d'un hochement de tête.

Les danses s'enchaînèrent, et Isabella perdit toute notion du temps. Elle apercevait souvent le major sur la piste, avec son manteau brun, ses cheveux noirs emmêlés et le masque menaçant. À en juger par l'expression de sa bouche, il s'amusait bien.

La chaleur augmentait dans la salle, le bol de punch devait fréquemment être rempli. Les yeux étincelaient sous les masques, les joues se coloraient, les lèvres étaient rieuses. Le chevalier se débarrassa de ses gants et de sa cuirasse. Il était en sueur.

Isabella dîna d'un bol de soupe et de beignets de homard, puis retourna danser.

— Où est passée votre gerbe, Déméter ?

La voix, familière, était celle du major Reynolds.

— Je n'en ai aucune idée ! s'exclama-t-elle en riant. Je l'ai perdue !

— Quel dommage.

Le masque contrastait de manière grotesque avec ses lèvres sensuelles, et elle éprouva une sorte d'étourdissement. Un corps aussi bien bâti, et un visage aussi déformé... Elle fut sur le point de lui ordonner d'enlever son masque, et se ressaisit. « Trop de punch », se reprocha-t-elle intérieurement. Elle devait cesser de boire.

— La prochaine danse est une valse, dit-il. Ensuite, je crois qu'il y aura un feu d'artifice.

— Isabella !

Une autre voix familière. Cette fois, la jeune femme perdit son sourire.

— Sarah. Connaissez-vous le major Reynolds ?

Elle fit les présentations avec une politesse glacée. Mais si Sarah Faraday remarqua sa froideur, elle ne fit pas mine de s'éclipser. Elle était éméchée, avec un rire strident et une voix pâteuse. Son visage était rouge au-dessus de son col vert.

En quoi était-elle déguisée ? Sa robe était constituée d'une profusion de volants verts superposés, qui épaississaient sa silhouette naturellement corpulente.

— Vous êtes charmants, tous les deux, dit Sarah. La Belle et la Bête !

Isabella leva les yeux.

— Je suis Déméter, et ce gentleman est un ogre, corrigea-t-elle avec froideur. Et vous, qu'êtes-vous ? Un chou, ou une laitue ?

Elle regretta aussitôt cette remarque méchante, mais Sarah Faraday ne releva pas l'insulte.

— Une dryade, répondit-elle en virevoltant.

Elle manqua perdre l'équilibre, et les douzaines de volants se soulevèrent, la faisant paraître énorme.

— Très original, dit poliment le major.

« Très *chou* », rectifia Isabella en son for intérieur.

Les musiciens entamèrent la valse.

— Veuillez nous excuser, reprit-il en tendant la main à Isabella. C'est notre danse.

Elle le suivit sur la piste.

— La Belle et la Bête ! Si elle commence à répandre ce bruit à Londres...

— C'est un compliment, fit remarquer le major, amusé. Du moins pour vous.

— Mais vous n'êtes pas une bête ! Pas plus que vous n'êtes un ogre. Et si elle...

— Vous parlez comme mon neveu. Et je vous ferai la même réponse qu'à lui : je sais me défendre.

— Mais...

— Ignorez-la.

— Oui, mais si elle...

— Cela m'est égal. Dansons, lui chuchota-t-il à l'oreille.

Isabella esquissa une moue boudeuse.

— C'est un ordre, major ?

— Absolument.

— Vous êtes un autocrate, je vois.

Il sourit, exposant de belles dents blanches sous le masque sombre, et accentua la pression de sa main sur ses doigts.

— De la pire espèce, précisa-t-il en l'entraînant dans la valse.

11

Cette valse ne ressemblait pas du tout à celles qu'il avait l'habitude de danser à Londres. Elle était rapide et un peu folle, comme une bacchanale dans un opéra. L'enthousiasme des musiciens était contagieux. Nicholas était habité par la musique, une voix intérieure le poussait à danser plus vite, encore plus vite. Lady Isabella le suivit dans ce rythme effréné tandis qu'il la faisait tournoyer. Lorsque les musiciens cessèrent de jouer, ils riaient tous les deux, et ils se tinrent encore la main un moment en attendant que le vertige se dissipe.

Nicholas inspira profondément et s'inclina.

— Merci, lady Isabella.

— Je vous en prie, répondit-elle en s'éventant. Vous êtes un excellent danseur.

— Vous aussi. Un verre, madame ? proposa-t-il en lui offrant le bras.

— Oh, oui, je veux bien !

Ils durent faire la queue pour accéder au bol de punch. Les joues d'Isabella étaient rouges sous le masque doré, et elle continua de s'éventer.

— Vous aimez danser, remarqua-t-elle avec sa franchise habituelle. Cependant, vous donnez l'impression d'un homme qui déteste fréquenter les bals.

— Ce ne sont pas les bals que je déteste. C'est le marché du mariage. J'ai l'impression d'être un animal à la foire, examiné sous toutes les coutures par d'éventuels acquéreurs.

— Ce doit être très désagréable !

Il haussa les épaules, conscient qu'il détesterait moins cette épreuve s'il n'avait pas le visage barré d'une cicatrice.

Le sourire de lady Isabella s'effaça.

— Vous avez raison, major, c'est exactement cela. Un marché. Je suis contente de ne plus être concernée.

Je ne le serai plus non plus, bientôt.

Ils venaient à peine d'obtenir leurs verres quand il y eut de l'agitation derrière eux. Le bruit des conversations s'amplifia. Nicholas se retourna et vit les valets en livrée ouvrir les portes-fenêtres à l'autre bout de la salle.

Leur verre à la main, ils se joignirent à la foule qui sortait sur la terrasse. Des torches et des lampions éclairaient les jardins. Il sentit avec délice l'air frais de la nuit lui effleurer le menton. Il inspira, espérant que l'heure était venue d'ôter les masques. Des gouttes de sueur roulaient sur sa joue.

Au diable ce masque.

Il posa son verre sur la balustrade de pierre et ôta le masque d'ogre. Une douce fraîcheur lui caressa le visage, et il ferma les yeux pour savourer cette sensation.

— C'est mieux ainsi, n'est-ce pas ?

Il ouvrit les yeux, et vit lady Isabella s'éventer avec son masque doré.

— Oui, dit-il en passant une main dans ses cheveux humides.

— Regardez ! s'écria quelqu'un derrière lui. Ça commence !

À la première explosion, la salle se vida complètement. Les invités se massèrent sur la terrasse en riant et en poussant des exclamations tandis que les fusées illuminaient le ciel. Nicholas, conscient de la présence de lady Isabella près de lui, était peu sensible au spectacle. Elle était si douce, si brûlante...

Il parvint à se ressaisir et vida d'un trait son verre de punch. Une cascade d'étincelles déferlait dans le ciel sombre. Les gens applaudissaient.

Le feu d'artifice terminé, la terrasse se vida lentement. Les invités regagnèrent la salle illuminée d'où parvenaient des accords de musique. Lady Isabella ne fit pas mine de vouloir les suivre. Elle s'accouda à la balustrade pour contempler les jardins. Londres était distant de plusieurs kilomètres, et le tumulte de la ville ne parvenait pas jusqu'ici. Seules quelques lampes éparpillées dissipaient la pénombre du parc, qui offrait un spectacle enchanteur d'ombre et de flammes vacillantes.

Nicholas demeura à côté d'elle, profitant de l'air frais. Il se sentait insouciant, audacieux, exubérant. Il savait pourquoi. C'était l'effet du punch. Ce mélange était redoutable.

Ils n'étaient pas seuls. D'autres convives s'attardaient dehors pour bavarder, ou s'adonner au jeu de la séduction. À l'exception d'un jeune dandy affublé d'un chapeau de bouffon, qui était prostré et grognait, la tête dans les mains.

— Vous savourez votre triomphe, major ?

Le masque était posé sur la balustrade, à côté du verre vide. Nicholas tapota le visage de papier mâché du bout du doigt.

— Oui.

Lady Isabella rit doucement. Sa peau était pâle et dorée dans le clair de lune.

— Pourquoi Déméter ? s'enquit-il.

Pourquoi pas Vénus ?

Lady Isabella effleura une de ses boucles d'oreilles, songeuse. La flamme d'une torche illumina le bijou.

— L'un de mes soupirants m'avait écrit un poème, dit-elle. « Pour la déesse des Moissons, à la chevelure blonde comme les blés. »

— Seigneur ! s'exclama Nicholas en riant.

Nullement offensée, Isabella sourit.

— Qui était-ce ? demanda-t-il malgré lui.

— Brabington.

— Brabington ? Le duc ?

Lady Isabella confirma d'un hochement de tête.

— Pourquoi...

Il hésita un instant, conscient que la question était impertinente. Son audace devait tout à ce maudit punch, mais cela lui était égal. Cette soirée était faite pour franchir les limites. La musique qui filtrait par les fenêtres ouvertes le poussait à poursuivre. C'était une musique féerique, qui montait dans le ciel en tourbillonnant, aussi grisante que le punch.

— Pourquoi ne vous êtes-vous pas mariée ?

Lady Isabella haussa les sourcils, mais ne sembla pas prendre ombrage de la question.

— Parce que je ne le voulais pas.

Il demeura un instant sans voix. Toutes les femmes souhaitaient pourtant se marier. Puis il se souvint.

— Votre fiancé est mort. Je suis désolé.

— Roland ? Oui. Il est mort un mois avant le mariage, dit-elle en regardant son verre vide.

— Cela a dû être une dure épreuve.

— En effet.

Toutefois, il ne décela aucune mélancolie dans sa voix.

— C'était il y a onze ans, aussi n'imaginez pas que j'ai le cœur brisé, car ce n'est pas le cas ! En fait, j'ai souvent pensé que c'était mieux ainsi. Non pas que Roland soit mort, bien sûr ! Mais il valait mieux que je ne l'épouse pas. Est-ce que je vous choque, major ? ajouta-t-elle avec un petit rire.

— Pas du tout, assura-t-il, bien qu'un peu déconcerté. Euh... pourquoi est-ce que cela valait mieux ?

— Ce pauvre Roland n'avait aucun sens de l'humour. L'humour me paraît nécessaire dans le mariage.

Elle soutint son regard, l'air sérieuse.

— Ne vous méprenez pas, major. J'étais amoureuse de Roland. Autant qu'on peut l'être à dix-huit ans. Mais je ne le pleure plus.

— Pourtant, vous ne vous êtes pas mariée.

— Je l'aurais sans doute fait si mon père n'était pas mort aussi vite après Roland, et ma mère ensuite... Elle était très malade. Quand elle est morte, j'avais vingt-quatre ans, et j'avais l'habitude de prendre des décisions. Je me suis aperçue que je ne voulais pas me marier. Par chance, elle m'avait légué une fortune considérable, et par conséquent je n'étais pas obligée de le faire.

Nicholas se rembrunit.

— Vos frères vous ont autorisée à vous établir seule en ville, à vingt-quatre ans ?

— Oui, avec la compagnie de Mme Westin.

Lady Isabella le considéra d'un air amusé. *Elle doit me prendre pour un vieux grincheux*.

— Et Brabington ? Il ne vous plaisait pas ?

Elle haussa les épaules avec désinvolture.

— Je n'avais aucune envie de l'épouser.

— Mais... c'est un duc !

— Et alors ? répliqua-t-elle, agacée.

Nicholas la regarda en secouant la tête. Il ne comprenait pas.

— Il est universellement reconnu qu'une femme en possession d'une grande fortune doit avoir un mari, dit-elle d'un ton ironique.

Nicholas cligna des paupières.

— Je vous demande pardon ?

— Le monde s'attend à ce que je veuille me marier. Eh bien, non ! J'aime ma vie telle qu'elle est.

— Détestez-vous donc les hommes ? s'enquit-il, essayant en vain de comprendre.

— Non, pas du tout ! Mais je n'ai nul besoin d'un mari.

— Mais…

— Pourquoi renoncerais-je à ma liberté et à mon indépendance pour porter le nom d'un homme ? Qu'est-ce que j'y gagnerais ?

Il la contempla, pâle dans la clarté de la lune, balançant son masque au bout de ses doigts.

— Des enfants ? hasarda-t-il.

— Les enfants ne manquent pas autour de moi. J'ai douze neveux et nièces.

— Oh…

Les mots résonnèrent dans sa tête. *Liberté. Indépendance.* Peut-être était-ce cela qui lui donnait cet éclat et la différenciait des autres femmes du beau monde. Elle n'appartenait à personne. Qu'à elle-même. Dans les limites imposées par la société, elle faisait ce qu'elle voulait.

Si on la forçait à entrer dans un moule, à devenir une épouse et une mère, perdrait-elle son éclat ?

Nicholas regarda en fronçant les sourcils le parc éclairé çà et là par les flambeaux. Gussie avait-elle renoncé à sa personnalité en se mariant ?

Un grognement capta son attention. Le bouffon se leva, une main plaquée contre la bouche.

Nicholas prit son masque, agrippa le bras de lady Isabella et l'attira un peu plus loin sur la terrasse. L'homme atteignit la balustrade, se pencha pardessus et se mit à vomir.

Ils se trouvaient à l'écart, dans un lieu plus sombre et plus silencieux. L'un des flambeaux venait de s'éteindre, et les invités s'étaient éparpillés.

Nicholas reposa le masque d'ogre sur la balustrade, et il eut l'impression que le visage de carton lui lançait un regard menaçant.

— Trouvez-vous le mariage répugnant ?

— Je n'emploierais pas ce mot, major. Disons simplement… qu'il ne me tente pas.

Mais qu'en est-il du désir physique ?

Nicholas tint sa langue. Il ne pouvait faire ce genre de commentaire. Lady Isabella fit tourner le masque doré entre ses doigts.

— Je reconnais que ma situation présente un inconvénient. Je dois demander à mes amis de m'escorter quand je veux sortir.

— Mais Mme Westin n'est-elle pas...

— Elle m'accompagnera certainement si je n'ai personne d'autre, mais elle n'aime pas beaucoup les bals et les réceptions.

Elle s'accouda de nouveau à la rampe de pierre et contempla les ombres dansantes du jardin.

— Généralement, mes frères et sœurs sont à Londres pour la saison, mais cette année aucun d'eux n'a pu venir. Julian vient juste d'avoir son cinquième enfant, et la pauvre Marianne n'est pas en état de se déplacer. Simon a emmené toute sa famille sur le continent, et Clara et Annabel attendent toutes deux un heureux événement.

Elle se tourna vers lui en riant.

— Vous voyez, major, nous ne manquons pas d'enfants dans la famille !

Il la dévisagea longuement.

— Vous n'avez vraiment pas l'intention de vous marier ?

— Non.

— Mais...

— J'aime être vieille fille.

Ces paroles contenaient une indéniable sincérité.

Vieille fille. Cette expression affreuse ne lui convenait pas du tout.

Nicholas la contempla dans la pâle lumière des rayons de lune. Elle était dorée, argentée, superbe. Quel gâchis.

Le regard de lady Isabella se perdit de nouveau dans le jardin.

— Légalement, une femme appartient à son époux. Elle est sa propriété.

Il n'avait jamais envisagé les choses sous cet angle, mais elle avait parfaitement raison.

— Je ne désire pas devenir la propriété d'une autre personne, major.

— Mais...

Il chercha ses mots, essayant de mettre de l'ordre dans ses idées.

— Mais si un homme vous aimait vraiment, il n'essaierait pas de faire de vous sa possession.

— J'ai reçu un grand nombre de demandes d'hommes qui prétendaient m'aimer, major. Mais ce qu'ils aimaient, c'était mon visage, ou mon rang, ou ma fortune. Ou les trois à la fois ! ajouta-t-elle, sans la moindre trace d'amertume.

— Dans ce cas, vous avez bien fait de ne pas les épouser.

— Nous sommes donc d'accord.

— Mais un mariage d'amour, reprit-il avec entêtement. Si...

— S'il était véritablement amoureux de moi, et non de mon visage ?

— Si c'était un mariage d'amour, vous n'auriez pas d'objection ?

Lady Isabella eut un rire dur.

— Les hommes tombent toujours amoureux de mon visage. Et je ne suis pas qu'un visage.

— J'en suis bien conscient, répondit-il avec raideur.

Le regard d'Isabella s'adoucit, et elle sourit.

— Vous êtes un prince parmi les hommes, dit-elle en lui effleurant la main. Ogre.

Le ton était affectueux. Elle lui tourna le dos pour regagner la salle.

— Mais...

— Je ne me marierai jamais, major, lança-t-elle par-dessus son épaule.

Sa silhouette se détachait dans la lumière des portes-fenêtres. Elle était telle Vénus, grande, majestueuse, d'une beauté exceptionnelle.

Tous les autres invités avaient déserté ce coin de la terrasse. Certains étaient retournés danser ; d'autres, à en juger par les gloussements qui s'élevaient des buissons, se livraient à des activités plus clandestines. Lady Isabella et lui étaient seuls. Elle lui tendit la main.

— Venez. Allons danser.

Il lui saisit le bout des doigts.

— Vous ne savez pas ce que vous manquez.

— Je vous assure que si !

— Non, vous ne le savez pas.

La musique qui leur parvenait de la salle le poussa à resserrer l'étreinte de ses doigts, à l'attirer vers lui. Une musique féerique, folle et entraînante.

Lady Isabella se figea.

— Major.

Sa voix contenait un avertissement.

— Ne rejetez pas quelque chose sans savoir à quoi vous renoncez.

— Major Reynolds...

— Vous vous opposez au mariage en ignorant les plaisirs qu'il peut offrir.

— Major...

— Si vous faisiez un mariage d'amour, vous découvririez que le côté... physique de la chose peut être extrêmement plaisant.

Lady Isabella retira sa main et croisa les bras, dans une attitude défensive.

— Roland m'a embrassée une fois, et ça ne m'a pas plu.

— Il n'a donc pas fait ce qu'il fallait.

— Comment pouvez-vous le savoir ? s'exclama-t-elle en riant de nouveau. Vous n'étiez pas là !

— Et comment pouvez-vous savoir, si vous n'avez essayé qu'une fois ?

La question la prit de court. Elle se mordit les lèvres sans répondre.

Nicholas la contempla, et le désir lui contracta le ventre. Seigneur, il avait envie de l'embrasser... La musique ne l'aidait pas à résister ; elle le poussait à agir.

— Je pense que vous devriez essayer encore.

Elle se tint immobile un moment, les bras croisés, le visage inexpressif.

— Que me proposez-vous exactement, major ?

Il haussa les épaules, et s'efforça de répondre avec détachement.

— Un baiser.

— Je n'oserai jamais ! répliqua-t-elle, choquée.

Il jeta un coup d'œil aux jardins.

— Nous ne serions pas les seuls.

— Pourquoi, major ?

Parce que je veux goûter votre bouche.

— Pour que vous soyez mieux informée avant de prendre une décision, répondit-il doctement en s'adossant à la balustrade. C'est une décision très importante, après tout.

Elle fit la moue, comme pour réprimer un sourire.

— Pour mon bien ?

— Oui. Je pense que c'est mon devoir.

Il décela une lueur amusée dans ses yeux. Elle avait compris qu'il la taquinait.

— Votre devoir ?

— Oui. Je suis un homme de devoir.

Elle rit franchement et décroisa les bras.

— Vous avez la langue bien pendue, major. Est-ce ainsi que vous remportiez vos batailles ? En baratinant vos ennemis ?

Vous n'êtes pas mon ennemie. Elle n'était pas non plus la femme qu'il voulait épouser. Mais en ce moment, grisé par la musique et par l'air frais de la nuit, il brûlait du désir de l'embrasser.

— Qu'en dites-vous ? demanda-t-il d'un ton léger.

Elle se mordit les lèvres, hésitante.

— Je ne sais pas.

Ce n'était pas un refus. La musique avait-elle le même effet sur elle que sur lui ? Il avait envie de lui reprendre la main, de lui caresser le bras.

Nicholas céda à la tentation. S'écartant de la rambarde, il s'empara de sa main et fit courir ses doigts sur son bras.

Isabella frissonna.

— N'éprouvez-vous pas la moindre curiosité ?

— Non, répondit-elle. Je vous ai dit que Roland m'avait embrassée... et que je n'avais pas du tout aimé ça.

— Et je vous ai répondu qu'il n'avait pas su faire ce qu'il fallait, lui chuchota-t-il à l'oreille.

— Major ! s'exclama-t-elle en riant. Je ne vous savais pas aussi prétentieux !

— Je ne suis pas prétentieux, dit-il sans cesser de la caresser. Tout simplement honnête.

Elle frissonna de nouveau et se mordit les lèvres. Nicholas se pencha vers elle.

— Je vous mets au défi.

— Ma réputation ! protesta-t-elle.

— Elle restera intacte. Je vous en donne ma parole d'honneur.

Lady Isabella ne fit pas d'objection quand il l'entraîna dans le jardin. Ils descendirent les marches et suivirent une allée qui se perdait dans l'ombre. Il la fit entrer dans un petit pavillon.

— J'ai bu trop de punch, soupira-t-elle.

— Moi aussi, avoua-t-il en lui prenant le visage à deux mains. Sans cela, je n'oserais pas faire cela.

— Suis-je aussi effrayante ? rétorqua-t-elle d'un ton acerbe.

Elle n'était pas effrayante, mais intouchable. Soudain, il eut conscience de sa joue abîmée. La Belle et la Bête. Et pourtant, il la touchait ; sa peau fraîche se réchauffait sous ses doigts rudes.

— Si cela vous déplaît, vous devez me le dire.

Elle s'humecta les lèvres.

— Je le ferai, promit-elle d'une voix à peine audible.

Elle était nerveuse, mais elle n'était pas la seule.

Nicholas inspira longuement, fit glisser les mains sur son cou et lui releva le menton du bout du pouce. Dans les ombres de la nuit, ses yeux semblaient argentés.

— Détendez-vous, lui dit-il en souriant.

— C'est plus facile à dire qu'à faire !

Il rit doucement et posa les lèvres sur les siennes.

« Doucement », songea-t-il en fermant les yeux et en inhalant le parfum de sa peau. Elle sentait la fleur d'oranger.

Il déposa de doux baisers sur ses lèvres et la sentit se détendre peu à peu. Puis il la caressa du bout de la langue. Ses lèvres avaient le goût du punch, des fraises et des oranges. Elles étaient à la fois douces et amères, délicieuses.

Une vague de chaleur envahit son corps. Quand elle entrouvrit les lèvres pour lui laisser le passage, il réprima un grognement de plaisir.

Doucement, bon sang. Va doucement.

Il explora sa bouche, et une flèche de désir le transperça quand sa langue effleura timidement la sienne.

Doucement.

Impossible d'aller doucement quand elle lui rendait son baiser d'une manière aussi délicieusement passionnée et maladroite.

Nicholas renonça à toute prudence. Il l'embrassa plus profondément, s'abandonnant au plaisir et à la chaleur de l'étreinte. Il oublia tout ce qui les entourait, le pavillon, le jardin. Sa bouche était plus ensorcelante que la musique, plus enivrante que le punch. Il s'abandonna. Le monde ne tournait plus qu'autour de ses lèvres, de son corps pressé contre le sien, de son odeur, du goût de sa peau. C'était le plaisir, l'extase, c'était...

De la folie.

Il s'obligea à la relâcher, ouvrit les yeux et recula d'un pas en cherchant sa respiration. Le sang battait à ses tempes.

Ils se dévisagèrent. Il perçut sa respiration aussi haletante que la sienne, vit la lueur dans ses yeux.

— Lady Isabella ?

— Je dois retourner dans la salle, dit-elle à voix basse. Si quelqu'un remarque mon absence...

— Tout ira bien, répondit-il en lui prenant la main.

Elle pressa ses doigts. Il la vit hocher la tête en essayant de calmer sa respiration.

— Oui. Bien sûr.

Mais quand il la raccompagna jusqu'à la terrasse, il s'aperçut que ses doigts tremblaient. « Je n'aurais pas dû l'embrasser », songea-t-il en s'arrêtant pour la laisser entrer seule dans la salle. Elle lança un coup d'œil derrière elle. Sa silhouette se détacha dans l'encadrement de la porte, éclairée un instant par la lumière des lustres. Puis elle disparut.

Nicholas demeura encore plusieurs minutes sur la terrasse, accoudé à la rambarde de pierre, contemplant le jardin. Que s'était-il passé dans le pavillon ? Ils avaient échangé un baiser, un simple baiser, stimulés par le punch et par la musique.

Un simple baiser, et pourtant...

Il avait conscience que son univers venait de basculer. Quelque chose était différent.

Mais il n'aurait su dire quoi.

12

Quand la lueur de l'aube s'insinua entre les tentures de chintz, Isabella renonça à essayer de dormir. Elle était restée éveillée pendant des heures, à écouter le claquement des sabots de chevaux sur les pavés de Clarges Street, les éclats de voix des fêtards qui rentraient chez eux, et les annonces du veilleur de nuit. *Il est 4 heures, et tout va bien.*

Mais non, tout n'allait pas bien.

En l'espace de quelques minutes, tout avait changé. Sa vie était sens dessus dessous.

« Vous vous opposez au mariage, en ignorant les plaisirs qu'il peut offrir. »

Le major Reynolds avait raison. Mais maintenant…

Isabella se retourna sous les couvertures. Le sommeil lui échappait. Chaque fois qu'elle fermait les yeux, elle se rappelait le baiser du major, la vague de chaleur qui l'avait envahie, la spirale de plaisir qui s'était déployée dans son ventre.

Elle aurait voulu qu'il n'arrête jamais. C'était ce qui l'effrayait le plus. Le fait qu'elle ait accepté sa proposition. Et d'en avoir voulu davantage.

Suis-je tombée aussi bas ?

Apparemment, oui. Chaque fois qu'elle fermait les yeux, elle prenait conscience de la chaleur et de la tension qui s'attardaient dans son corps. *J'en veux encore.*

Isabella se retourna de nouveau, et arrangea l'oreiller bosselé. « C'est mon devoir », avait-il dit pour la taquiner. Puis il l'avait embrassée. Elle l'avait laissé faire. Elle lui avait même rendu son baiser. Et désormais...

Elle en voulait plus.

Fermant les yeux, elle revécut ce baiser. Au souvenir de ses lèvres, de leur douceur, de leur passion, la chaleur déferla en elle.

Il ne lui était plus impossible d'imaginer le major avec une maîtresse espagnole. S'il embrassait comme cela...

Isabella ouvrit les yeux. Le soleil brillait derrière les rideaux.

Le grand-père de Harriet avait raison. La jeune fille avait été stupide de refuser un homme comme le major Reynolds.

Et moi, je suis folle de l'avoir embrassé.

Non, pas de l'avoir embrassé... mais de s'être à ce point laissé troubler par ce baiser. D'avoir laissé ces quelques minutes de plaisir semer le désordre dans son esprit.

Poussant une exclamation agacée, Isabella rejeta les couvertures et s'assit dans le lit. De l'autre côté de la chambre, le miroir lui renvoya son image. Pâle comme un fantôme, les yeux cernés.

Rufus, couché dans son panier au pied du lit, se leva et bâilla.

— Tu as bien dormi, Rufus ? Moi, non.

Elle posa un doigt sur ses lèvres, observant son mouvement dans le miroir.

Le major Reynolds l'avait embrassée, il avait goûté à ses lèvres...

Isabella se leva brusquement et attrapa sa robe de chambre. Elle serra la ceinture à sa taille et regarda son reflet. Elle eut l'impression de voir une étrangère. Une femme prête à renoncer à tous ses principes, à envisager d'échanger sa liberté contre l'étreinte d'un homme.

Rufus s'étira, bâilla de nouveau et traversa le tapis en remuant la queue. Isabella le caressa distraitement.

— Non, dit-elle à mi-voix en se détournant du miroir.

Elle n'était pas folle à ce point. Elle l'était peut-être assez pour embrasser le major, et même pour y prendre du plaisir. Mais pas pour ignorer que cela ne se passerait pas forcément ainsi avec un autre homme. D'ailleurs, cela n'avait pas du tout été ainsi avec Roland.

Elle tira les tentures, et un flot de lumière pénétra dans la chambre.

Pourquoi n'avait-elle pas ressenti cela avec Roland, qu'elle avait aimé ? Pourquoi le major Reynolds ? Un homme qui, de son propre aveu, voulait une épouse à peine sortie de l'enfance, une femme qu'il pourrait modeler à sa convenance. Elle ne pouvait admirer cela chez lui. Il était soit stupide, soit arrogant. Peut-être les deux. Et pourtant…

Et pourtant, elle avait envie qu'il l'embrasse encore.

Quand s'était-elle mise à considérer le major comme un homme ? Un homme séduisant ?

Appuyée contre le bord de la fenêtre, elle regarda la rue sans la voir. Le souvenir du baiser s'attardait sur ses lèvres. Mais le major n'était pas un homme qu'elle avait envie d'épouser. Pas plus qu'il ne voulait d'elle pour épouse.

Rufus glissa sa truffe au creux de sa main.

Isabella éclata de rire en le regardant.

— Ta maîtresse est folle ! lui dit-elle.

Un baiser, un unique baiser, ne justifiait pas autant de pensées tourmentées.

Rufus dressa les oreilles, remua la queue.

— Oui, tu as raison, Rufus. C'est l'heure du petit déjeuner.

Se détournant de la fenêtre, elle tira le cordon de la sonnette.

*
* *

Ils avaient pris l'habitude de se retrouver à Hyde Park entre 17 et 18 heures. Lady Isabella l'invitait dans son phaéton, et effectuait le tour du parc avant de le déposer à l'entrée. Un manège qui se déroulait sous les regards intéressés de la bonne société.

Mais il n'y avait eu aucun flirt entre eux. Ces rencontres étaient simplement amicales.

Jusqu'à ce qu'il l'embrasse.

S'arrêterait-elle pour le faire monter dans sa voiture aujourd'hui ?

Nicholas se promenait dans l'allée. Une brise légère faisait frissonner les eaux sombres de la Serpentine.

— Reynolds !

Il se retourna.

Le lieutenant Mayhew le rejoignit, monté sur un grand cheval gris.

— Vous vous joignez à la grande parade mondaine, mon vieux ?

Nicholas haussa les épaules avec désinvolture. Son regard se posa sur le compagnon de Mayhew, et il cligna des yeux.

— Harry ?

— Monsieur, répondit son neveu.

Un phaéton passa à leur hauteur, dans un cliquetis de roues et un claquement de sabots. Perchée sur le siège, se tenait une jeune dame très chic au visage encadré de boucles noires. Son regard et son sourire étaient empreints de coquetterie.

Mayhew la suivit des yeux.

— Très jolie ! s'exclama-t-il. Mais au fait, où est votre belle Vénus ?

Ces paroles firent surgir le souvenir de la terrasse des Worthington. Lady Isabella dans l'encadrement de la fenêtre, telle une déesse blonde.

— Au fait, Harry, je ne t'ai pas vu chez les Worthington, hier soir.

— Je dînais avec Mayhew, répondit son neveu d'un ton nonchalant, comme un écolier essayant de ne pas se vanter.

Nicholas lança un coup d'œil au lieutenant.

— Vous vous intéressez à ce jeune agité ? demanda-t-il avec une note d'humour dans la voix.

— Il faut bien que quelqu'un lui raconte vos exploits.

— Mes exploits ? répéta Nicholas, déconcerté.

Harry rapprocha son cheval.

— Vous ne m'aviez jamais dit, monsieur, que pendant la bataille de Badajoz...

Nicholas n'écoutait plus. Il venait de voir un autre phaéton approcher. L'allure élégante de la dame, l'adresse avec laquelle elle maniait les rênes, le chien noir et feu assis à ses pieds, le valet d'âge mûr qui l'accompagnait... tout cela était très familier.

Lady Isabella immobilisa la voiture à côté d'eux.

— Monsieur Reynolds. Lieutenant Mayhew, dit-elle en inclinant la tête. Major Reynolds.

Elle croisa son regard un bref instant, puis se détourna. Nicholas s'inclina, souhaitant en son for intérieur voir Mayhew et Harry s'éloigner. Mayhew la salua d'une façon enjouée, qui agaça prodigieusement Nicholas. Quand le lieutenant se mit à louer en termes extravagants la façon dont elle maniait les rênes, il se sentit franchement irrité.

— Vos chevaux sont magnifiques, madame. Vous avez un talent hors pair pour les conduire.

La conversation s'orienta sur les chatons, puis dévia sur le neveu et la nièce de Mayhew. Le lieutenant finit par les saluer et par s'éloigner avec Harry, non sans avoir lancé un sourire de connivence à Nicholas.

Un silence s'installa. Il toussota.

— Lady Isabella...

— Aimeriez-vous vous promener avec moi, major ?

C'était une question rituelle, qu'elle lui posait chaque fois qu'elle s'arrêtait pour lui. Mais cette fois, elle évita de croiser son regard.

— Oui, répondit-il d'un ton ferme.

*
* *

Le major Reynolds prit place à côté d'elle. Isabella fit repartir les chevaux. Elle se tenait assise avec raideur, consciente d'un malaise qui n'était pas là auparavant.

— Je tiens à vous présenter mes excuses pour mon comportement d'hier soir, dit-il. C'était impardonnable.

Isabella frissonna au souvenir de ses doigts sur son bras.

— Je suis aussi responsable que vous.

— C'est moi qui ai fait cette suggestion.

Le ton de sa voix était difficile à déchiffrer. Il était maussade.

Regrettait-il de l'avoir embrassée ?

Elle lui lança un regard en coin. Il fronçait les sourcils, les lèvres pincées.

Oui, cela ressemble à du regret.

Isabella fut mortifiée. Elle avait passé la nuit sans dormir, souhaitant l'embrasser encore, alors que pendant ce temps il regrettait ce qui s'était passé. Ses doigts se crispèrent sur les rênes.

— Et c'est moi qui ai accepté.

— Oui, mais...

— Allons-nous nous chamailler à ce sujet, major ? répliqua-t-elle d'un ton acerbe. Cela me paraît inutile.

Il garda le silence un moment.

— Vous étiez déjà partie quand je suis retourné dans la salle, dit-il doucement.

— Je pars toujours après le feu d'artifice, répondit-elle en donnant un léger coup de fouet aux chevaux pour les encourager à dépasser une voiture qui avançait trop lentement. Le bal des Worthington est le clou de la saison, mais il peut parfois... dépasser les limites de la bienséance.

Et pousser certains gentlemen à voler des baisers dans les jardins. Ses joues s'empourprèrent, et elle garda les yeux fixés sur les chevaux, et sur la route. Évitant à tout prix son regard.

— Je craignais de vous avoir offensée, reprit le major. Comme vous étiez partie, j'ai pensé...

Isabella lui jeta un coup d'œil.

— Vous ne m'avez pas offensée.

— Non ?

— Non.

Le major Reynolds soutint son regard un moment, une main posée sur la tête de Rufus, et finit par se détendre et sourire en hochant la tête.

— Tant mieux.

Isabella reporta son attention sur les chevaux, soudain plus légère. *Il ne regrette pas de m'avoir embrassée ; il craignait de m'avoir offensée.*

Le souvenir de ses lèvres, de ses doigts lui caressant le bras, provoqua un nouveau frisson. Le major avait vu juste. Son baiser n'avait rien à voir avec celui de Roland. Comme elle avait été innocente !

— J'ignorais que ce pouvait être ainsi.

— Moi aussi.

— Je vous demande pardon ?

— Ce devait être l'effet du punch, dit-il d'un air songeur. L'alcool a enflammé nos sens.

— Vous voulez dire... que cela n'aurait pas dû se passer comme ça ?

— Non. Pas aussi bien.

— Donc, ce qui s'est passé la nuit dernière était... une aberration ?

— Je ne vois pas d'autre explication.

Le soulagement déferla en elle. Une aberration. Le plaisir fiévreux qu'elle avait éprouvé, la nuit sans sommeil, la chaleur, le désir, les pensées tumultueuses, tout cela était dû au punch. Et non au baiser du major Reynolds.

— Et donc, normalement, ce devrait être comme avec Roland.

— Euh... pardon ?

Une voiture apparut au détour de l'allée.

— Voilà lady Sefton et la princesse Esterhazy.

Isabella fit ralentir les chevaux. L'autre voiture, conduite par deux chevaux bais, s'arrêta à leur hauteur. Ils échangèrent un salut avec lady Sefton et la princesse Esterhazy, au visage rond et à la langue bien acérée.

— Major Reynolds ! s'exclama lady Sefton. Quelle bonne idée vous avez eue, hier soir. Bravo !

— Merci, madame.

Ensuite, ils firent le tour complet de Hyde Park, saluant leurs connaissances, s'arrêtant parfois pour échanger quelques mots avec des amis. Lady Sefton ne fut pas la seule à féliciter le major pour son déguisement d'ogre. *La semaine dernière ils se moquaient de lui, maintenant ils chantent ses louanges...* Isabella esquissa une moue dédaigneuse en regardant autour d'elle. Sous les cheveux pommadés et les frisettes, sous les soies chatoyantes et les cols amidonnés, sous les boucles d'argent et les dentelles mousseuses, les membres du grand monde étaient des moutons. L'un donnait le ton, et les autres suivaient.

Pendant une seconde, elle vit la bonne société telle que le major Reynolds devait la voir. Des gens frivoles, superficiels, prétentieux, avides de ragots. Désorientée, elle éprouva un léger vertige.

Elle secoua la tête pour chasser cette vision et fit arrêter les chevaux sous un arbre, où son valet l'attendait.

— Je dîne chez Lucas et Gussie ce soir, avec ma cousine. Nous nous verrons peut-être.

— Chez Gussie ? Oui, j'y serai, répondit-il en sautant à terre.

Le valet grimpa dans la voiture et prit sa place. Le major fit un signe de la main. Les chevaux se remirent en route.

Isabella fredonnait tout bas alors que le phaéton quittait le parc. Le claquement des sabots et les cliquetis des roues furent amplifiés quand ils passèrent sur les pavés de Stanhope Gate.

Une aberration. À cause du punch.

L'angoisse qui l'avait oppressée toute la matinée avait disparu. Elle était soulagée. Vraiment. Elle se sentait…

Isabella plissa les lèvres, à la recherche d'une image pertinente.

Elle avait l'impression qu'il y avait une pièce dans sa tête où tout était en ordre. Y compris elle-même, bien rangée à sa place. Le baiser du major Reynolds avait mis tout cela sens dessus dessous. Les objets étaient tombés des étagères, celles-ci s'étaient même effondrées. Plus rien ne tenait en place, les objets étaient éparpillés sur le sol.

Et maintenant, ils avaient retrouvé leur place initiale.

Isabella était redevenue elle-même.

13

— Nous dînerons *en famille**, avait dit Gussie. Sans cérémonie.

Nicholas découvrit en arrivant que la soirée était en effet très décontractée. Gussie l'accueillit devant la porte du salon et se haussa sur la pointe des pieds pour l'embrasser sur la joue.

— Je suis contente que vous soyez venu, dit-elle en lui prenant le bras pour l'entraîner vers le salon.

C'était une pièce qu'il connaissait bien, décorée de rouge et d'acajou. Les invités étaient eux aussi bien connus. Son neveu Harry était en train de jouer avec un petit chien bâtard hirsute. Mme Westin, assise près de la cheminée, était en conversation avec Lucas Washburne. Lady Isabella était installée dans un canapé, Grace sur les genoux et Timothy penché par-dessus son épaule. Les deux enfants bavardaient avec animation, et le chaton roux jouait avec le volant en dentelle de sa robe.

Harry éclata de rire, et le chien répondit par un jappement aigu. Un jeune chat à la queue coupée miaula plaintivement aux pieds de Nicholas. Il le ramassa.

— C'est Badger, expliqua Gussie. Il est un peu perturbé par l'arrivée du petit Safran.

Nicholas caressa Badger sous le menton. C'était une petite créature aux poils longs, maigre sous sa

---

* En français dans le texte. *(N.d.T.)*

fourrure, avec de splendides yeux dorés et un pelage noir et blanc. Il regarda autour de lui. Le bruit, les rires, les enfants, les animaux. C'était ce qu'il voulait.

Badger se mit à ronronner.

— Monsieur ! s'exclama Harry en le voyant enfin.

Il traversa la salle, le chien sur ses talons, pour lui serrer la main. L'animal était brun, avec des pattes courtes et un regard vif et malicieux.

— Qui est-ce ? s'enquit Nicholas, alors que le chien posait ses deux pattes sur sa jambe.

— Tam ! s'écria Gussie. Assis !

Le chien obéit, et se gratta vigoureusement en battant le tapis de sa queue.

— Un sac à puces ?

— Il n'a plus de puces, répondit Gussie en se grattant distraitement le bras, comme si la remarque avait fait resurgir une démangeaison.

Nicholas se mit à rire. Badger continua de ronronner dans ses bras.

— Monsieur, reprit Harry avec insistance. Je dois vraiment vous parler de Badajoz. Mayhew prétend…

Le nom de Badajoz évoquait le sang, les massacres. Il n'avait pas envie d'en parler ce soir.

— Plus tard, dit-il.

Gussie frappa dans ses mains.

— Grace ! Timothy ! Il est temps de monter vous coucher.

— Racontez-nous l'histoire du prince Adelei, dit Grace en prenant la main de lady Isabella.

Nicholas s'effaça pour laisser passer Gussie et lady Isabella, avec Timothy, et Grace qui tenait Safran contre sa poitrine. Tam les suivit. Les voix surexcitées des enfants résonnèrent dans le couloir et s'éloignèrent. Nicholas croisa le regard amusé de Lucas Washburne.

Il déposa le chat sur le sol et alla saluer Mme Westin.

— Un verre de bordeaux ? suggéra Lucas.

Nicholas acquiesça et prit place dans un fauteuil, à côté de Mme Westin. Badger sauta sur ses genoux et se pelotonna sur lui en ronronnant.

Il prit le verre que Lucas lui tendait.

— Comment vont les chatons ? demanda-t-il à Mme Westin. Est-ce qu'ils font des bêtises ?

— Oh, oui, répondit la dame en soupirant.

Visiblement, elle n'aimait pas autant les animaux que lady Isabella.

— L'un d'eux s'est échappé et a filé au rez-de-chaussée ce matin. Quel raffut ! Nous avons dû mettre la maison sens dessus dessous pour le retrouver.

Nicholas rit de bon cœur, et regarda Badger endormi sur ses genoux.

— Je suppose que ce n'est pas la première portée que votre cousine prend sous son aile.

— Isabella ramasse toutes les créatures errantes qu'elle trouve, dit Mme Westin en secouant la tête.

Puis, à l'étonnement de Nicholas, elle rougit et détourna les yeux.

Un silence embarrassé suivit. Il sirota son vin en se demandant ce qui avait pu mettre Mme Westin mal à l'aise. Il décida de changer de sujet.

— Dites-moi, madame, que pensez-vous de Kemble ?

Des acteurs, ils passèrent aux auteurs dramatiques. Mme Westin avait beaucoup à dire sur Shakespeare. Elle avait une préférence pour les tragédies, trouvant ses comédies trop vulgaires et immorales pour le public moderne.

— Il est question de tromperies et de fornication. On voit des femmes déguisées en hommes !

Nicholas, dont une des pièces préférées était *La Nuit des rois,* ne la contredit pas.

— Et ne parlons pas du *Songe d'une nuit d'été* ! poursuivit Mme Westin d'un ton indigné. L'avez-vous lue, major ?

Il hocha la tête, perplexe.

— Cette pièce est choquante. Cet horrible élixir ! fit-elle en frémissant. Des humains se mêlant aux bêtes ! Et... la désobéissance d'une fille envers son père est récompensée ! ajouta-t-elle, comme si ce détail était le plus abominable.

Nicholas se mordit l'intérieur de la joue.

Mme Westin croisa les mains sur ses genoux.

— Le devoir d'une femme est d'obéir à ses parents. Surtout quand il est question de mariage.

Soudain, il songea à Harriet. Son envie de rire disparut comme par enchantement. Il posa les yeux sur Badger endormi et parvint non sans mal à ne pas froncer les sourcils.

Il fut soulagé en entendant Gussie et lady Isabella revenir dans le salon. Le dîner n'allait pas tarder à être servi.

Quand vint le moment de passer dans la salle à manger, Nicholas se retrouva avec lady Isabella à son bras. Il lança à Gussie un regard soupçonneux. Jouait-elle les entremetteuses ?

Celle-ci soutint benoîtement son regard.

Le dîner fut agréable, et se déroula dans une ambiance détendue. Ils n'étaient que six à table et pouvaient parler librement.

Quand les dames se furent retirées, Nicholas se cala dans son fauteuil en bâillant.

— Brandy, ou porto ? demanda Lucas.

— Brandy.

Il regarda Harry, qui s'était lui aussi renversé dans son fauteuil.

— Que fais-tu ici, petit ? Il me semblait que tu ne quittais plus Mayhew d'une semelle.

— Le lieutenant Mayhew n'était pas libre ce soir, répondit Harry d'un air digne.

Et Gussie avait besoin d'un troisième convive, pour qu'il y ait autant d'hommes que de femmes autour de la table.

Nicholas jeta un coup d'œil à Lucas, qui servait le brandy. Devait-il lui demander si son épouse voulait jouer les marieuses ? Il décida de s'en abstenir. Quoi qu'elle fasse, Gussie ne parviendrait pas à ses fins. Il avait décidé d'épouser Mlle Whedon, et lady Isabella tenait à rester vieille fille.

Il prit le verre que Lucas lui tendait, et fronça les sourcils. Vieille fille. Cette expression hideuse ne lui convenait pas du tout. Cela faisait surgir l'image d'une femme maigre et desséchée. L'opposé d'Isabella, qui était pulpeuse et...

— Le brandy n'est pas à votre goût ? s'étonna Lucas.

— J'étais dans la lune, dit-il en avalant une longue gorgée d'alcool.

— Monsieur, fit Harry en se penchant en avant. Je dois vous parler de Badajoz ! Est-il exact que...

— Depuis quand t'intéresses-tu à la vie militaire ? répliqua Nicholas, amusé.

Harry rougit légèrement.

— Mayhew m'en a parlé.

Nicholas souleva de nouveau son verre et savoura le brandy, laissant l'alcool s'attarder dans sa bouche.

— Des récits glorieux ? Il y a plus de boue que de gloire dans la guerre, tu sais. Et des puces, aussi.

— Des ampoules, des ulcères et des poux. Oui, monsieur, je sais ! Mayhew me l'a dit.

— Vraiment ?

— Oui, monsieur.

Harry posa son verre, et se pencha en avant.

— Mais ce dont je voulais vous parler, c'est de Badajoz.

— Badajoz ? répéta Nicholas en considérant son neveu avec surprise. Pourquoi ?

Il n'avait jamais vu à Harry une expression aussi intéressée. Ses yeux brillaient.

— Je veux tout savoir, monsieur !

Nicholas se caressa pensivement la joue, passant le bout de ses doigts sur la chair boursouflée. Il avait promis à son frère de ne pas encourager Harry à entrer dans l'armée. Était-il en train de briser sa promesse ?

La bataille pour s'emparer de Badajoz avait été sanglante ; ils avaient perdu un nombre d'hommes effrayant. Ensuite, la ville avait été mise à sac. Il y avait eu les viols, les meurtres...

Non, ce récit n'encouragerait sûrement pas Harry à s'engager.

— Très bien, dit-il. Badajoz...

*

* *

Isabella prit une gorgée de thé.

— Avez-vous fini le livre que je vous ai prêté, Gussie ?

— *Orgueil et Préjugés* ? Oui. Je l'ai trouvé très drôle. Voulez-vous le reprendre ?

— Oui. Une de mes... amies aimerait le lire. J'espère qu'il lui remontera le moral.

Les ouvrages que Harriet lisait à Mme Westin élevaient l'âme, mais n'égayaient pas la vie de la jeune fille.

De l'autre côté du salon, accoudé au manteau de cheminée, le major Reynolds s'entretenait avec Lucas Washburne. À en juger par les bribes de conversation qui lui parvenaient, ils parlaient chevaux.

Reynolds était bel homme, plus grand et plus mince que Washburne. Comment Harriet pouvait-elle le trouver laid ? Cette petite sotte ne voyait que sa cicatrice.

— Ouste !

Perché sur la table, Badger reniflait le pot de crème. Mme Westin tapa dans ses mains.

— Ouste ! répéta-t-elle. Descends de là !

Le chat sauta à terre. Il demeura un moment assis sur le tapis, remuant la queue d'un air offensé. Puis il traversa le salon et s'installa devant la cheminée pour faire sa toilette.

— Quelle pauvre créature ! s'exclama Gussie en riant. Le livre est dans la bibliothèque, ajouta-t-elle. Voulez-vous venir le chercher ?

Isabella se leva et la suivit dans le couloir.

— Qu'avez-vous pensé de M. Collins ?

— M. Collins ? Un beau mélange de prétention et de stupidité !

— Je dois avouer qu'il est mon personnage préféré, précisa Isabella alors que Gussie ouvrait la porte de la bibliothèque.

La pièce était garnie de lambris sombres, et de larges fauteuils de cuir marron. « Un décor typiquement masculin », songea-t-elle. Et pourtant, c'était Gussie qui l'occupait le plus souvent.

— Voilà les deux premiers volumes, dit cette dernière en allant vers l'une des tables. Où ai-je mis le troisième ?... Oh, Nicholas ! Avez-vous envie d'emprunter un livre ?

Isabella se retourna. Le major Reynolds se tenait sur le seuil.

— Peut-être, répondit-il en pénétrant dans la pièce.

— Je vous recommande celui-ci, fit Gussie en lui tendant l'un des petits volumes reliés de cuir. Mais il est à Isabella, et elle veut le prêter à quelqu'un d'autre.

— C'est bien ? demanda le major en prenant l'ouvrage.

— Excellent.

Il ouvrit le livre, et lut en silence la phrase qui introduisait le premier chapitre. Haussant légèrement les sourcils, il se tourna vers Isabella. Elle comprit à son expression qu'il avait reconnu le passage qu'elle avait pris la liberté d'adapter à son cas.

Elle se mordit les lèvres.

Le major Reynolds posa de nouveau les yeux sur la page.

— « Il est universellement admis qu'un célibataire nanti d'une belle fortune a forcément besoin d'une épouse », lut-il à haute voix.

Isabella revit la terrasse dans la pénombre et se rappela leur conversation de la veille. Ensuite, elle lui avait permis de l'embrasser.

Le major chercha son regard, et elle se sentit rougir. Baissant les yeux, elle examina le tapis d'Axminster rouge et marron.

— Où ai-je mis le troisième volume ? marmonna Gussie. Oh, je sais, il est au premier ! Excusez-moi, j'en ai pour une minute, lança-t-elle en sortant rapidement.

Le major referma le livre et le posa sur la table.

— Bien. J'espérais pouvoir vous parler en tête à tête.

— Vraiment ? s'étonna Isabella.

— Oui. Ce que j'ai dit cet après-midi sur les baisers. Je crains que vous n'ayez mal compris.

Son regard était direct, sa voix ferme.

— Ah ?

— Je voulais dire que sans le punch, cela aurait aussi été très bien. Mais pas à ce point.

Isabella croisa les bras.

— Cela aurait été comme avec Roland.

— Non. Cela aurait été bien mieux qu'avec lui.

— Les baisers sont peut-être différents pour les hommes. Ils aiment cela plus que les femmes.

Le major parut contrarié.

— Non. Lady Isabella…

Il fit un pas dans sa direction, et s'immobilisa brusquement.

Ce n'était qu'un pas, mais elle frissonna et son cœur se mit à battre plus vite. Elle eut soudain un peu de mal à respirer.

Le major Reynolds éprouva lui aussi ce genre de frisson. Elle le devina à l'expression de ses yeux, à la façon dont il se figea.

Pendant quelques secondes, ni l'un ni l'autre ne bougèrent. Puis il s'éclaircit la voix.

— Ce doit être agréable pour les deux personnes. Un baiser doit enflammer les sens, vous donner envie d'aller plus loin.

C'était ce qu'elle voulait, depuis ces moments passés dans le pavillon. Ce qu'elle voulait encore maintenant. La spirale brûlante se déroulait dans son ventre, elle éprouvait toujours cette tension qui l'avait empêchée de dormir.

Isabella enfonça les doigts dans ses bras. *Non, je ne l'embrasserai pas encore une fois.* Elle n'était pas faible, ni stupide à ce point.

Mais sans le punch, ce serait comme avec Roland. Ni déplaisant ni agréable. Quelque chose dont elle pouvait se passer.

Dans ce cas, prouve-toi que tu n'en as pas besoin. Laisse-le t'embrasser.

Isabella s'humecta les lèvres. Le sang lui battait aux tempes.

— Major...

— Lady Isabella...

Ils avaient parlé en même temps. Le major Reynolds fit un geste de la main.

— Vous d'abord.

Ils allaient proposer la même chose, elle le savait. Le major le savait aussi. Elle le voyait au sourire qui flottait sur ses lèvres.

Soudain, sa gorge se dessécha, son cœur se mit à battre follement. Elle fut incapable de prononcer un mot.

Le major Reynolds laissa poliment passer quelques secondes, et reprit :

— Essayons encore. Laissez-moi vous prouver...

— Très bien, concéda-t-elle en décroisant les bras. Mais une seule fois.

— Une seule fois, répéta-t-il.

Il s'approcha d'elle et la regarda. Ses yeux étaient d'un vert vif, son regard était brûlant.

— Comme la première fois, chuchota-t-il, dites-moi si vous voulez que j'arrête.

Isabella acquiesça d'un hochement de tête. Il inhala profondément et lui prit le visage à deux mains. *Des mains chaudes et solides.*

Le cœur d'Isabella fit un bond quand le major pencha la tête. Elle ferma les yeux.

Il lui effleura les lèvres. Il n'y avait rien de déplaisant dans ce geste, mais la folie de la veille avait disparu, ainsi que le plaisir et l'impression d'avoir perdu tout contrôle.

Isabella se détendit. *J'avais raison...*

Puis le major Reynolds captura sa lèvre inférieure entre les siennes. Elle tressaillit, éprouvant une pointe de plaisir. Il recommença et murmura quelque chose contre sa bouche. Elle n'entendit pas le mot, mais entrouvrit instinctivement les lèvres.

Non, ce n'est pas bien, je ne veux pas...

Mais il prit possession de sa bouche, et elle ne put s'écarter. Alors elle céda et lui rendit son baiser avec avidité, se fondant contre son corps. La chaleur l'envahit, la flèche du plaisir la transperça. Elle se sentait vivante, en proie au désir.

*
* *

Il n'y avait pas de punch, pas de musique enivrante, et cependant la passion envahissait l'esprit de Nicholas. Étouffant un grognement, il attira la jeune femme contre lui et s'abandonna aux sensations. La douceur de sa peau sous ses doigts, le goût de ses lèvres, de sa bouche...

Sa bouche... *Seigneur...*

Nicholas releva la tête et recula. Il la relâcha et inspira, s'efforçant de recouvrer le contrôle de lui-même.

Ils se dévisagèrent. Les joues de lady Isabella étaient enflammées, ses yeux étaient sombres, ses lèvres rosies. Envoûté, il faillit la reprendre dans ses bras pour l'embrasser.

— Nous devons arrêter, dit-il d'une voix rauque. Gussie va revenir d'une seconde à l'autre.

Arrête tout de suite. Tant que tu en es encore capable.

Isabella ne dit rien. Elle devait essayer de calmer sa respiration. Elle semblait effarée.

— Hier soir, vous avez prétendu que c'était une aberration. Que ce ne serait plus jamais ainsi !

Il secoua la tête, essayant de protester. Mais il ne pouvait nier l'évidence. *Et sans le punch, cette fois. Sans la musique.*

— Je le pensais sincèrement, assura-t-il.

— Alors pourquoi... ?

Il secoua de nouveau la tête, sans quitter sa bouche des yeux. Que lui arrivait-il ? Pourquoi elle ? Pourquoi maintenant ?

— Je ne sais pas.

Des pas résonnèrent dans le couloir.

— Je l'ai trouvé !

Nicholas tourna vivement le dos à lady Isabella, prit le premier volume d'*Orgueil et Préjugés* et l'ouvrit au hasard. Son cœur battait comme un tambour. Il entendit Gussie dire quelque chose, et Isabella lui répondit.

Il déglutit, s'efforça de contrôler sa respiration et de se concentrer sur la page qu'il avait sous les yeux. Le livre était à l'envers. Il le tourna dans le bon sens.

Gussie lui prit le volume des mains, et le referma.

— Vous lirez plus tard.

Nicholas chercha quelque chose à répliquer, et ne trouva rien. Son esprit était embrumé, paralysé par la panique. Que s'était-il passé entre lui et Isabella ?

Il sortit de la bibliothèque derrière les deux femmes. Une aberration. C'était exactement ça, mais le punch n'était pas responsable.

Nous sommes tous les deux cette aberration.

Ce n'était pas de l'amour, non, c'était une simple attirance physique. Leurs bouches étaient faites l'une pour l'autre. En irait-il de même de leurs corps ?

Il repoussa bien vite cette pensée.

C'était une sorte d'anomalie. Quelque chose qui n'existait qu'entre eux.

Et qui ne devait surtout pas persister, décida-t-il fermement.

De retour dans le salon, Lucas Washburne leur proposa une promenade à Richmond, le lendemain matin.

— Un pique-nique ! s'exclama joyeusement Gussie en frappant dans ses mains. Dites que vous viendrez, Isabella !

Celle-ci acquiesça. Elle semblait encore troublée. Son visage était pâle, et elle évitait le regard de Nicholas.

Mme Westin déclina l'invitation, ainsi que Harry.

— J'ai rendez-vous avec le lieutenant Mayhew, expliqua ce dernier.

— Et vous, Nicholas ? Vous joindrez-vous à nous ? demanda Lucas.

— Peut-être.

Lady Isabella fuyait son regard et gardait les mains croisées sur ses genoux.

Peu après, Mme Westin se leva pour prendre congé. Nicholas se demanda si elle avait perçu le trouble de sa cousine. Il s'inclina et souhaita poliment aux deux femmes une bonne soirée. Lady Isabella murmura quelques mots inintelligibles.

Nicholas se rassit, et contempla le bout de ses bottes en fronçant les sourcils.

Gussie vint s'asseoir à côté de lui.

— Dites-moi que vous viendrez demain.

Il posa les yeux sur la porte qu'Isabella venait de franchir. Il lui devait des excuses.

En une seconde, sa décision fut prise.

— Oui, répondit-il. Je viendrai.

14

Un immense désordre régnait dans la pièce qui se trouvait dans la tête d'Isabella, où tout était auparavant bien rangé et organisé. Les étagères s'étaient effondrées. Tout était répandu sur le sol. Certains objets étaient brisés, irréparables.

Qui suis-je ?

En apparence, Isabella était toujours la même, mais à l'intérieur tout avait changé. Elle ne se reconnaissait plus.

Après avoir revêtu sa tenue d'amazone bleu ardoise avec sa veste fermée par des boutons dorés, elle dit au revoir à Mme Westin et à Harriet, et descendit.

— Votre cheval est prêt, Madame, fit le majordome en ouvrant la porte.

Isabella alla jusqu'à la rue, où un valet tenait la jument par la bride.

— Bonjour, Burgess, dit-elle machinalement.

Des sabots claquaient sur les pavés de la rue, annonçant l'arrivée des Washburne. Leur valet les suivait, des paniers de pique-nique accrochés à sa selle.

— Nicholas va se joindre à nous ! lança gaiement Gussie alors qu'Isabella enfourchait sa monture, aidée par son valet.

— Je vous demande pardon ?

L'inquiétude qui recouvrait ses pensées telle une vague de brouillard s'évapora d'un coup.

— Nicholas, répéta Gussie tandis qu'un cavalier apparaissait au bout de Clarges Street. Le voilà !

Le major Reynolds avançait, parfaitement à l'aise sur sa monture. Isabella l'imaginait très bien commandant ses soldats dans la bataille.

Elle fit glisser son regard sur le cheval, immense, d'un gris brillant, avec une croupe puissante et une belle encolure.

— Bonjour ! fit Gussie lorsqu'il parvint à leur hauteur.

— Gussie, Lucas, bonjour. Lady Isabella.

— Bonjour, major Reynolds.

Il croisa son regard. Il fit un signe de tête mais ne sourit pas.

« Je n'ai pas envie de sourire non plus », songea-t-elle en fixant ses doigts crispés sur les rênes.

Elle avait mis des gants bleus, assortis à son costume.

— Partons ! dit Gussie. Quelle belle journée pour un pique-nique !

*

* *

Isabella était tendue, mais le grand air et l'exercice lui éclaircirent les idées. Quand ils arrivèrent en vue des murailles de brique entourant Richmond Park, elle avait presque réussi à se calmer. Elle se réjouit en voyant les collines, les bois et les larges allées.

Elle lança un regard oblique au major Reynolds. Un rayon de soleil éclairait la cicatrice sur sa joue.

Son cœur se serra, et elle détourna les yeux. Une vaste prairie s'étendait devant eux, parsemée de bosquets. Un troupeau de daims broutait au loin.

— J'ai envie de galoper, annonça Gussie.

— Une course ? suggéra son mari, les yeux brillants.

Gussie releva le défi.

Isabella déclina en secouant la tête. Elle n'était pas d'humeur à faire la course. Apparemment, le major non plus. Toutefois, il tint le rôle d'arbitre, agitant son mouchoir blanc pour donner le signal du départ.

— Prêts ?

Le mouchoir fut abaissé, et les chevaux bondirent en avant.

Quand le bruit de la cavalcade se fut éloigné, le major Reynolds se tourna vers le valet chargé des paniers de pique-nique.

— Vous connaissez King Henry's Mound ?

— Oui, Monsieur.

— Retrouvez-nous là-bas.

L'homme acquiesça d'un signe de tête et donna un coup de talon dans les flancs de son cheval qui partit au trot.

Un silence s'établit. On n'entendit plus que le bruissement des feuilles sous la brise, le chant des oiseaux, le bourdonnement des abeilles. Un écureuil poussa un cri, un pivert tapa du bec contre un tronc d'arbre.

Le major se racla la gorge.

— À propos d'hier…

Isabella détacha son regard des silhouettes de Gussie et Lucas, pour se tourner vers lui. Son expression était sobre, presque sévère.

Vous m'aviez dit que c'était le punch ! Mais cette phrase aurait sonné comme une accusation, aussi garda-t-elle le silence.

— Je tiens à vous présenter des excuses, reprit-il. Je ne m'étais pas rendu compte. Je croyais que c'était à cause du punch, alors qu'en réalité… l'anomalie, c'est nous, acheva-t-il d'un air sombre.

— Je vous demande pardon ?

— C'est nous, répéta-t-il en se penchant en avant, comme pour mieux lui faire comprendre. Ce n'est pas la musique, ou le punch, ou n'importe quoi d'autre. C'est quelque chose entre vous et moi.

Isabella le considéra d'un air circonspect. Elle l'aimait bien, mais elle ne pensait pas être amoureuse de lui.

— C'est de l'amour ?

— Oh, non ! protesta-t-il, l'air si consterné qu'elle eut envie de sourire. C'est seulement… physique.

Il veut parler de désir sexuel.

Elle aurait dû être horrifiée. Mais elle éprouva du soulagement.

— Donc, ce ne serait pas ainsi avec d'autres hommes ?

— Non, répondit le major d'un ton ferme. Du moins… je ne crois pas. Je n'avais jamais rien connu de tel, et pourtant je… j'ai embrassé un certain nombre de femmes, avoua-t-il en rougissant un peu.

Je n'ai aucun mal à le croire, car vous êtes très doué…

Brusquement, à sa grande honte, elle eut envie de se jeter dans ses bras. Elle s'efforça d'orienter ses pensées dans une autre direction.

— Donc, si j'embrassais un autre homme…

Elle chercha le nom de quelqu'un.

— Le lieutenant Mayhew, par exemple. Ce ne serait pas pareil ?

— Mayhew a beaucoup d'expérience, répondit-il sèchement. Je suis sûr qu'il saurait vous embrasser correctement.

— Mais ce ne serait pas aussi bien qu'hier soir ?

— Non, je ne le crois pas.

Je devrais embrasser le lieutenant Mayhew, juste pour voir.

Le major Reynolds sembla avoir la même pensée. Il étrécit légèrement les yeux, parut sur le point de dire quelque chose, puis y renonça.

Mais Isabella ne voulait pas embrasser le lieutenant Mayhew. Même s'il était beau, blond, et enjoué.

Elle observa attentivement le major Reynolds, avec sa peau bronzée, ses yeux d'un vert étonnant, ses traits bien sculptés, sa cicatrice.

Étrange, comme la perception qu'on avait d'une personne pouvait changer en un laps de temps aussi court. La semaine dernière, elle lui trouvait l'air dur ; à présent, elle se demandait pourquoi elle avait eu cette impression. Certes, il avait une allure sévère – sauf quand il souriait –, mais ses traits n'étaient pas durs. Sa bouche avait un pli volontaire, ses yeux étaient clairs, presque perçants, mais son visage était plutôt rieur. Les plis autour de ses yeux et de sa bouche trahissaient le rire, et non la colère.

Non, c'était faux. La moitié de son visage était marquée par le rire. L'autre, par la souffrance. Aucune ride d'expression ne venait souligner son œil gauche ou le côté gauche de sa bouche. Là, la peau était lisse, rouge, brûlée.

Était-ce pour cela qu'elle lui avait trouvé une apparence dure ? Quand on regardait son visage avec cette cicatrice aussi visible, on ne distinguait que la souffrance. Cela donnait une fausse impression. On voyait de la douleur, de la dureté, et non un homme qui ne demandait qu'à rire.

Mais elle ne remarquait presque plus la cicatrice, à présent.

Je devrais apprendre à la considérer comme il le fait lui-même. Quand il se regardait dans le miroir, le major Reynolds ne voyait pas de la souffrance : il se disait qu'il avait eu de la chance.

Le regard d'Isabella glissa sur ses lèvres. Le souvenir de sa bouche sur la sienne, de ses mains sur sa peau, fit surgir une vague de chaleur dans son corps. *Je veux l'embrasser encore.*

Elle avait un mot pour désigner cette sensation, à présent : le « désir ». C'était cela. Le désir. Une *anomalie* qui existait entre eux.

Le soulagement qu'elle éprouvait était grisant. Le chaos ne régnait plus dans la pièce à l'intérieur de sa tête. Chaque chose avait retrouvé sa place sur les étagères. Quelques babioles gisaient encore sur le sol, trop abîmées pour être réparées. Parmi elles se trouvait son ignorance. Ou son innocence.

Je suis toujours vierge, mais mon corps sait reconnaître le plaisir physique.

Certes, c'était choquant. Mais c'était préférable à la seule autre explication : qu'elle était tombée amoureuse sans s'en rendre compte du major Reynolds.

Elle était redevenue elle-même, elle avait à peine changé. Le soleil brillait, les oiseaux chantaient, et tout avait retrouvé sa place dans le monde. Et dans son monde.

Elle éprouva un élan d'euphorie.

— Faisons la course, suggéra-t-elle.

Les yeux plissés pour se protéger du soleil, elle scruta le paysage à la recherche de Gussie et Lucas. Ceux-ci n'étaient plus que de minuscules silhouettes sur le versant de la colline.

— Très volontiers.

Le major Reynolds fit avancer son cheval à la hauteur du sien et lui sourit. Éprouvait-il la même exaltation et le même soulagement qu'elle ? Isabella lui rendit son sourire.

Ce n'est que du désir. Rien d'aussi terrifiant que l'amour. Rien d'insurmontable.

*

* *

Quand ils s'arrêtèrent, ils étaient tous deux rouges et haletants. La monture de lady Isabella, une jument baie portant le nom de Luciole, avait été presque aussi rapide que Douro.

— Félicitations, major, s'exclama-t-elle en riant. Vous avez gagné !

— De peu !

Gussie et Lucas ne se trouvaient plus dans le sous-bois. Nicholas regarda autour de lui, les cherchant des yeux. Ils avançaient un peu plus loin dans l'allée, côte à côte sur leur monture.

Nicholas fit pivoter son cheval vers Isabella.

— J'aurais dû emmener Rufus, dit-elle. Il aurait adoré cette course.

— Nous le prendrons la prochaine fois, avec Tam, Timothy et Grace. La calèche sera pleine d'enfants et de chiens.

— Quelle merveilleuse idée, major.

— Mais pas de chatons !

Lady Isabella eut une moue de déception.

— Vous ne croyez pas que des chatons apporteraient un charmant élément de désordre à l'expédition ?

Elle le regardait avec malice, et soudain la tentation fut trop forte. Nicholas se pencha et l'embrassa sur les lèvres.

Elle eut une seconde d'hésitation, puis lui rendit son baiser.

Nicholas approfondit le baiser, savourant la douceur de ses lèvres et la chaleur de sa bouche. Une pointe de désir surgit dans son ventre. Il aurait aimé se noyer dans cette chaleur et ce plaisir exquis…

Nous sommes dans Richmond Park.

Marmonnant un juron, il lâcha ses lèvres et fit reculer Douro d'un pas.

Puis il la regarda, s'efforçant d'apaiser sa respiration. Comme la veille au soir, elle avait les yeux sombres, les joues enflammées, la bouche gonflée par le baiser. Mais elle ne semblait pas effrayée, ni choquée.

— Lady Isabella…

— Isabella, rectifia-t-elle avec un sourire en coin. Si nous devons faire ce genre de chose, je pense que nous devrions être moins formels.

Il sentit l'espoir lui gonfler la poitrine. Elle laissait entendre qu'ils le feraient de nouveau.

Mais pas ici. On pourrait nous voir.

Nicholas se racla la gorge.

— Très bien, Isabella. Nous devrions aller retrouver Gussie et Lucas.

— Oui. Cela vaudrait mieux, en convint-elle en reprenant les rênes.

Il était déçu. Aurait-il voulu qu'elle proteste ? Qu'elle l'embrasse encore ?

Oui. Mais Isabella savait aussi bien que lui ce qui arriverait si quelqu'un les voyait s'embrasser. Ils seraient obligés de se marier. Et bien qu'il apprécie sa compagnie et ses baisers, elle n'était pas l'épouse qu'il désirait.

Ses pensées s'orientèrent vers Clarissa Whedon, celle qu'il convoitait. Certes, elle n'était pas d'une grande beauté, mais il l'avait choisie pour sa douceur et sa jeunesse. Elle lui conviendrait bien mieux, sur certains points, que lady Isabella.

« Mais pas sur d'autres points », lui souffla une petite voix narquoise.

Nicholas la chassa d'un mouvement de la tête. Pressant les flancs de Douro, il lança l'animal au trot. Il épouserait Clarissa Whedon, et embrasserait Isabella Knox.

Mais il ne pourrait embrasser Isabella s'il était fiancé à une autre.

Douro passa au galop. La jeune femme le rejoignit.

Nicholas lui coula un regard en coin. Il décida de repousser sa demande en mariage d'une semaine. Peut-être de deux.

*

* *

Ils dégustèrent leur pique-nique sur King Henry's Mound, d'où ils avaient une vue superbe sur Londres et le dôme de St Paul. Aucune nouvelle occasion d'embrasser lady Isabella ne se présenta.

— Serez-vous à l'Almack's, ce soir ? lui demanda Nicholas alors qu'ils quittaient le parc verdoyant de Richmond.

Elle fit un signe négatif de la tête.

— Je vais au concert chez les Peverill. Ma cousine y tient beaucoup.

Un concert. Nicholas parvint, non sans mal, à réprimer une grimace. L'Almack's lui paraissait presque préférable, avec ses débutantes, ses douairières, ses gâteaux secs et sa limonade tiède. Presque.

— Aimeriez-vous être accompagnées, votre cousine et vous ?

Isabella le regarda sous ses épais cils noirs. Il lui sembla qu'elle réprimait un sourire.

— Nous en serions enchantées, répondit-elle posément.

Quelques heures plus tard, assis dans un fauteuil Chippendale, Nicholas regretta d'avoir fait cette proposition. Les musiciens étaient excellents, et le souper surpassait tout ce que l'Almack's pouvait offrir. Mais ni le spectacle ni les entractes ne lui avaient offert la moindre opportunité d'échanger un mot en privé avec Isabella.

Il balaya la salle du regard. Les invités étaient principalement des femmes, et les cheveux gris dominaient. Avec un soupir, il concentra de nouveau son attention sur les musiciens. Deux violonistes et un pianiste. Ce dernier était très passionné ; il semblait jouer avec tout son corps. Son visage changeait au fil de la musique. Il était tantôt rêveur, les paupières fermées, puis il exultait et écarquillait les yeux. Parfois, il fronçait les sourcils et crispait les mâchoires, ou bien il exprimait de la mélancolie, les épaules tombantes et la mine triste.

Après un dernier accord qui emplit la salle, les violonistes posèrent leurs instruments. Les trois hommes se levèrent et saluèrent.

Il y eut un moment de silence, comme si les spectateurs retenaient leur respiration, puis les applaudissements crépitèrent et résonnèrent sous les hauts plafonds.

— Magnifique, déclara Mme Westin, assise entre Isabella et lui. Tout simplement magnifique.

Ils se levèrent, dans le brouhaha de la salle.

Des mots surgissaient çà et là.

— Splendide... Quelle habileté ! Quel talent !

Ils s'attardèrent, alors que la foule des invités diminuait. Mme Peverill, grande amie de Mme Westin, les invita à prendre des rafraîchissements dans un salon plus petit.

Mme Westin, presque aussi animée que le pianiste, discuta de la représentation avec leur hôtesse. Quand les musiciens se joignirent à eux, le pianiste parut à Nicholas indolent et morose. Peut-être était-il simplement fatigué.

Mme Peverill et Mme Westin passèrent de la musique à une discussion sur les figurines de porcelaine. Nicholas étouffa un bâillement.

— Je viens d'en acheter deux nouvelles, disait Mme Peverill. Voulez-vous les voir ?

Mme Westin manifesta un grand intérêt pour le sujet. Il réprima un nouveau bâillement, et vida son verre.

— Isabella, voulez-vous nous accompagner ?

Nicholas tressaillit en voyant la jeune femme accepter. Posant son verre vide sur un guéridon, il emboîta le pas des dames et les suivit dans le corridor. Il perçut derrière lui le bruit des valets qui emportaient la centaine de chaises, le concert étant terminé.

Les trois dames entrèrent dans un autre salon.

— C'est exquis ! s'exclama Mme Westin, alors qu'il marquait une pause sur le seuil.

Le salon, orné de rose et de blanc, était très féminin. Toutes les surfaces étaient décorées de figurines.

Il vit des laitières, des moutons, des bergères, des musiciens, des chasseresses, des arlequins, des écureuils, des poneys...

Mme Peverill remarqua sa présence.

— Major ! Vous vous intéressez aux miniatures de porcelaine ?

Lady Isabella leva vivement la tête.

— Euh... un peu, répondit-il en pénétrant dans le salon.

Isabella se mordit les lèvres et souleva une figurine pour l'examiner.

— Les objets plus grands sont par ici, déclara Mme Peverill en se dirigeant vers une porte.

Elle l'ouvrit, et Nicholas aperçut des murs roses. Mme Westin suivit son amie, mais Isabella s'en abstint. Elle considérait la figurine qu'elle tenait entre les mains en fronçant les sourcils.

Nicholas s'approcha d'elle.

— Vous vous intéressez aux statuettes de porcelaine, major ? dit-elle en observant la petite laitière aux boucles blondes. Je ne m'en serais jamais doutée !

— Je n'éprouve qu'un intérêt minuscule pour le sujet, avoua-t-il en jetant un coup d'œil à la porte derrière laquelle les deux femmes avaient disparu.

Lady Isabella reposa la laitière sur la table ornée de dorures.

— Minuscule ? releva-t-elle, un sourire aux lèvres.

— Encore plus petit que ça.

Il s'approcha et captura son visage entre ses mains. Elle ne protesta pas.

— Soyez prudent, chuchota-t-elle.

Le baiser fut bref et brûlant. Ils se séparèrent en entendant des voix dans la pièce voisine.

Nicholas tourna le dos à Isabella et s'empara d'une figurine. Du coin de l'œil, il vit les deux femmes réapparaître dans le salon.

— Oh, cette figurine vous plaît, major ? C'est une de mes préférées ! s'exclama Mme Peverill.

Il examina la statuette. C'était un jeune homme vêtu d'une veste brune, adossé à un arbre et tenant négligemment un violon à la main.

— Euh…, bredouilla-t-il, encore enivré par la chaleur de la bouche d'Isabella.

Celle-ci avait légèrement tourné la tête. Il ne voyait que son profil, la courbe de sa joue, la rondeur de ses lèvres. Le désir lui transperça le ventre. Il eut envie de la prendre dans ses bras, de l'embrasser tout son soûl.

— C'est très joli, murmura-t-il d'une voix enrouée.

Craignant de laisser échapper la précieuse figurine, il la remit prudemment à sa place.

15

Le jeudi matin, la servante Becky Brown revint de la visite chez sa mère. Elle demanda à parler à Isabella.

Cette dernière la reçut dans la bibliothèque. Becky entra avec Mme Early, la gouvernante. Sur un geste d'Isabella, Mme Early s'assit et la jeune fille se percha, nerveuse, au bord d'une chaise. Isabella comprit que les nouvelles n'étaient pas bonnes.

— Comment va votre mère ?

Becky secoua la tête, les mains crispées sur son tablier.

— Pas très bien, Madame. Elle ne peut même plus quitter le lit, ajouta-t-elle, la gorge serrée par un sanglot.

— A-t-elle vu un médecin ?

La jeune fille acquiesça.

— Qu'a-t-il dit ?

— Il a dit qu'il y a quelque chose qui ne va pas, et qu'elle ne pourra pas guérir.

Isabella garda le silence un moment, songeant à la maladie de sa mère. Elle se rappela le jour où elle avait enfin admis que la duchesse douairière ne guérirait pas.

— Souhaitez-vous quitter mon service ? demanda-t-elle avec douceur.

— Oui, Madame. Il faut que quelqu'un veille sur elle et s'occupe des petits. Mon père doit travailler, vous comprenez. Il ne peut pas…

Elle enroula le tablier autour de ses doigts.

Isabella hocha la tête. Elle comprenait. Elle jeta un coup d'œil à Mme Early, et ajouta :

— Vous pouvez partir, si vous le souhaitez.

Mme Early approuva d'un battement de paupières. La jeune fille parut soulagée, mais elle précisa :

— Oh, Madame... je pensais rester encore une semaine... si cela vous convient.

— Vous êtes certaine de ne pas vouloir partir dès aujourd'hui ?

— Une des voisines m'a dit qu'elle pourrait rester au chevet de ma mère cette semaine, répondit la servante avec un sourire timide. J'ai pensé... que cela vous laisserait le temps de trouver quelqu'un d'autre.

— Merci, Becky. C'est très gentil.

La jeune fille s'empourpra.

— Vous avez toujours été si bonne envers moi, Madame. Je ne voulais pas vous quitter trop brusquement.

— Merci, Becky.

Quand la servante se fut retirée, Isabella se tourna vers Mme Early.

— Pouvez-vous retourner au bureau de l'emploi ?

— Oui, Madame.

— Les servantes se succèdent, ces temps-ci, dit-elle en soupirant.

Elle contempla son bureau, dont le bois avait pris un ton doré sous le soleil filtrant par la fenêtre.

— Nous lui paierons ses gages pour ce mois-ci et le suivant, décida-t-elle. Et préparez-lui une lettre de références.

Mme Early hocha la tête.

— Demandez aussi à la cuisinière de lui donner un panier de provisions lorsqu'elle partira. Des tourtes, des fruits, du pain pour sa famille... Oh, et aussi quelques gâteaux aux prunes.

Un petit cadeau pour les enfants, au milieu d'une période bien noire pour eux.

— Oui, Madame.

Isabella congédia la gouvernante mais la rappela alors qu'elle s'apprêtait à sortir.

— Madame Early, est-ce que les bougies de cire d'abeille continuent de disparaître ?

— Oui, Madame.

Après le départ de la gouvernante, Isabella sortit ses registres de comptes. Elle examina les colonnes de chiffres en remontant plusieurs mois en arrière, notant le nombre de bougies achetées et la date des achats. Oui, trois mois plus tôt, constata-t-elle en tapotant la page du bout du doigt. Elle fronça les sourcils. Tout d'abord, la quantité achetée avait augmenté imperceptiblement. Puis le mois suivant, le changement avait été net, comme si le voleur avait pris confiance. Et ce mois-ci...

Elle fit la moue. *J'aurais dû m'en apercevoir.*

Quand avait-elle ajouté ces chiffres dans le registre ? La semaine dernière, lorsque son esprit avait été absorbé par Harriet et le major Reynolds.

Isabella secoua la tête, dépitée.

Il était très facile d'établir combien de bougies avaient été dérobées en comparant les chiffres avec ceux de l'année précédente. Elle effectua le calcul sur une feuille de papier. Le résultat lui fit hausser les sourcils. Les bougies de cire d'abeille étaient chères. Si le voleur les avait revendues à la moitié de leur prix réel, il ou elle avait dû en retirer une somme non négligeable.

Isabella reposa sa plume. Cela ne lui plaisait pas. Il était troublant de se dire qu'il y avait un voleur sous son toit. Plus que troublant : c'était préoccupant.

*

* *

Le major Reynolds l'embrassa ce soir-là au bal des Atherton, après le souper, alors que le quadrille était annoncé et que la salle dans laquelle ils se trouvaient avait été désertée. Ce baiser fut aussi enivrant que du vin, et bien trop bref.

Le vendredi, il l'embrassa à Vauxhall. Ils avaient réussi à fausser compagnie à Gussie et à Lucas, et se promenaient dans les jardins faiblement éclairés. Le major Reynolds la tint serrée contre lui. Sa bouche brûlante dévorait ses lèvres. Elle eut l'impression de se fondre dans une vague de volupté. Quand il releva enfin la tête, elle se cramponna à lui, étourdie. Le sang lui battait aux tempes. *Encore, encore, encore.*

Ils gardèrent un long moment le silence, à bout de souffle. Elle sentait la chaleur du corps de son compagnon pressé contre le sien, sa force, sa robustesse. Une de ses mains lui caressait légèrement le dos.

Isabella tremblait de plaisir. Elle agrippa les revers de sa veste et ferma les yeux. *Est-ce vraiment moi ? Suis-je devenue folle ?*

— J'aime vous embrasser, chuchota-t-il contre sa joue.

— Moi aussi, répondit-elle en cherchant ses lèvres.

Oui, je suis devenue folle…

Le samedi, elle se regarda dans le miroir et eut du mal à se reconnaître. Ses yeux avaient-ils toujours été aussi brillants, ses joues aussi roses ? *C'est le désir qui fait cela.*

Ce soir-là, Isabella accompagna sa cousine et les Peverill à l'opéra. Elle passa les loges en revue. Les voix des Peverill et de Mme Westin formaient un murmure indistinct derrière elle. Le major Reynolds avait dit qu'il serait peut-être…

Il était là. De l'autre côté de la salle, examinant les loges et leurs occupants.

Le cœur d'Isabella se mit à battre plus vite. Leurs regards se croisèrent. Pendant de longues secondes ils se dévisagèrent, puis le major lui sourit et elle sentit son corps s'enflammer. Ce sourire contenait une foule de promesses.

Isabella détourna les yeux et regarda ses mains croisées sur ses genoux. Elle fut parcourue d'un frisson d'anticipation.

Pendant le premier entracte, leur loge fut envahie par des amis et connaissances venus les saluer. Le major Reynolds ne leur rendit pas visite. Confortablement installé dans son fauteuil, il la regarda avec une expression ironique. Elle se détourna.

Quand le rideau tomba, annonçant le deuxième entracte, sa cousine et les Peverill décidèrent d'aller saluer les Sexton dans leur loge, de l'autre côté de la salle.

— Je reste ici, annonça Isabella.

— Est-ce que vous vous sentez mal ? demanda Mme Westin avec un soupçon d'inquiétude.

— Oh, non. J'ai seulement envie de rester tranquille.

— Voulez-vous que je vous tienne compagnie ? suggéra Mme Westin en faisant mine de se rasseoir.

— Oh, non. Je vais me reposer et regarder les gens.

Mme Westin parut étonnée mais n'insista pas. Elle suivit les Peverill, lui lançant un bref coup d'œil avant de quitter la loge.

Isabella regarda la loge du major Reynolds. Elle était vide.

Baissant les yeux, elle contempla ses mains. *J'ai menti.* Comment cela était-il arrivé ? Comment était-elle devenue quelqu'un qui disait des mensonges et embrassait en secret un homme qu'elle n'avait nullement l'intention d'épouser ?

Je dois arrêter. Avant de ne plus me supporter moi-même...

— Isabella ?

Son cœur fit un bond quand elle entendit son nom prononcé à mi-voix. Elle se retourna.

Le major Reynolds se tenait dans l'ombre, au fond de la loge. Elle se leva.

— Nicholas !

Ces baisers échangés en secret étaient inconvenants. C'était mal. Terriblement. Alors pourquoi ne résista-t-elle pas lorsqu'il lui prit les mains et l'attira dans l'ombre ? lorsqu'il lui sourit ? lorsqu'il pencha la tête pour l'embrasser ?

Il posa les mains sur sa taille, la maintenant solidement contre lui. Leurs lèvres se joignirent. Elle éprouva un délicieux vertige. Puis le major Reynolds s'inclina et disparut.

Isabella demeura seule au fond de la loge, levant un doigt tremblant vers ses lèvres.

Je suis devenue folle.

*
*   *

Le dimanche suivant, Isabella accompagna sa cousine à la chapelle royale. La journée s'annonçait longue et ennuyeuse. Pas de promenade à Hyde Park avec le major, pas de bal. *Pas de baiser.*

Isabella posa les yeux sur son livre de prières. Ce n'étaient pas seulement les baisers du major qui allaient lui manquer, mais aussi sa compagnie, sa conversation.

À quel moment avait-il pris autant d'importance dans sa vie ?

Isabella ouvrit le livre et regarda le texte sans le voir. *Et à quel moment ai-je pris tellement goût à ses baisers que j'ai abandonné toute prudence ?* L'autre soir, elle avait commis une folie. L'embrasser dans un lieu public !

Et pourtant, elle l'avait fait de son plein gré. Elle avait même menti pour pouvoir le faire.

Elle fronça les sourcils. Le texte lui semblait formé de signes indéchiffrables. La voix du pasteur résonnait, incompréhensible.

Ce qu'elle faisait était inacceptable. *Je dois tout arrêter. Ne plus le voir, ne plus l'embrasser.*

Et pourtant, l'idée de ne plus voir le major Reynolds faisait surgir en elle un sentiment proche de la panique.

À quel moment s'était-elle mise à l'aimer autant ?

La réponse était évidente : au bal masqué des Worthington. Quand il avait obligé les gens à rire avec lui, au lieu de rire de lui. Et quand il l'avait embrassée pour la première fois.

La voix du pasteur s'élevait, le sermon atteignait son point culminant. Pour elle, ce n'était que du bruit. *Est-ce que je l'aime beaucoup ?*

La réponse était terrifiante. Elle leva les yeux et regarda le pasteur sans le voir.

Il y eut un brin d'agitation quand les fidèles se levèrent. Isabella les imita avec quelques secondes de retard. Elle ne savait pas du tout quel cantique il fallait chanter.

L'orgue résonna, mais cela n'avait pas de sens. Les mots étaient inconnus. Elle crispa les doigts sur son livre. Était-ce plus que du désir ?

Suis-je amoureuse de lui ?

Comment pouvait-elle être amoureuse d'un homme qu'elle connaissait depuis si peu de temps ? Plus important encore, comment pourrait-elle aimer un homme qui prétendait vouloir modeler son épouse à sa convenance ?

L'orgue se tut. Des pages furent tournées dans un bruissement de papier.

Isabella feuilleta son livre et l'ouvrit au hasard à une nouvelle page. Que savait-elle du major Reynolds ?

Il avait été un bon soldat, un bon meneur d'hommes. Le meilleur, d'après le lieutenant Mayhew.

Il avait le sens de l'humour.

Quand il voyait sa cicatrice dans le miroir, il se disait qu'il avait eu de la chance.

Il était fier. Intelligent. Courageux.

Était-ce suffisant ? *Ai-je envie de l'épouser ?*

Le major Reynolds était, de son propre aveu, un autocrate. Un tyran, donc. Mais sans doute avait-il plaisanté ? Plaisanterie ou non, cet homme avait l'habitude de commander, de donner des ordres, et d'être obéi.

Que serait la vie d'une femme auprès d'un tel homme ?

Les chants se turent, les fidèles s'assirent. Isabella les imita. Elle essaya de se rappeler sa première impression quand elle avait vu le major Reynolds. *Un homme dangereux.* Elle avait du mal à le considérer ainsi, à présent. Quand elle pensait à lui, elle pensait aux rires et aux baisers.

Ne te laisse pas duper par ces baisers, il est toujours dangereux.

Combien d'hommes avait-il tués pendant les douze ans qu'il avait passés dans l'armée ?

Isabella frissonna et posa les yeux sur le livre de prières qu'elle tenait entre ses doigts crispés. Le pasteur s'était remis à parler. Que désirait-elle ?

— Isabella ?

Elle releva les yeux. Tout le monde se levait, échangeait des remarques. L'office était terminé.

— Isabella ? répéta Mme Westin. Vous vous sentez bien ?

— Oui. J'étais... euh... Je réfléchissais.

Qu'est-ce que je désire ?

Elle s'efforça de concentrer ses pensées sur sa cousine, sur les conversations autour d'elle. Sur tout, sauf la réponse à cette question. Mais la réponse ne se laissa pas effacer aussi facilement. Elle rassembla son livre de prières et sa bible, remit sa cape et sortit sur le parvis ensoleillé.

Si le major Reynolds est celui que je crois, alors j'aimerais l'épouser.

Le seul fait de penser ces mots, sans même les prononcer à haute voix, la choqua. L'espace d'un instant, elle demeura clouée sur place. Des gens passaient à côté d'elle, en échangeant des paroles indistinctes.

— Isabella ?

Au prix d'un effort, elle parvint à se concentrer sur le visage de sa cousine.

— Êtes-vous certaine que tout va bien ? insista celle-ci d'un air soucieux. Vous me semblez...

Perdue. Je suis perdue. Au cours de cette dernière semaine, je suis devenue différente. Je ne me reconnais plus, je suis une étrangère à mes propres yeux.

— ... très pâle.

Isabella esquissa un sourire, mais elle avait la gorge nouée.

— Je me sens parfaitement bien, ma chère cousine.

Elle ne se reconnaissait plus, mais elle connaissait l'émotion qui lui gonflait la poitrine. C'était l'espoir.

Je veux épouser le major Reynolds.

Isabella battit des paupières et regarda autour d'elle. Le monde lui parut étrange. C'était un monde dans lequel elle pourrait avoir un mari, des enfants, une famille.

Cette pensée était enivrante.

Elle descendit les marches avec précaution, en se tenant à la rampe.

Le trajet jusqu'à la maison lui parut plus court que d'habitude. Elle écouta d'une oreille distraite sa cousine qui commentait le sermon. Dans sa tête, elle rêvait d'un mari aux yeux verts et au visage marqué d'une cicatrice, d'enfants, de rires et d'amour. La réalité refit surface quand elle pénétra dans le hall de sa maison de Clarges Street.

Le major Reynolds voudrait-il l'épouser ? Elle n'avait rien de la fiancée jeune et docile qu'il recherchait. *Peut-être me trouve-t-il trop vieille, trop particulière.*

Essaierait-il de la modeler à sa guise ? Elle lui plaisait, elle le savait. Et il la désirait. Mais désirer une femme et l'aimer telle qu'elle est sont deux choses entièrement différentes.

Plongée dans ses réflexions, Isabella monta l'escalier à côté de sa cousine. Le major Reynolds n'éprouvait-il que du désir quand il l'embrassait et la tenait dans ses bras, ou bien y avait-il autre chose ?

La seule façon de le savoir était de lui poser la question.

Oserai-je le faire ?

Rufus dévala l'escalier en remuant la queue. Isabella se pencha pour le caresser, puis releva la tête en entendant des pas. Harriet.

Elle se redressa lentement.

Oserai-je lui révéler la vérité sur Harriet ?

Comment réagirait-il ?

S'il était l'homme qu'elle croyait, posé et doté de bon sens, il ne la jugerait pas trop durement.

Mais si elle se trompait...

Elle fut parcourue d'un frisson glacé.

*

* *

Le lundi matin, il n'y avait toujours pas de lettre de la tante de Harriet.

— Ne vous inquiétez pas, dit Isabella. Si nous n'avons rien reçu vendredi, j'enverrai mon homme d'affaires à Penrith pour la voir.

— Je suis désolée d'être un tel fardeau pour vous, madame.

— Vous n'êtes pas un fardeau. Nous sommes heureuses d'avoir votre compagnie, croyez-moi.

Isabella sourit gaiement à la jeune fille, mais en son for intérieur elle commençait à éprouver quelque inquiétude. Et si la tante était morte ?

Harriet lui adressa un sourire tremblotant. Ses yeux brillaient de larmes. Des larmes de gratitude ou de tristesse ? Probablement les deux. La pauvre enfant était aussi innocente et aussi inoffensive que les chatons qu'elle avait recueillis. Le monde était effrayant quand on n'avait pas de famille, pas d'argent et aucune protection.

Isabella se sentit soudain très privilégiée. Elle avait tout ce qui manquait à Harriet. Non pas par son propre mérite, mais par sa naissance.

Non, ce n'était pas tout à fait vrai. Harriet avait quelque chose qu'Isabella n'avait pas. Un fiancé, qui se nommait le major Reynolds.

Je désire l'homme qu'elle fuit.

Quelle ironie.

*
* *

Après le déjeuner, Isabella rendit visite à Gussie, officiellement pour prendre des nouvelles de Safran.

— J'ai encore un chaton à placer, dit-elle tandis que le rouquin ronronnait dans ses bras.

Elles étaient assises dans le salon de Gussie, et les rideaux de dentelle laissaient filtrer les rayons du soleil.

— Je me disais que… votre cousin voudrait peut-être en prendre un ?

— Quel cousin ? Nicholas ? fit Gussie en levant les yeux de son ouvrage. Vous devriez lui poser la question.

— Je pensais qu'il valait mieux que je vous demande d'abord quel genre d'homme il est, expliqua Isabella en évitant le regard de son amie.

Gussie posa son aiguille.

— Quel genre d'homme ? Vous me posez la question alors que vous ne vous êtes quasiment pas quittés, ces deux dernières semaines ?

Isabella sentit ses joues s'enflammer.

— Je l'ai vu en société, dit-elle en concentrant son regard sur la pendule de bronze qui ornait le manteau de cheminée. Mais vous devez le connaître mieux que moi. Je me demandais… ce que vous pensez de lui.

— Ce que je pense de lui ? répéta Gussie, amusée. Vous voulez connaître mon opinion avant de lui confier un chaton ?

Vu sous cet angle, cela paraissait étrange. Perplexe, Isabella examina le pare-feu.

Il y eut un silence, et Gussie s'éclaircit la voix.

— Quand j'étais petite, Nicholas était mon cousin préféré, dit-elle d'un ton posé. J'ai une très haute opinion de lui.

— Pourquoi ?

— Parce que… j'ai confiance en lui. Parce qu'il me fait rire. Parce qu'il est gentil.

— Gentil ? répéta Isabella, incrédule. Ne diriez-vous pas plutôt qu'il est dominateur ?

— Dominateur ?

Gussie garda un moment le silence. Isabella lui coula un regard de côté et vit qu'elle fronçait les sourcils en réfléchissant. Elle se mordilla les lèvres.

— Non, finit-elle par répondre. Je ne dirais pas cela. Il est très décidé, a beaucoup de détermination, mais il n'est pas tyrannique. Du moins… il ne l'a jamais été avec moi, précisa-t-elle. Nicholas est un homme très compétent. Il a la réputation de faire les choses de manière efficace.

— Vraiment ?

— Quand j'étais enfant, nous passions tous les étés ensemble. Et je savais déjà quand j'avais… disons, dix ou douze ans, que si je voulais que quelque chose soit fait je devais aller voir Nicholas et non Gérald. C'est pourquoi Gérald le déteste autant, ajouta-t-elle avec un sourire ironique. Nicholas est tellement plus doué que lui.

— Oh…

Gussie se pencha en avant et joignit les mains sur ses genoux, l'air grave.

— J'ai connu Nicholas quand il était écolier. Il était gentil et patient, il m'écoutait quand je parlais, ce que Gérald ne faisait jamais. Mais c'était il y a longtemps. C'est un homme, à présent, ajouta-t-elle en haussant les épaules. J'apprends de nouveau à le connaître. Il est resté longtemps absent.

— Il était à la guerre.

Douze ans de vie militaire, de combats, de tueries. Douze années marquées par le sang et la mort. Le regard d'Isabella se posa sur Safran, paisiblement endormi dans ses mains.

— Une telle expérience doit changer un homme. L'endurcir.

— Oui, concéda Gussie. Mais je suis persuadée que Nicholas est toujours le même, au fond. Je ne crois pas qu'il soit devenu... trop dur. Bien que je doive admettre qu'il est plus réservé qu'autrefois, plus calme, maître de lui.

Oui, le major Reynolds avait beaucoup de sang-froid. C'était un homme de discipline. *Sauf quand il m'embrasse.*

Isabella croisa le regard de Gussie.

Il y eut un long silence pendant lequel elle regarda de minuscules grains de poussière tourbillonner dans un rayon de soleil.

— Je pense qu'il ferait un très bon mari, dit doucement Gussie.

Les joues d'Isabella s'enflammèrent. Son regard balaya la théière d'argent, les délicates tasses de porcelaine, l'assiette de gâteaux.

— Je ne... je ne voulais pas dire... Je posais simplement la question pour...

Elle se mordit la langue. Soutenant le regard de Gussie, elle déclara d'un air digne :

— Je posais la question à cause du chaton.

Elle se trouva elle-même ridicule.

Gussie fit la moue, comme pour réprimer un sourire.

— Je vois, dit-elle d'un ton plat. Encore un peu de thé ?

*
* *

Lady Isabella arrêta le phaéton. Son valet descendit. Nicholas monta et s'assit à côté d'elle, évitant de peu la langue baveuse de Rufus.

— Bonjour, lady Isabella.

— Bonjour, major.

Il s'installa confortablement sur le siège de velours, tandis que les chevaux repartaient au trot. Combien de fois avaient-ils déjà fait cela ? Dix, douze fois ?

Rufus pressa la truffe contre son genou, et Nicholas le caressa. Le chien ferma les yeux, aux anges.

La journée était belle, la température clémente, le soleil brillait. Une très légère brise soufflait sur Hyde Park. Nicholas n'avait jamais vu autant de monde dans le parc. Les calèches, les cabriolets et les cavaliers se croisaient dans les allées.

Lady Isabella portait une robe bleue garnie de rubans tressés. La couleur rehaussait le bleu de ses yeux, et ses cheveux paraissaient encore plus blonds. Il contempla ses joues lisses, ses lèvres roses. *Il faut que je l'embrasse ce soir.*

Il scruta l'allée encombrée en caressant distraitement les oreilles de Rufus. Où seraient-ils, ce soir ? Ah oui. Au bal des Middleton.

Le cabriolet s'arrêta.

Nicholas vit que le chemin était bloqué. Un cabriolet était entré en collision avec une élégante calèche. Le conducteur du cabriolet avait laissé échapper les rênes et il était assis, rouge et confus, endurant les remarques acerbes du cocher de la calèche, tandis que son valet essayait de reprendre la situation en main.

Ignorant toute cette agitation, Isabella se tourna vers lui.

— Vous savez pourquoi je ne souhaite pas me marier, major, dit-elle du ton direct qui lui était coutumier. Puis-je vous demander pourquoi vous souhaitez prendre une épouse ?

Il l'observa un moment, avec son regard gris-bleu, ses cheveux dorés sous son chapeau, son expression grave.

— Pourquoi ?

— Oui, pourquoi ?

Nicholas baissa les yeux sur Rufus, appuyé contre ses jambes. Il aurait pu esquiver la question, donner une réponse vague qui ne lui apprendrait rien. Mais elle avait répondu honnêtement à ses questions sur la terrasse des Worthington, et il lui devait la vérité.

— Les militaires côtoient la mort, dit-il en faisant glisser les oreilles de Rufus entre ses doigts. Je l'ai toujours su. Mais à Waterloo...

Les souvenirs le submergèrent. Le son du canon, les cris des hommes et les hennissements des chevaux, l'odeur de la poudre et du sang. La mort qui le cernait.

Rufus lui poussa la main de sa truffe. Nicholas se rendit compte qu'il s'était pétrifié. Il toussota.

— Waterloo fut une boucherie. J'ai vu tant d'hommes tomber...

Un déferlement de sang, de chairs déchirées, de membres arrachés. La mort était partout. Il la sentait, la respirait, il l'entendait rugir autour de lui.

— Personne ne pouvait survivre à ce massacre. Cela semblait... impossible.

Lady Isabella le regardait, très pâle. Était-elle choquée ?

— Je me souviens d'un moment précis sur le champ de bataille. Mon cheval avait été tué sous moi, et j'étais entouré de cadavres. Il y en avait des centaines, des milliers. La cavalerie française revenait à la charge et... et c'était la fin, semblait-il.

Nicholas fit lentement glisser ses doigts sur l'oreille soyeuse de Rufus.

— Je me suis alors promis que si je survivais à cette journée, je quitterais l'armée et n'aurais plus jamais rien à voir avec la mort.

Il soutint son regard et continua :

— Je veux la vie. Je veux des enfants. Je veux les voir grandir. Je veux les voir vivre et avoir des enfants à leur tour. La vie, non la mort.

Isabella déglutit.

— J'avais entendu parler de ce qui s'est passé à Waterloo, dit-elle d'une voix sourde.

Son regard était vide, sans expression. Il l'avait choquée, songea-t-il.

— Ce fut terrible, conclut-il.

Elle détourna les yeux et s'humecta les lèvres.

— Merci de me l'avoir dit.

Cette conversation était trop sombre pour Hyde Park, pour la frivolité de cette parade mondaine. Les femmes avec leurs chapeaux à plumes, les gentlemen avec leurs cravates ridicules, les chevaux qui défilaient au pas, les voitures garnies de rubans de soie, le soleil, le chant des oiseaux...

— C'était il y a longtemps, assura Nicholas d'un ton léger.

Lady Isabella plissa les yeux. « Ne me traitez pas comme une enfant », semblait-elle dire.

— Pourquoi avez-vous décidé d'être militaire ?

Donc, elle refusait de se laisser distraire ? Il éprouva du respect à son égard.

Il chercha dans sa mémoire. Il n'était pas facile de se rappeler le jeune homme qu'il avait été, fraîchement sorti de Cambridge, pressé d'imprimer sa marque sur le monde.

— J'avais l'intention de m'engager dans une carrière de diplomate, mais... j'avais envie de relever des défis.

— Et la vie militaire était un défi ?

— Oh, oui.

Les défis avaient été nombreux. Il avait appris à reconnaître le terrain, à déterminer la position des ennemis, à commander des hommes, à les conduire à la bataille, même lorsque les conditions semblaient défavorables. Il avait appris à tuer, à survivre, à faire le deuil de ses compagnons. Puis il y avait eu les défis purement physiques. Les marches forcées, la saleté, le froid mordant et la chaleur accablante, la nourriture trop rare, la boue, les poux, les fièvres…

— C'était exactement comme je l'avais imaginé, et bien plus. Les désagréments étaient considérables. Mais dans l'ensemble, cela ne m'a pas déplu.

Lady Isabella hocha la tête, le regard fixé devant elle. Le cabriolet était reparti et la calèche était à côté d'eux. Le cocher, assis droit sur son siège, bombait le torse, tel un héros victorieux.

D'un habile claquement de fouet, la jeune femme fit repartir les chevaux.

— Merci de m'en avoir parlé.

— Je vous en prie, répondit Nicholas.

Son regard se perdit sur les jardins de Kensington. Les arbres, le soleil, l'eau.

Il fut un instant désorienté, comme si le monde venait de basculer légèrement sur son axe. Ses doigts s'immobilisèrent sur les oreilles de Rufus. Comment ce soleil, ce paysage verdoyant et apaisé, pouvaient-ils exister en même temps que la boue et le carnage de Waterloo ? Comment était-ce possible ?

Il battit des paupières, secouant légèrement la tête.

Lady Isabella capta le mouvement et le regarda en haussant les sourcils.

— Major ?

— Irez-vous au bal des Middleton, ce soir ?

— Oui, répondit-elle. Et vous ?

— Absolument.

Il faut que je vous embrasse.

16

Le bal du colonel et de lady Middleton était déjà bien engagé quand Nicholas arriva. Après avoir donné son chapeau à un valet, il monta dans la salle de bal. Cela lui rappelait le bal de Gussie, deux semaines plus tôt. Le brouhaha de la musique, des rires et des conversations, les odeurs de parfum et de transpiration, la chaleur étouffante…

Mais ce soir, il n'y aurait pas de rires narquois, pas de regards en coin, pas de murmures. Les moqueries à son sujet étaient terminées. Londres était passé à autre chose.

Nicholas accepta la coupe de champagne que lui proposait un valet et sirota le vin en faisant le tour de la salle. Il salua au passage des connaissances, fit une pause pour bavarder avec des amis tout en scrutant la foule à la recherche d'une chevelure dorée comme les blés. L'assemblée était colorée, et il y distingua les uniformes de gala de plusieurs régiments. Le bleu, écarlate et doré de la garde royale à cheval, le vert de sa propre brigade de fusiliers, avec sa dentelle argentée, la tunique rouge et le plumet blanc des Life Guards. Le lieutenant Mayhew n'était pas là, mais il repéra lady Isabella, qui dansait en compagnie de Lucas Washburne. Elle était grande et élégante dans un fourreau de satin blanc et une cape de crêpe d'un bleu céleste.

Adossé au mur, Nicholas l'observa en buvant son champagne. Quand la danse fut terminée, il traversa la piste.

— Lady Isabella, dit-il en s'inclinant. Lucas.

Il vit avec satisfaction les joues de la jeune femme se colorer. « Je vais vous embrasser ce soir », lui promit-il silencieusement. À cette idée, son ventre se contracta, transpercé par la flèche du désir.

— Voulez-vous boire quelque chose ? proposa Lucas à Isabella. De la limonade ? Du champagne ?

— Du champagne, s'il vous plaît.

Lucas s'éloigna et elle regarda Nicholas, avant de porter son attention sur la piste où les danseurs se préparaient pour un quadrille. Elle fixait l'un des danseurs, que Nicholas reconnut.

— Vous le connaissez ?

— Lord Riles ? Oui.

Il l'observa.

— L'un de vos soupirants ?

Elle confirma d'un signe de tête.

Nicholas se retourna vers la piste. Riles était assez grand, assez beau, possédait des manières impeccables et une jolie fortune. D'après ce qu'il savait, l'homme avait aussi un certain sens de l'humour.

— Pourquoi ne l'avez-vous pas épousé ?

— Je le trouvais trop... conciliant.

Nicholas étouffa un rire. *Elle l'aurait mené par le bout du nez.*

— Nous n'étions pas assortis, ajouta-t-elle.

— Non. Il vous faut un mari plus fort.

— Pour me dominer ? rétorqua-t-elle en lui lançant un regard acéré.

— Pour être assorti à vous.

— Oh.

Elle reporta son attention sur la piste, où les partenaires se saluaient.

Clarissa Whedon était dans le même groupe que Riles. Nicholas l'observa un moment. « Ma fiancée », songea-t-il en sirotant son champagne. Celui-ci lui parut étrangement amer.

— Une femme forte vous conviendrait aussi, commenta Isabella.

— Non.

— Il ne faudrait pas qu'elle soit trop obstinée. Mais assez déterminée pour vous tenir tête.

Nicholas fit un signe négatif de la tête.

— Je veux un mariage paisible. Sans querelles. Pour cela, il me faut une épouse jeune.

— Ne croyez-vous pas que vous pourriez vivre en paix avec une femme un peu plus âgée ? Quelqu'un dont la personnalité serait formée ?

— Non.

Les jeunes soldats manquaient d'expérience, songeait-il, mais ils étaient plus maniables, moins enclins à se plaindre ou à discuter les ordres. Il était évident qu'une jeune épouse serait elle aussi malléable.

Lady Isabella ne répondit pas et regarda les danseurs en se mordillant les lèvres.

Nicholas suivit son regard. Clarissa Whedon attendait placidement que le quadrille commence.

Voilà ce que je veux.

Mais l'épouse qu'il avait imaginée, réservée et docile, acceptant tout ce qu'il disait, ne lui paraissait plus aussi idéale qu'autrefois.

— Vous pensez que j'ai tort, reprit-il.

— Je pense que vous êtes... malavisé.

Malavisé ? Qu'entendait-elle par là ? Lui disait-elle poliment qu'elle le trouvait idiot ? Il ouvrit la bouche pour lui poser la question, mais à cet instant précis Lucas Washburne revint.

— Le colonel Durham est là, dit-il à Nicholas en donnant une coupe de champagne à Isabella. Vous l'avez vu ?

— Non.

Et je ferai mon possible pour l'éviter.

— Le colonel Durham ? releva la jeune femme. J'aimerais faire sa connaissance.

— Vraiment ?

— J'ai entendu dire que c'était un homme déplaisant.

Très déplaisant. Nicholas regarda derrière elle et se figea, avant d'avaler une longue gorgée de vin. *Diable.*

— Vous avez de la chance, lady Isabella. Vous allez le voir.

— Vraiment ? fit-elle en suivant son regard. C'est lui ?

Que voyait-elle, exactement ? Les traits sombres, les plis amers de la bouche, ou bien le maintien militaire et l'énergie agressive de cet homme ?

Durham s'arrêta à leur hauteur.

— Major Reynolds.

— Colonel Durham. Permettez-moi de vous présenter lady Isabella Knox, et le vicomte de Washburne.

Le colonel jeta un bref coup d'œil à Isabella, puis se tourna vers Lucas Washburne. « Il ne la voit même pas », songea Nicholas, incrédule.

La conversation ne se prolongea pas longtemps. Le colonel l'invita à dîner à son club le lendemain soir et dit quelques mots sur le temps et la circulation à Londres. Le nom de Harriet ne fut pas prononcé. Un bref salut, et il les quitta.

Nicholas regarda Isabella. Le colonel l'avait ignorée.

— Eh bien ? Que pensez-vous du colonel Durham ?

— Vous voulez mon avis ? C'est un homme qui n'accorde aucune valeur aux femmes.

— Vous croyez ? s'étonna Lucas Washburne.

— Il ne s'est adressé qu'à vous, comme si je n'existais pas.

— C'est vrai ? fit Lucas en se retournant pour suivre des yeux le colonel.

Nicholas vida son verre d'un trait.

— Durham n'est pas le plus brillant des hommes, dit-il sèchement.

Lucas se tourna vers Isabella, l'air un peu perplexe.

— Vous êtes certaine de ce que vous dites ? Je n'ai rien remarqué.

— Vous êtes un homme, Lucas ! s'exclama Isabella en riant. Vous ne pouvez pas remarquer ce genre de chose.

Washburne ne se hasarda pas à répondre. Il sourit, haussa les épaules, puis partit à la recherche de sa femme.

— Vous avez raison, assura Nicholas. Durham tient les femmes pour quantité négligeable.

— Pauvre Ha... Mlle Durham, répliqua-t-elle avec une légère grimace.

Nicholas se rembrunit en contemplant son verre vide.

— Oui, pauvre Mlle Durham.

— Vous n'êtes pas du tout comme le colonel.

— J'espère que non.

— Mais alors, comment Harriet Durham a-t-elle pu penser...

— N'oubliez pas cela, lui rappela-t-il en se tapotant la joue du bout des doigts.

Isabella fixa la cicatrice un moment et secoua la tête.

— Petite idiote, dit-elle en pinçant les lèvres.

— Oui, je suis de votre avis.

Il observa les danseurs alignés. Clarissa Whedon ne semblait pas éprouver d'aversion pour lui. Mais Harriet non plus. Il avait pris son sentiment de répulsion pour de la timidité.

Lady Isabella garda le silence. Elle regardait également Mlle Whedon, avec une expression indéchiffrable.

— M'accorderez-vous la prochaine valse ? s'enquit-il.

— Comme si vous aviez besoin de me le demander, répliqua-t-elle, narquoise.

Nicholas regarda de nouveau son verre vide et le fit tourner entre ses doigts. Bientôt, il n'y aurait plus de valses, plus de baisers. Ses yeux se posèrent sur Mlle Whedon.

« Ennuyeuse », lui chuchota une petite voix intérieure.

Il l'ignora.

*

* *

La valse vint après le quadrille. Nicholas savoura le plaisir maintenant familier de danser avec lady Isabella. La courbe de sa taille sous sa main, la chaleur de ses doigts gantés sur son épaule, la façon dont leurs pas s'accordaient. Sa taille aussi était parfaite. Le menton de la jeune femme était au niveau de son épaule, il n'avait même pas besoin de pencher la tête pour lui parler. Il était facile de croiser son regard… et de l'embrasser.

« Plus tard », se dit-il en étouffant une pointe de désir.

S'il y avait un « plus tard ». La maison des Middleton ne semblait receler aucune cachette, c'était déprimant.

La musique cessa. Nicholas escorta Isabella jusqu'au buffet. Elle était belle, sereine et élégante dans sa robe bleu et blanc. Elle avait l'allure d'une reine. Des diamants étincelaient à son cou et ses oreilles.

Elle était parfaite, brillante, gracieuse, posée – intouchable, inaccessible… Puis elle lui sourit et il aperçut ses dents blanches, avec leur adorable petit défaut.

— Merci pour la danse, major.

— La bibliothèque, chuchota-t-il. Dans cinq minutes.

Le sourire de lady Isabella s'effaça. Elle soutint son regard. Ses magnifiques yeux bleu-gris.

Je la désire.

Nicholas serra les poings. Non, il ne pouvait pas l'embrasser devant tout le monde, dans la salle de bal des Middleton.

— La bibliothèque, répéta-t-il d'une voix rauque.

Puis il s'inclina devant elle, tourna les talons et s'éloigna.

*

* *

Il savait qu'elle viendrait. Ce sentiment qui le possédait, ce désir était réciproque. Il devait lui contracter le ventre comme il contractait le sien. *Nous sommes en proie à une folie...*

Il examina les livres sur les étagères. De la poésie. Wordsworth et Coleridge. *Le Corsaire* de Byron.

La porte s'ouvrit.

Nicholas pivota et vit lady Isabella refermer le battant derrière elle.

— Oserons-nous ? demanda-t-elle à voix basse en s'approchant de lui.

Il lui tendit la main.

— Nous serons très prudents, répondit-il en l'entraînant dans l'angle le plus sombre de la pièce.

Elle distingua un fauteuil de cuir dont les clous de bronze scintillaient à la lueur de deux petites lampes.

— Si quelqu'un nous voit...

— Cela n'arrivera pas, affirma-t-il en lui prenant le visage à deux mains.

Elle posa sur lui des yeux sombres, mystérieux.

— Embrassez-moi, murmura-t-il.

Lady Isabella lui offrit ses lèvres.

17

Isabella perdit toute notion du temps. La chaleur du corps du major Reynolds, la force de ses bras, la passion de ses lèvres, la magie du baiser, le fait d'être pressée contre lui... La réalité s'effaça, chassant toute pensée cohérente de son esprit.

Une vague de chaleur lui enflamma le corps. Elle en voulait davantage. Sa bouche, ses bras, ce n'était pas assez. Elle interrompit leur étreinte.

— Nicholas...

Le souffle court, il pressa le menton contre sa tempe.

— Quoi ?

Il y eut du bruit à la porte, et ils s'écartèrent.

— Baissez-vous ! chuchota le major en la poussant derrière un fauteuil.

Isabella s'accroupit, et la porte s'ouvrit. Pressant le front contre le cuir du fauteuil, elle ferma les yeux. Son cœur battait la chamade. *Si nous sommes découverts...*

Le major Reynolds s'agenouilla à côté d'elle. Il glissa un bras sur ses épaules et l'attira contre lui. Elle sentit sa cuisse contre la sienne.

La porte se referma avec un bruit sec. Il y eut un moment de silence, pendant lequel elle ne perçut que les battements affolés de son cœur. Puis elle entendit un homme parler à voix basse, et une voix de femme lui répondre.

Les minutes s'écoulèrent lentement. Blottie contre le major, les yeux fermés, elle s'efforça de ne pas écouter les rires et les chuchotements. *Faisons-nous comme eux lorsque nous nous embrassons ?*

Non. Le major Reynolds et elle s'embrassaient en silence. Il n'y avait pas eu de minauderies, pas de taquineries, pas de rires étouffés.

Parce que ce qui se passe entre nous n'est pas du marivaudage. C'était quelque chose de plus intense, de plus exaltant que tout ce qu'elle avait imaginé... et aussi de plus terrifiant.

Je pourrais me perdre entre ses bras.

Elle garda la tête baissée et les yeux clos pendant que les amoureux s'embrassaient. Puis ils se dirent adieu à mi-voix, la porte se rouvrit et se referma.

Le major Reynolds resserra brièvement les bras sur elle, avant de la relâcher. Isabella ouvrit les yeux et le regarda. Son visage était dans l'ombre, la cicatrice n'était pas visible. Le cœur de la jeune femme se serra. *Je vous aime.*

— Je suis désolé, dit-il. Ce n'était pas une bonne idée.

Isabella secoua la tête en silence.

Il garda aussi le silence un moment, la contemplant de ses yeux brillants. Puis il laissa fuser un rire tremblant.

— Ne me regardez pas comme ça, madame. Sinon, je serai obligé de vous embrasser encore.

Embrassez-moi.

Il resta immobile, à la dévisager, puis l'attira vers lui. Ses lèvres étaient chaudes et exigeantes.

Isabella ferma les yeux et lui rendit son baiser avec ferveur. *Je vous aime.*

Les rangés de livres avec leurs reliures de cuir, le tapis sous leurs jambes, le fauteuil qui projetait son ombre sur eux. Tout cela cessa d'exister. Elle ne fut plus consciente que de la bouche du major, de ses doigts refermés sur ses bras. Elle se laissa submerger par les sensations, par son odeur, le goût de ses lèvres, sa chaleur, le bruit de sa respiration.

Cette fois, ce fut lui qui interrompit leur baiser. Il s'écarta, mettant de la distance entre eux. Son visage était rouge, ses yeux si sombres qu'ils paraissaient noirs. Son souffle était haché.

Il la regarda un long moment, puis se massa le visage, rejeta la tête contre le fauteuil et ferma les paupières.

— C'est de la folie. Nous sommes déments.

— Oui.

— Si nous étions découverts...

— Il y aurait un scandale, répondit-elle doucement en joignant les mains sur ses genoux. Un scandale qui prendrait de telles proportions que...

— Nous serions obligés de nous marier.

Il prononça ces mots sur le même ton qu'elle, avec beaucoup de calme. Il soutint son regard, avec une telle intensité qu'elle eut l'impression qu'il lisait en elle. Il ne demandait pas sa main, elle le savait. Et pourtant, elle était assez folle pour le désirer.

— Je ne suis pas le genre de femme que vous aimeriez épouser, n'est-ce pas ? s'enquit-elle malgré elle.

Il lui avait dit précisément ce qu'il voulait. Une épouse jeune, de nature docile. Elle n'avait aucune de ces deux qualités.

Isabella éprouva une brusque jalousie envers Clarissa Whedon. Un sentiment soudain, intense, dont elle eut honte. Elle baissa les yeux sur le tissu froissé de sa robe et ses mains croisées sur ses genoux. *Dites-moi que je ne suis pas celle que vous voulez.*

— Je... euh...

La porte de la bibliothèque fut de nouveau ouverte.

Le major baissa la tête. Il se glissa derrière le dossier du fauteuil et l'attira vers lui, lui faisant un rempart de son corps.

Des pas retentirent. Elle reconnut le tintement des carafes, des voix masculines, des rires furtifs. Des valets étaient entrés pour dérober un peu de brandy.

Les serviteurs ne s'attardèrent pas aussi longtemps que les amoureux qui les avaient précédés. À peine deux minutes s'écoulèrent. Elle les passa blottie dans les bras du major, écoutant les battements de son cœur.

Il y eut encore des rires, puis le bruit de la porte s'ouvrant et se refermant. Ils étaient de nouveau seuls.

Le major Reynolds la relâcha et se releva.

Répondez à ma question, major. Suis-je le genre de femme que vous pourriez épouser ?

Il lui tendit la main.

— Nous devons sortir d'ici.

— Nicholas...

Resserrant les doigts sur sa main, il lui fit traverser la bibliothèque. Son visage était fermé.

— C'est l'idée la plus stupide que j'aie jamais eue...

Lâchant sa main, il entrouvrit la porte et jeta un coup d'œil dans le couloir.

— La voie est libre.

— Nicholas...

Il se retourna et lui toucha la joue.

— Nous devons arrêter, dit-il, tout en continuant de lui caresser le visage de son pouce.

Arrêter ?

Il se pencha, effleura ses lèvres, puis jeta un nouveau coup d'œil, ouvrant la porte plus largement.

— Vous d'abord. J'attendrai ici quelques minutes.

Isabella hésita. *Vous n'avez pas répondu à ma question.*

— Vite !

Son ton était si pressant qu'elle obéit et se glissa par la porte entrouverte.

Le battant se referma derrière elle.

Isabella demeura un moment immobile dans le corridor. Elle éprouva une absurde envie de pleurer. Tournant le dos à la salle de bal, elle se dirigea vers le vestiaire des dames.

Bon sang, major Reynolds. Vous n'avez pas répondu à ma question !

*
* *

Nicholas récupéra son chapeau, puis descendit les marches du perron. Il s'immobilisa un instant, dans la lumière des flambeaux. Il avait embrassé lady Isabella dans la bibliothèque. Il fit la grimace, écœuré par sa propre stupidité. Il n'aurait jamais dû prendre un tel risque.

Mais avec Isabella, il perdait la tête.

« Il suffit que je la regarde pour perdre tout mon bon sens », songea-t-il avec aigreur en remontant son col pour se protéger de l'air glacial de la nuit. Il prit la direction d'Albemarle Street. Le bruit de ses pas se répercutait contre les hautes façades de pierre.

Il secoua la tête. Plus jamais. Plus de risques. Plus de baisers pendant les bals. Ni à l'opéra.

À l'opéra…

Il grimaça de nouveau à ce souvenir. Il avait embrassé Isabella à l'opéra, au fond d'une loge. N'importe qui aurait pu les surprendre.

— Je suis fou, marmonna-t-il. Complètement fou !

Un passant qu'il croisa à ce moment-là s'écarta prudemment.

Nicholas lui lança un regard noir.

Je suis un imbécile. Un imbécile follement épris, conquis, qui prend des risques terribles pour quelques baisers, quelques secondes dans ses bras.

Sa grimace s'évapora quand il se rappela la douceur des lèvres d'Isabella, la chaleur de sa bouche. Un souvenir refit surface. L'odeur de cuir et de papier dans la bibliothèque, l'ombre épaisse, le scintillement des diamants dans ses cheveux, la façon dont elle avait entrouvert les lèvres…

Nicholas tourna dans Albemarle Street. Il s'arrêta devant sa maison et ferma les yeux un moment, savourant le souvenir du baiser de lady Isabella et la chaleur qu'il avait fait surgir en lui. « Embrassez-moi », avait-il dit. Et elle l'avait fait.

Et ensuite, elle avait dit : « Je ne suis pas le genre de femme que vous aimeriez épouser, n'est-ce pas ? »

Nicholas ouvrit les yeux.

Il fronça les sourcils un moment, puis gravit lentement les marches et entra dans la maison. Le silence régnait à l'intérieur ; il avait dit aux domestiques de ne pas l'attendre. Il s'attarda dans la pénombre du hall. Le silence et l'obscurité convenaient à son humeur.

« Je ne suis pas le genre de femme que vous aimeriez épouser, n'est-ce pas ? »

Nicholas poussa un grognement sourd. S'attendait-elle à une réponse ?

Il prit une bougie dans le hall et monta l'escalier en protégeant la flamme de sa main. Une fois dans sa chambre, il enleva sa veste et s'assit pour ôter ses chaussures. La question tournait dans sa tête tandis qu'il dénouait sa cravate et faisait passer sa chemise par-dessus sa tête. « Je ne suis pas le genre de femme que vous aimeriez épouser, n'est-ce pas ? »

Comment diable aurait-il pu répondre à cette question ?

Il s'endormit poursuivi par cette voix, et s'éveilla plusieurs heures plus tard. La question ne l'avait pas quitté. « Je ne suis pas le genre de femme que vous aimeriez épouser, n'est-ce pas ? »

Nicholas contempla l'obscurité. Clarissa Whedon était l'épouse qu'il lui fallait. Il ferait d'elle la femme parfaite.

Lady Isabella était simplement...

La vérité lui apparut alors, semblant illuminer la chambre. Ébloui, il cligna des paupières. Isabella Knox était tout simplement parfaite.

Une parfaite amie, une parfaite maîtresse, une parfaite épouse.

J'étais aveugle.

Nicholas s'assit brusquement, rejetant les couvertures. Il alla à la fenêtre et ouvrit les rideaux. Un rayon de lune s'insinua dans la pièce.

Elle était le genre de femme qu'il aimerait épouser.

Il contempla la rue déserte, éclairée par un bec de gaz. Qu'est-ce qui lui faisait croire qu'elle répondrait « oui » s'il demandait sa main ? Isabella Knox ne voulait pas se marier. Elle lui avait clairement expliqué pourquoi, lors du bal masqué chez les Worthington. Elle avait refusé plusieurs demandes, d'hommes plus fortunés et de plus haute naissance que lui. Pourquoi épouserait-elle un ancien militaire défiguré, ne possédant qu'une modeste fortune ?

Nicholas se mordit pensivement les lèvres. La question résonnait dans sa tête. « Je ne suis pas le genre de femme que vous aimeriez épouser, n'est-ce pas ? »

Pourquoi l'avait-elle posée ? Cette question avait-elle le sens qu'il lui donnait ? Que répondrait Isabella s'il la lui retournait ? « Suis-je le genre d'homme que vous aimeriez épouser ? »

*
* *

Quand Nicholas s'éveilla, le soleil entrait par la fenêtre, accompagné par un cortège de doutes. Isabella Knox était-elle vraiment parfaite ? C'était une mondaine, adulée de la haute société. Elle aimait le tourbillon de la saison londonienne. Pourrait-elle être heureuse dans un domaine de campagne, et se contenter du rôle d'épouse et de mère ?

Cela paraissait peu vraisemblable.

Nicholas se leva et alla à la fenêtre. Il observa Albemarle Street, les grandes maisons, les pierres grises, les toits pentus, les volutes de fumée qui obscurcissaient le ciel. Des bruits lui parvinrent. Le cliquetis des roues d'un fiacre, le cri d'un balayeur des rues.

Nous pourrions vivre ici, à Londres.

Sa réaction fut fulgurante, instinctive. « Non », songea-t-il en frissonnant. Il voulait un ciel bleu, des collines et des vallons, des prairies et des forêts. Il voulait respirer l'air pur de la campagne. Ses enfants apprendraient à grimper aux arbres et à pêcher dans les ruisseaux. Il voulait qu'ils connaissent l'odeur de l'herbe, de l'humus, du foin séchant au soleil.

Nicholas se détourna de la fenêtre. *À quoi devrai-je renoncer pour avoir Isabella Knox ?*

*

* *

Quand le phaéton d'Isabella s'arrêta à la hauteur du major Reynolds ce jour-là, celui-ci avait l'air renfrogné. Son regard s'éclaircit lorsqu'il la vit, mais il ne souriait pas, et son expression était presque sévère quand il monta dans la voiture.

— Bonjour, major. Comment allez-vous ?

— Très bien.

Son froncement de sourcils et ses lèvres pincées démentaient cette affirmation.

Isabella fit repartir les chevaux et se demanda pour la centième fois de la journée comment obtenir une réponse à sa question.

Devait-elle être directe ? *Major, je vous ai posé une question hier soir. J'aimerais connaître la réponse.*

À moins qu'elle ne le fasse sur le ton de la plaisanterie ? *Vous n'avez pas répondu à ma question hier soir, major. Est-ce un oubli ?*

Elle lui jeta un regard en coin. Il tapotait la tête de Rufus.

Pour l'amour du ciel, pose-lui la question !

Le major leva la tête et croisa son regard. Il semblait toujours soucieux.

— Lady Isabella, dit-il avec brusquerie. Vous aimez vivre en ville.

— Oui, admit-elle en clignant des paupières.

— Pourriez-vous envisager de vivre à la campagne ?

Elle battit de nouveau des paupières, et concentra son attention sur les chevaux. Quelle drôle de question.

— À la campagne ? Oui, bien sûr...

— Mais vous m'avez dit que vous aimiez passer la saison à Londres.

— C'est vrai. Je vous ai dit également, major, que je déteste être oisive. On peut trouver à s'occuper autant à la campagne qu'en ville.

Il parut légèrement déconcerté.

— Je passe la moitié de l'année à la campagne, vous savez, ajouta-t-elle.

— Non, je ne le savais pas, répondit-il en caressant la tête de Rufus. Et... cela vous plaît ?

— Oui.

Une calèche s'était arrêtée sur un côté de l'allée. Isabella fit habilement passer leur voiture entre la calèche et le cabriolet qui venait dans leur direction.

— Beaucoup, répliqua-t-elle. Julian, mon frère aîné, vit dans le Derbyshire. Je lui rends souvent visite. En fait, je viens à peine de rentrer à Londres.

Et sur le chemin du retour, elle avait rencontré Harriet Durham. Elle se mordit les lèvres. Devait-elle lui en parler maintenant ?

Non. Il valait mieux attendre qu'ils soient en tête à tête. Lui avouer cela maintenant, sous les yeux de toute la bonne société, serait une pure folie.

Isabella sourit, et enchaîna :

— Mon autre frère a une maison dans le Kent, une de mes sœurs vit dans le Suffolk, et l'autre dans le

Somerset. Vous pensez bien que je passe beaucoup de temps à la campagne.

— Le Somerset ? releva-t-il avec intérêt. Mon domaine se trouve dans le Devonshire.

— Vous n'êtes donc pas très loin de ma sœur Annabel.

— Non.

Son regard était intense. Il semblait sur le point d'ajouter quelque chose.

Isabella gardait le regard fixé devant elle. La voiture qui approchait lui était familière.

— Lady Jersey.

Une expression de contrariété passa dans les yeux du major. Il s'écarta légèrement, mettant un peu de distance entre eux.

Comme de coutume, lady Jersey avait beaucoup à dire sur presque rien. Dix bonnes minutes s'écoulèrent avant qu'ils parviennent à lui fausser compagnie.

Isabella vit que le sourire poli de son compagnon s'était évaporé, remplacé par un nouveau froncement de sourcils.

— Major...

— Lady Isabella... Après vous, ajouta-t-il avec un geste de la main.

— Parlez-moi de votre domaine.

Le froncement de sourcils disparut, ses yeux brillèrent de plaisir.

— Il s'appelle Elmwood. Il m'a été légué par mes grands-parents maternels. Il n'est pas grand, mais il contient tout ce qu'on peut désirer.

La voiture avançait lentement. Isabella saluait ses connaissances tout en écoutant le major Reynolds décrire son domaine d'une voix enthousiaste. De toute évidence, il était très attaché à Elmwood. Il décrivit le lac, les bois, les falaises, le goût iodé de la brise marine, les meules de foin dans les champs, la maison jacobéenne avec ses murs de brique rouge, ses hauts plafonds, ses pièces inondées de lumière.

Je pourrais y être heureuse.

— Votre maison doit être très belle.

— Elle l'est. J'espère que... que mon épouse l'aimera autant que moi.

— Comment pourrait-elle ne pas l'aimer ? Votre épouse sera ravie.

— J'essaierai d'être un bon mari, dit-il d'un ton hésitant, gardant les yeux posés sur Rufus. De ne pas traiter ma femme comme un bien m'appartenant.

Il leva enfin les yeux et la regarda.

L'intensité de son regard était troublante. Cette conversation était-elle moins anodine qu'elle le paraissait ?

Isabella s'humecta les lèvres. Son valet attendait, sur un côté de l'allée. Elle fit arrêter les chevaux à quelques dizaines de mètres de lui.

— Major Reynolds, dit-elle en crispant les doigts sur les rênes. Vous êtes, de votre propre aveu, un homme autoritaire.

— Vraiment ? répondit-il en haussant les sourcils.

— Oui. Au bal des Worthington, vous avez prétendu être un autocrate...

— Ah. C'est vrai, reconnut-il d'un air grave. Je plaisantais. Mon épouse sera libre de faire ce qu'elle veut.

— Mais... vous avez dit que vous la façonneriez...

— J'ai changé d'avis.

Où veut-il en venir ? Isabella déglutit, la gorge serrée.

— Major Reynolds... Nicholas... Hier soir...

Elle baissa les yeux, et vit que le valet s'était approché du phaéton.

— Oui, déclara fermement le major.

— Je vous demande pardon ?

— C'est la réponse à votre question. Oui. J'ai aussi une question à vous poser, mais ce n'est ni le lieu ni le moment.

Les doigts d'Isabella agrippèrent les rênes avec plus de force. Son cœur battait à grands coups.

— Ce soir, je dîne avec le colonel Durham, ajouta-t-il avec une petite grimace. Puis-je vous rendre visite demain ?

Incapable de prononcer un mot, Isabella acquiesça d'un signe de tête.

— À 14 heures ?

Un autre signe de tête.

Le major se pencha, comme s'il allait l'embrasser, mais se ressaisit, la salua et descendit. La jeune femme le suivit des yeux. Elle se sentait à la fois étourdie et euphorique.

Le valet grimpa dans le phaéton et prit la place du major.

— Conduisez, Cobb, dit-elle en lui tendant les rênes. Je me sens un peu... fatiguée.

Elle se renfonça dans son siège et croisa les mains. Nicholas avait dit oui.

Mais l'effroi se mêlait à l'euphorie. Demain... elle devrait lui parler de Harriet.

18

Ce repas fut particulièrement déplaisant pour Nicholas. Les plats étaient bons, presque aussi bons qu'au White's, et le vin excellent. Mais le colonel Durham n'était pas d'une compagnie agréable. Sa conversation portait presque entièrement sur le souvenir des batailles qu'il avait livrées. Il tenait un discours pédant sur les erreurs commises au cours de ces batailles, sans jamais reconnaître les siennes. Les maladresses venaient toujours de quelqu'un d'autre.

« Tout le monde commet des erreurs », songea Nicholas en mangeant son homard. Il avait eu autrefois un commandant qui ressemblait au colonel Durham. L'expérience avait été déplaisante. Un bon officier devait admettre ses erreurs et non les faire retomber sur quelqu'un d'autre.

L'homme intercalait avec ses souvenirs des remarques amères concernant la sournoiserie de sa petite-fille.

— J'ai nourri une vipère dans mon sein ! déclara-t-il, le visage rougi par la colère et par l'alcool.

Le colonel était quant à lui irréprochable. Il ne se sentait pas coupable d'avoir voulu obliger Harriet à se marier, ni d'avoir refusé d'écouter ses supplications. Harriet seule était à blâmer. À la fin de la soirée, Nicholas finit par avoir profondément pitié de la jeune fille. Il espéra que, où qu'elle se trouve, tout allait bien pour elle. Il ne parvenait même pas à ressentir de l'animosité envers sa bienfaitrice. Harriet avait eu besoin d'aide. Qui que soit cette femme, quoi qu'elle ait dit concernant les ogres, cela lui était égal. Au cours de la semaine écoulée, sa rancœur avait disparu.

« Grâce à lady Isabella », songea-t-il en quittant le colonel. Comment aurait-il pu éprouver de la colère alors qu'il était profondément amoureux ?

Une légère bruine l'enveloppa, mais il n'y prit pas garde. Il regagna Albemarle Street en sifflotant doucement. M. Shepherd avait sollicité une entrevue pour le lendemain, afin de lui faire part de ses découvertes. Il décida de mettre fin à leur contrat.

Il était inutile de poursuivre l'enquête, songea-t-il en tournant le coin de la rue.

*
* *

M. Shepherd se présenta ponctuellement à 13 heures. Il entra dans le bureau, et s'inclina pour saluer Nicholas.

— J'ai retrouvé la trace de Mlle Durham, annonça-t-il.

— Vraiment ? répondit Nicholas d'un ton détaché. C'est bien.

Il ouvrit un tiroir de son bureau et en sortit un rouleau de pièces.

— Toutefois, j'ai décidé que cette affaire était moins importante que je le croyais. Donnez-moi votre note, et l'affaire sera réglée, ajouta-t-il en invitant l'homme à prendre place dans un fauteuil.

M. Shepherd retira une mince liasse de papiers de sa poche et la tendit à Nicholas.

— Voilà la liste de mes dépenses, Monsieur. Ainsi qu'un rapport dans lequel je détaille mes découvertes.

— Merci.

Nicholas prit les documents, les déplia et les parcourut rapidement. La liste de dépenses était courte, rédigée dans une écriture parfaite. L'homme avait pris une voiture jusqu'à Stony Stratford, où il avait passé deux nuits.

Le rapport, au contraire, était d'une longueur surprenante. Nicholas alla directement à la dernière page, et haussa les sourcils. Une adresse à Londres.

Il regarda M. Shepherd assis face à lui.

— Elle est là ? À cette adresse ?

L'homme confirma d'un signe de tête.

Impressionné, Nicholas se renversa dans son fauteuil. Décidément, la modestie faisait partie des qualités de M. Shepherd, de même que l'efficacité et la ponctualité.

— Résumez-moi ce rapport, dit-il en posant les feuillets sur son bureau.

Shepherd obtempéra.

— J'ai découvert que Mlle Durham avait pris la diligence et fait halte à Stony Stratford, où elle voulait passer la nuit dans une auberge, *La Rose et la Couronne*. Mais, ne disposant pas de la somme nécessaire, elle a été mise à la porte. Toutefois, une dame qui résidait dans cet établissement lui est venue en aide en lui offrant un lit dans sa suite. Le lendemain, elle l'a emmenée à Londres avec elle.

— Continuez.

— Hier, j'ai pu parler à l'une des servantes de cette dame. Mlle Durham réside toujours sous son toit, à Londres.

Nicholas reprit le rapport et consulta la dernière page. Clarges Street. C'était là qu'habitait lady Isabella.

Soudain, il étrécit les yeux. Le numéro…

Il consulta la page précédente. *Lady Isabella Knox. Voyageant avec ses domestiques et deux valets à cheval dépêchés par son frère, le duc de Middlebury.*

— Non, dit-il à voix haute. Vous vous trompez.

M. Shepherd demeura imperturbable.

— Je vous assure que ces informations sont correctes. Lady Isabella Knox est bien la personne que vous cherchez.

— Non, répéta Nicholas en secouant la tête.

— Lady Isabella séjournait à *La Rose et la Couronne* ce soir-là. Elle a fourni une chambre à Mlle Durham, et l'a emmenée à Londres le lendemain.

La voix de Shepherd était sèche et précise.

— Mlle Durham réside actuellement chez elle, à Clarges Street.

— Non, insista Nicholas en reposant le rapport et en se penchant sur son bureau. Je me suis rendu chez cette dame, et je peux vous dire que Harriet n'y est pas !

— La cuisinière m'a assuré qu'elle était dans la maison. Elle occupe la chambre bleue au deuxième étage.

Ils se défièrent du regard. Nicholas était furieux, Shepherd impassible.

Il se trompe.

Néanmoins, il avait fallu douze jours, et une somme considérable, pour que M. Shepherd parvienne à cette conclusion. Nicholas prit le rouleau de guinées, compta la somme qu'il lui devait et la lui tendit.

— Voilà. Merci pour votre travail, dit-il d'un ton bref.

L'homme prit l'argent et se leva.

— Lisez mon rapport, major Reynolds. Vous verrez que tout y est clairement exposé.

Nicholas pinça les lèvres.

M. Shepherd salua et sortit.

Nicholas resta un long moment assis après que la porte se fut refermée, les yeux fixés sur le rapport. *Des mensonges. Un tissu de mensonges.*

Le problème, c'est que lady Isabella était tout à fait le genre de personne à vouloir secourir une fugitive sans le sou. Il l'imaginait parfaitement dans ce rôle.

« Non », se dit-il avec fermeté. Ce n'était pas Isabella. Elle lui aurait dit où se trouvait Harriet. Il avait *confiance* en elle.

Il s'empara du rapport, bien décidé à le lire entièrement et à prouver que M. Shepherd se trompait.

Les premières pages relataient en détail les efforts déployés par Shepherd pour trouver quel mode de transport Harriet avait employé pour s'enfuir, et où elle était arrivée. Stony Stratford.

L'entrevue entre Shepherd et la patronne de *La Rose et la Couronne* avait été brève et peu instructive. D'après lui, la femme avait été payée pour ne révéler aucune information au sujet de Harriet Durham. Elle s'était montrée intraitable, et sur la défensive.

Sa rencontre avec l'un des porteurs, agrémentée de plusieurs chopes de bière et d'une guinée, avait été plus intéressante.

Il a fait entrer Mlle Durham dans la salle et est allé chercher sa patronne, écrivait Shepherd. *S'étant rendu compte que Mlle Durham n'avait pas la somme suffisante pour payer une chambre pour la nuit, Mme Botham a refusé catégoriquement de l'héberger, demeurant insensible aux larmes et aux supplications de la jeune fille.*

À ce moment-là, une autre dame était entrée dans la salle principale de l'auberge. Le porteur n'avait pu suivre la conversation qu'à travers la porte entrouverte, mais selon ses propres termes, la nouvelle venue était *terriblement distinguée*. En moins d'une minute, elle avait *fait plier la vieille*. D'après l'employé, Mme Botham était folle de rage. Mais elle avait trop peur de la dame pour la contrarier.

L'homme avait dressé une description détaillée de la bienfaitrice de Harriet. Shepherd la reproduisait mot pour mot sur le papier. Nicholas crut entendre la voix du porteur : « Une belle femme. Une vraie beauté. Grande, avec des cheveux blonds, et d'une élégance incroyable. »

L'employé connaissait son nom. Il s'agissait de lady Isabella Knox, une personne qui faisait souvent halte à l'auberge en revenant du Derbyshire. « C'est la fille d'un duc, mais on dirait une princesse. »

Non, rectifia Nicholas en son for intérieur. Pas une princesse. Une déesse.

Le valet avait aussi décrit le chien de cette dame : noir et feu, avec un œil bleu et un œil brun, et une queue en panache. « Un bâtard, mais vraiment bien élevé. Il ne mord pas. »

Nicholas ferma les yeux et se passa une main sur le visage. De toute évidence, lady Isabella s'était rendue à Stony Stratford. Pourquoi pas ? Le village était sur son chemin.

Mais ce n'était pas elle qui avait secouru Harriet. Il savait que ce n'était pas elle. L'employé de l'auberge se trompait.

Il rouvrit les yeux et passa à la page suivante.

M. Shepherd ne s'était pas contenté du témoignage du porteur. Il avait aussi interrogé un palefrenier. Cet homme, également encouragé par une chope de bière et une guinée, avait confirmé l'identité de la bienfaitrice de Harriet. Il avait reconnu les chevaux et les cavaliers en livrée. Et il avait affirmé que lady Isabella Knox avait fait monter Harriet dans sa voiture le lendemain matin.

Nicholas reposa le rapport, repoussa sa chaise et se dirigea vers la desserte sur laquelle se trouvaient les flacons d'alcool. Il se servit un verre de brandy et demeura un moment immobile, respirant profondément. « Calme-toi », s'enjoignit-il. Mais la colère montait en lui, et le brandy qui lui brûlait la gorge ne l'aidait pas.

Il retourna à son bureau pour lire le reste du rapport. Shepherd avait parlé à plusieurs domestiques de lady Isabella à Londres. Parfois en leur offrant de l'argent. Tous avaient refusé de dire si leur maîtresse hébergeait ou non une invitée sous son toit.

Mais hier, la chance de Shepherd avait tourné. Il avait réussi à échanger quelques mots avec la cuisinière, une certaine Mme Tracey, qui avait volontiers empoché quelques guinées en échange de renseignements sur l'invitée de lady Isabella. Mlle Durham, avait-elle affirmé, occupait la chambre bleue depuis deux semaines. Oui, elle était arrivée avec lady Isabella, à son retour du Derbyshire. Non, elle n'avait plus quitté la maison.

Nicholas ferma les yeux et se pinça l'arête du nez. L'image d'Isabella apparut, un peu floue, sous ses paupières.

Elle lui avait menti. Pendant tout ce temps.

Il rouvrit les yeux. Shepherd terminait son rapport par une note concernant un certain M. Fernyhough, qui était passé à Stony Stratford plusieurs jours avant lui pour se renseigner sur Harriet.

Qui diable était ce Fernyhough ?

Nicholas reposa les feuillets et se massa le visage. Il sentit la chair boursouflée de sa joue sous ses doigts.

Un ogre.

Avec un grognement de dégoût, il abaissa les mains et consulta la dernière page du rapport, sur laquelle figurait l'adresse. Pendant une longue minute, il examina les lettres soigneusement calligraphiées. *Clarges Street.*

19

Isabella poussa un soupir tremblant.

— Qu'en pensez-vous ? demanda-t-elle à Partridge en étudiant son reflet dans le miroir.

La robe jaune éteignait-elle les reflets de ses cheveux ?

— Je devrais peut-être mettre la bleue, en fin de compte.

— Comme vous voulez, répondit Partridge d'un ton neutre.

Cinq robes étaient étalées sur le lit. Isabella les avait toutes essayées. La rose faisait petite fille, la bleue était trop simple, la blanche trop formelle, la verte trop sévère, et la couleur cannelle la vieillissait.

La robe jaune lui avait paru plus gaie.

Isabella lança un coup d'œil à la pendule. Elle frémissait d'impatience et d'appréhension. Il était 13 h 50. Cette robe ferait l'affaire ; elle n'avait plus le temps de se changer.

Mais je veux qu'il me trouve parfaite.

— Je devrais peut-être réessayer la bleue.

— Mademoiselle Isabella, fit Partridge avec un brin d'agacement, la jaune vous va à merveille.

La gorge serrée, Isabella regarda de nouveau la pendule.

— Très bien. Ce sera donc la jaune.

Elle inspira profondément. Elle n'aurait jamais cru que ce moment arriverait. Elle attendait un homme qu'elle avait envie d'épouser. C'était exaltant. Et terrifiant.

Les mains moites, elle lissa sa robe et se tourna vers la porte.

— Vous vous sentez bien, Mademoiselle ? demanda Partridge, avec la perspicacité d'une servante qui la connaissait depuis l'enfance.

Ce n'est peut-être pas de la perspicacité. Je dois avoir l'air très nerveuse.

— Parfaitement bien.

D'abord une visite à Elinor et à Harriet, et ensuite elle recevrait le major Reynolds. Redressant les épaules, elle traversa la chambre et ouvrit la porte. Rufus quitta son coin de tapis préféré pour la suivre, en remuant la queue.

Isabella longea le corridor d'un pas ferme, et alla frapper à la porte de Mme Westin. Celle-ci leva les yeux de son tricot.

— Oui, ma chère ?

— Le major Reynolds sera là d'une minute à l'autre. Je vais lui parler de Harriet.

Il y eut un silence. Harriet se figea, interrompant son travail de broderie.

Mme Westin hocha la tête et posa son ouvrage.

— Vous avez raison, ma chère. L'honnêteté est toujours le meilleur choix. Comme le dit le Seigneur, « tu ne mentiras point ».

— Vous allez le lui dire ? s'exclama Harriet en se recroquevillant dans son fauteuil. Mais il va me trouver !

— Ce n'est pas un ogre. Quoi que vous pensiez.

Blême, Harriet secoua la tête. Isabella éprouva une soudaine exaspération. Comment cette enfant pouvait-elle être aussi sotte ?

— Vous n'avez rien à craindre du major Reynolds.

Harriet secoua de nouveau la tête. Des larmes perlèrent sous ses paupières.

Mme Westin afficha une moue désapprobatrice.

Isabella songea à raisonner Harriet et y renonça presque aussitôt. C'était sans espoir. Le portrait que Harriet avait tracé du major Reynolds était faux et ridicule, mais il faudrait plus que quelques mots pour convaincre la jeune fille qu'elle se trompait.

Lançant un regard d'excuse à sa cousine, elle laissa celle-ci en tête à tête avec une Harriet en pleurs. Dans le couloir, elle lissa de nouveau les plis de sa robe et inspira. Un coup d'œil à sa montre lui apprit qu'elle n'avait plus que cinq minutes à attendre. Nicholas serait-il ponctuel ?

Rufus fit un pas en avant, dressant les oreilles.

Isabella s'avança jusqu'à la première marche de l'escalier. Elle entendit des voix d'hommes dans le hall. Hoban, son majordome, disait quelque chose, et le major Reynolds lui répondit.

*

* *

Isabella reçut le major dans la bibliothèque. Le salon était plus ensoleillé et plus agréable, mais il était occupé par les chatons. Elle laissa Rufus avec eux. Elle ne voulait pas de témoin, pas de motif de distraction. *Juste lui et moi.*

Elle alla se poster près de la cheminée, la gorge serrée d'appréhension. Elle se concentrait sur sa respiration en s'exhortant au calme, mais son cœur se mit à battre plus vite quand la porte s'ouvrit et que le majordome fit entrer le major dans la bibliothèque.

Elle fut frappée par son regard vert. Il semblait occuper tout l'espace.

— Nicholas.

— Isabella.

Son visage et sa voix n'exprimaient rien de spécial. Il ne souriait pas, son expression n'avait rien de doux. Était-il aussi nerveux qu'elle ? Aussi mal à l'aise ?

— Asseyez-vous, je vous en prie.

Sans tenir compte de l'invitation, il gagna la fenêtre et se tint là un moment, regardant à travers la vitre. Sa haute silhouette se détachait à contre-jour. Quand il se retourna vers elle, ses traits étaient dans l'ombre.

Isabella rassembla son courage. Joignant les mains, elle inspira et se jeta à l'eau :

— Nicholas, je dois vous dire quelque chose. Au sujet de Harriet Durham.

— Je sais.

— Vous savez ? s'étonna-t-elle en faisant quelques pas vers lui.

Le soulagement la submergea.

— Oui, dit-il en riant.

Son rire était dur. Il s'écarta de la fenêtre. Isabella se figea. Elle vit son visage, l'expression dure de ses yeux, le pli de ses lèvres, la colère.

— Nicholas...

— J'avais confiance en vous.

L'appréhension se dissipa, remplacée par un sentiment proche de la panique.

— Nicholas...

— « Garde tes amis près de toi, et tes ennemis encore plus près. » Félicitations, lady Isabella. Vous y parvenez admirablement.

— Non ! Ce n'est pas du tout ce que vous croyez !

— Ah non ? rétorqua-t-il d'un ton moqueur.

— Non ! Bien sûr que non ! Je voulais arranger la situation, empêcher les gens de se moquer de vous !

Les mâchoires serrées, il posa la main sur sa joue gauche.

— J'allais oublier de vous remercier pour mon nouveau surnom. Merci de me l'avoir rappelé, ajouta-t-il en s'inclinant.

Les joues d'Isabella s'empourprèrent.

— C'était une erreur, Nicholas. Je n'ai jamais voulu cela. Je ne l'ai dit qu'une fois. Une seule ! Mais Sarah Faraday m'a entendue, et vous savez à quel point elle est mauvaise langue. Elle...

Isabella se tut et se mordit les lèvres. *Assez. Tu as l'air de t'excuser.*

Le major ne dit rien, il se contenta de hocher la tête. Tout son visage exprimait la colère. Il lui tourna le dos pour regarder encore une fois par la fenêtre.

Isabella fit un pas hésitant vers lui.

— Je n'ai jamais voulu vous nuire, Nicholas, dit-elle doucement. J'ai fait tout ce que je pouvais pour faire taire ces médisances.

— Vous m'avez menti, répondit-il à mi-voix, sans la regarder.

— Je suis désolée. Ce n'était pas mon intention ! Mais vous étiez si furieux que j'avais peur de vous dire...

Il se retourna alors, et son expression la fit tressaillir.

— Vous m'avez menti.

Isabella se tordit les doigts.

— Oui, c'est vrai. Je suis désolée, Nicholas.

Il l'observa un long moment. Ses yeux étaient froids et durs. Puis il s'inclina avec raideur et passa devant elle.

— Au revoir, madame.

— Nicholas ! Attendez !

— Je n'ai plus rien à vous dire.

Il ouvrit la porte, sortit, et la referma doucement derrière lui.

Isabella demeura désemparée dans la pièce vide. Les mots du major semblaient résonner dans le silence. « Je n'ai plus rien à vous dire. »

Les doigts tremblants, elle lissa sa robe. La robe jaune, qu'elle avait choisie avec tant de soin et tant d'espoir.

Les figurines de porcelaine sur le manteau de cheminée devinrent floues. *Non, je ne pleurerai pas !*

Trop tard. Les larmes coulaient déjà sur ses joues.

*

* *

Nicholas ne s'était jamais senti aussi furieux de sa vie. Il était furieux contre lady Isabella car elle lui avait menti, furieux contre lui-même de s'être laissé duper, de l'avoir trouvée parfaite, d'avoir cru qu'il était amoureux d'elle.

L'après-midi s'écoula comme dans un brouillard. Il retourna à Albemarle Street, fit préparer son cheval et quitta Londres au galop. Au bout d'un moment, il remarqua vaguement que les rues pavées avaient cédé la place à de tortueux chemins de terre, que les bâtiments étaient remplacés par des arbres, des haies et des enclos où paissaient les moutons.

Il choisit une auberge au hasard et entra dans la salle où se pressait une foule dense. Une chope de bière étancha sa soif. Une deuxième, puis une troisième finirent par éteindre sa colère. Celle-ci refit surface quand il se rappela avoir pris la défense de lady Isabella face à Shepherd. *Maudit imbécile !* Mais il ne parvint pas à ranimer sa fureur. Les yeux fixés sur sa chope vide, il se massa le visage avec lassitude.

La rage qui irradiait de lui avait maintenu à distance les autres clients. Ceux-ci étaient rassemblés au comptoir, accoudés au plateau de bois, et parlaient à haute voix. Il y avait des fermiers avec des pantalons rapiécés, un forgeron, deux ou trois transporteurs de charbon avec des vêtements tachés de suie. *Où suis-je ?*

Cela importait peu. Quand il demanda à l'aubergiste s'il avait une chambre disponible, on le conduisit dans un petit réduit qui sentait la sueur et le renfermé. Le matelas était bosselé, l'oreiller trop fin, et il n'aurait su dire si les draps étaient propres ou non. Mais cela n'avait aucune importance.

Rien n'avait d'importance.

20

Le jeudi matin, alors qu'elles prenaient le petit déjeuner, le facteur vêtu de sa veste rouge et coiffé de son chapeau à plumes apporta une lettre pour Harriet. La missive avait été postée à Penrith, dans le Lake District.

« Enfin », songea Isabella. Mais elle n'éprouva aucun soulagement. Elle était comme engourdie. Combien de temps cet état de torpeur pouvait-il se prolonger ? Serait-elle prise au piège pour toujours dans un lieu sombre et vide de son esprit ?

Elle l'espérait. Car sous l'engourdissement se trouvait la douleur. Elle en avait conscience. Elle savait que celle-ci serait insupportable si elle sortait de cette coquille.

Elle regarda avec indifférence Harriet briser le cachet de cire et manquer déchirer la lettre dans sa hâte. Une autre lettre s'échappa du feuillet plié et tomba sur la table. Celle que Harriet avait écrite et envoyée à sa tante deux semaines plus tôt. Elle n'avait pas été ouverte.

La torpeur dans laquelle Isabella était plongée se dissipa en partie. Cela ne laissait rien augurer de bon.

— C'est une lettre de… d'une certaine Mme Jayne. Elle dit…

Les larmes empêchèrent Harriet d'en révéler davantage. Elle posa la lettre devant Mme Westin et sortit en courant.

Mme Westin lut la missive.

— Oh, mon Dieu, dit-elle avant de la passer à Isabella.

Je n'ai pas du tout envie de la lire.

Néanmoins, Isabella posa ses couverts et prit la feuille de papier.

La lettre de Mme Jayne était brève. Lavinia Mortlock s'était remariée deux ans plus tôt et avait émigré en Amérique avec son mari. Mme Jayne avait son adresse à Baltimore, qu'elle joignait à son message. Elle présentait ses excuses pour ne pas avoir répondu plus tôt : elle avait dû garder quelque temps le lit à cause d'une mauvaise grippe.

Isabella replia la lettre et la posa sur la table. Elle ferma les yeux. Qu'allait-elle faire de Harriet ?

Elle rouvrit les yeux, saisit son couteau et sa fourchette, et se remit à manger ses œufs.

— Qu'allons-nous faire ? demanda Mme Westin.

— Je ne sais pas.

Et cela m'est égal.

Mais l'engourdissement commençait à se dissiper. Pour l'amour du ciel, qu'allait-elle donc faire de cette jeune fille ?

Sous l'inquiétude perçait la douleur. Une douleur si intense qu'elle lui nouait la gorge.

Isabella prit sa tasse et avala une gorgée de thé. Puis une autre.

— Vous ne m'avez pas dit, hier... Comment le major Reynolds avait accueilli la nouvelle ?

Sa gorge se serra. Elle avala encore un peu de thé.

— Il n'a pas réagi aussi bien que je l'espérais.

— Ah. Quel dommage.

Isabella reposa sa tasse et contempla son assiette. Elle n'avait pas faim. Elle reposa son couvert et plia sa serviette.

— Comment vous sentez-vous, ma chère ? Votre migraine a-t-elle disparu ?

— Disparu ? répéta Isabella, les yeux fixés sur le jaune d'œuf figé dans son assiette.

Que vais-je faire pour Nicholas ? Pour Harriet ?

— Vous êtes encore très pâle.

Isabella leva les yeux sur sa cousine et s'obligea à sourire.

— J'ai encore un peu mal à la tête. Je vais rester à la maison aujourd'hui.

Et demain. Et après-demain. Je vais passer le reste de ma vie cachée.

Elle repoussa sa chaise et se leva. La porte était restée entrouverte quand Harriet était sortie.

Harriet.

Seigneur, que vais-je bien pouvoir faire pour elle ?

*

* *

Le lieutenant Mayhew vint chercher les chatons un peu avant midi. Il était comme de coutume d'une humeur radieuse, et s'enquit avec insouciance du major Reynolds.

— Je ne l'ai pas vu depuis hier après-midi, répondit Isabella.

Elle réussit à esquisser un sourire, et le lieutenant n'y vit que du feu.

Il leur fallut quelques minutes pour capturer les deux chatons et les installer dans le panier en osier que le lieutenant Mayhew avait apporté.

— Merveilleux ! s'exclama-t-il. Merci, madame. J'ai désormais une dette envers vous.

Il s'inclina en lui prenant la main, les yeux rieurs.

— J'espère que vous n'aurez pas de soucis avec eux pendant le voyage.

Le lieutenant n'était nullement inquiet. Il rit et partit d'un pas léger avec les chatons, dont les miaulements indignés s'échappaient du panier.

Longtemps après son départ, Isabella demeura en haut de l'escalier, Rufus assis à côté d'elle. Sa conversation avec sa cousine tournoyait dans sa tête.

« Comment le major Reynolds a-t-il accueilli la nouvelle ? »

« Pas aussi bien que je l'espérais. »

Rufus se coucha lourdement et se mit à se gratter.

— J'aurais dû en parler à Nicholas plus tôt, lui dit-elle. Il n'aurait pas été aussi furieux.

Rufus continua de se gratter vigoureusement.

Isabella soupira.

— Je n'aurais jamais dû mentir.

Mais ce qui était fait était fait. Elle n'avait que ce qu'elle méritait.

Que puis-je faire, maintenant ?

Isabella prit brusquement sa décision. Tournant les talons, elle remonta et Rufus la suivit.

— Partridge ? lança-t-elle en ouvrant la porte de sa chambre. Je sors. J'aimerais que vous m'accompagniez.

Elles se rendirent à pied à Albemarle Street. Isabella se disait qu'elle avait besoin d'air frais, mais en réalité elle voulait profiter de cette marche pour rassembler son courage. Partridge marchait en silence à côté d'elle et Rufus trottait en tête, les oreilles dressées, agitant sa queue en panache.

Isabella s'arrêta devant la maison du major Reynolds. Celle-ci lui parut très grande et austère. Prenant une profonde inspiration, elle gravit les marches du perron.

Un majordome aux cheveux gris et clairsemés, et aux sourcils broussailleux, vint ouvrir.

— Je suis lady Isabella Knox, dit-elle. J'aimerais voir le major Reynolds.

— Je regrette, mais le major Reynolds n'est pas en ville, Madame.

— Non ?

Le courage d'Isabella vacilla.

— Savez-vous quand il rentrera ?

Le majordome fit un signe négatif.

— Non, Madame.

Avait-il quitté Londres définitivement ? Était-il retourné dans le Devonshire ? Non, dans ce cas la maison aurait été fermée, les domestiques auraient ôté le heurtoir de la porte et seraient partis. *À moins qu'ils ne soient en train de faire leurs bagages en ce moment ?*

La panique lui serra la gorge.

— Savez-vous s'il va revenir ?

— Oui, Madame.

— Où est-il ? Le savez-vous ?

— Non, Madame. Il ne nous a pas dit où il se rendait.

Est-il parti à cause de moi ?

— Quand est-il parti ?

— Hier après-midi, Madame. Il semblait pressé.

Oui, il est parti à cause de moi...

— Je vous remercie.

Isabella retourna à Clarges Street. Incapable de tenir en place, elle passa de pièce en pièce. Après avoir visité le salon, la bibliothèque, la salle des comptes, elle se réfugia dans son petit salon. C'est là que Mme Early la trouva une demi-heure plus tard.

— Lady Isabella ?

La jeune femme, qui observait depuis un moment les chatons qui jouaient sur le tapis avec Rufus, leva les yeux.

— Oui, madame Early ?

— Je sais qui est la voleuse, déclara la gouvernante d'un air pincé.

Oh, non. Pas maintenant.

— Qui est-ce ?

— Mme Tracey.

Isabella se redressa brusquement.

— La cuisinière ?

— Oui, Madame.

— Mais... vous devez vous tromper.

Mme Tracey était à son service depuis trois ans.

— Non, Madame, il n'y a pas d'erreur. J'ai compté les bougies cet après-midi. Cinq minutes plus tard, j'ai vu Mme Tracey descendre dans la réserve et remonter avec quelque chose dans la poche de son tablier. J'ai vérifié : deux bougies avaient disparu. Nos meilleures bougies de cire !

— Vous en êtes certaine ? Vous avez bien compté ?

— J'ai vérifié deux fois, Madame.

Isabella soupira.

— Peu après, continua la gouvernante, Mme Tracey est allée dans sa chambre. Pour se recoiffer, m'a-t-elle dit. Quand elle est revenue, sa poche était vide.

— Mais...

Pourquoi ? La cuisinière était généreusement payée. Les lèvres serrées, Isabella dut faire un effort pour se concentrer.

— Demandez-lui de venir me voir dans la salle des comptes. Je souhaite que vous soyez aussi présente, madame Early.

La gouvernante acquiesça et se retira.

Mme Tracey ?

Isabella descendit d'un pas ferme. Elle prit place à son bureau, les mains croisées sur le plateau de merisier. Elle n'eut pas à attendre longtemps. On toqua à la porte.

— Entrez.

Mme Tracey entra, suivie par la gouvernante.

— Asseyez-vous, dit Isabella.

Mme Tracey s'assit face à elle. C'était une femme à la silhouette décharnée, au visage rouge et émacié. Ses mains larges étaient striées de veines bleues. Ces mains à l'apparence lourde créaient pourtant des desserts délicats. Ce n'était pas la première fois qu'Isabella était frappée par ce contraste.

La cuisinière posa sur elle un regard à la fois poli et étonné. Elle ne semblait pas avoir peur.

— Madame Tracey, nous avons un problème, annonça Isabella en prenant son livre de comptes. Depuis plusieurs mois, des vols sont commis dans cette maison.

Le sourire poli de Mme Tracey se figea.

— Il s'agit de bougies de cire d'abeille, poursuivit Isabella en ouvrant le registre à la page des dépenses du mois. Et peut-être aussi d'autres objets.

Mme Tracey garda le silence, assise avec raideur sur la chaise de bois. Une femme simple et travailleuse. *Que je croyais honnête.*

Isabella posa les mains à plat sur le registre.

— Y a-t-il quelque chose que vous voudriez me dire, madame Tracey ?

— Moi, Madame ? rétorqua la femme d'un ton indigné, qui sonnait faux. Vous ne croyez tout de même pas que je suis une voleuse !

Isabella la considéra d'un air grave.

— Vous avez été vue prenant deux bougies de cire, cet après-midi.

— Des bougies de cire ? Moi ?

Le ton était indigné, mais elle semblait effrayée. Elle avait blêmi.

— J'aimerais vérifier votre chambre.

Mme Tracey déglutit, les mains serrées sur ses genoux.

— Allons-y tout de suite, dit Isabella en se levant.

— Mais il faut que je sorte mes gâteaux du four ! Je n'ai pas le temps. Cela peut sûrement attendre...

Isabella secoua la tête, et les mots s'éteignirent sur les lèvres de la cuisinière.

La chambre de Mme Tracey se trouvait à l'entresol, à côté de la cuisine. Quand elles s'arrêtèrent devant la porte, elle devint encore plus nerveuse.

— Lady Isabella, je peux tout vous expliquer !

C'était un aveu. Isabella la regarda tristement.

— Ouvrez la porte, s'il vous plaît, madame Tracey.

La cuisinière s'exécuta en pleurant. La chambre était assez vaste, comme il convenait à son statut. Elle contenait un lit, une cheminée et un fauteuil.

Elles entrèrent. Isabella jeta un regard circulaire dans la pièce, notant la commode, le lavabo, la solide malle de chêne.

— Pouvez-vous ouvrir cette malle, madame Tracey ?

Les pleurs de la cuisinière redoublèrent, et elle ne fit pas mine de bouger. Isabella se tourna vers Mme Early. Le visage de la gouvernante était sombre. *La situation lui déplaît autant qu'à moi.*

— Madame Early ? Voulez-vous bien le faire ?

La gouvernante s'avança et souleva le couvercle de la malle. Des couvertures étaient pliées à l'intérieur. Elle fouilla, les lèvres pincées, comme si cette tâche lui répugnait. Au bout d'un moment, elle se figea et leva les yeux.

— Madame ?

Isabella s'approcha. Les bougies étaient entassées sur le côté de la malle. Elle se retourna, mais n'eut pas le courage de regarder la cuisinière. *J'avais entièrement confiance en vous.*

— Madame Tracey, vous êtes congédiée. Rassemblez vos affaires, vous avez une heure pour quitter cette maison.

— Mais, Madame, je vous en prie...

— Vous m'avez volée, dit doucement Isabella.

— Mais, Madame..., reprit la cuisinière, le visage strié de larmes.

Isabella la regarda. Le major Reynolds avait-il éprouvé la même chose qu'elle en ce moment ? Le sentiment d'avoir été trahi, une déception si intense qu'elle avait l'impression d'avoir reçu un coup en pleine poitrine.

Non, car il avait aussi été en colère. Isabella n'était pas furieuse, elle était seulement triste.

— Pourquoi, madame Tracey ?

La cuisinière ravala ses larmes.

— Ma fille va bientôt se marier. Je voulais lui donner un bon début.

Isabella se détourna en soupirant.

— Vous avez une heure, madame Tracey.

— Vous ne porterez pas plainte ?

Isabella pivota et vit la peur dans les yeux de la cuisinière. Pire que la peur : de la terreur. Elle la comprenait. Des gens étaient envoyés dans les colonies pénitentiaires pour moins que cela.

— Non, madame Tracey.

La cuisinière tomba assise sur son lit et se mit à pleurer à gros sanglots.

Isabella croisa le regard de la gouvernante et lui fit signe de la suivre dans le corridor.

— Restez avec elle, madame Early, et veillez à ce qu'elle fasse ce que je lui ai demandé.

La gouvernante hocha la tête.

— Voulez-vous que je vous envoie l'un des valets, au cas où...

— Je ne pense pas que ce sera nécessaire, madame Early.

Non, Isabella ne pensait pas que la cuisinière causerait du grabuge. Mais elle ne l'avait pas crue non plus capable de voler.

— Quand Mme Tracey sera partie, veuillez vous rendre au bureau de l'emploi pour engager une nouvelle cuisinière.

— Oui, Madame.

— J'expliquerai aux filles de cuisine ce qui s'est passé, ajouta Isabella en se massant le front. Nous mangerons simplement en attendant l'arrivée de la nouvelle cuisinière. Je pense qu'elles pourront se débrouiller quelques jours. Elles sont compétentes. Merci, madame Early.

La gouvernante hocha de nouveau la tête et retourna dans la chambre de Mme Tracey.

Isabella soupira. La gouvernante méritait une récompense. Une prime, peut-être ? Ou une semaine de congé ?

Ce qui venait de se passer la rendait malade. Voir sa confiance en quelqu'un totalement détruite, savoir qu'elle s'était trompée sur son compte...

C'était ce qu'elle avait fait au major Reynolds.

Lui pardonnerait-il un jour ?

Isabella soupira, se massa le visage et se dirigea vers la cuisine.

21

Isabella passa le jeudi après-midi au piano, à répéter la *Sonate au clair de lune* de Beethoven. Mais elle ne voyait aucune beauté dans la musique ; chaque mouvement lui paraissait plat, sans vie, les notes étaient ternes. C'était du bruit qui s'échappait de l'instrument, non de la musique.

Elle finit par abandonner. Le front posé sur le piano, elle ferma les yeux. *Que dois-je faire ?*

Un coup frappé à la porte la fit tressaillir, et elle se redressa. Rufus s'éveilla brusquement, faisant glisser au sol les deux chatons qui s'étaient endormis contre lui.

— Oui ?

— Le duc de Middlebury, annonça le majordome.

— Julian ? s'exclama-t-elle en se levant. Il est ici ?

— J'ai pris la liberté de le faire entrer dans la bibliothèque, Madame.

— Merci, Hoban. Allez chercher une bouteille de notre meilleur bordeaux, dit-elle en se précipitant vers la porte.

Julian l'attendait devant la fenêtre de la bibliothèque, à l'endroit même où s'était tenu Nicholas. Il se retourna et vint vers elle pour la prendre affectueusement dans ses bras. Il était grand, blond, et s'était un peu épaissi depuis qu'il avait atteint la quarantaine.

Isabella se cramponna à lui. *Non, je ne pleurerai pas.*

Il la relâcha et la regarda en souriant.

— Je pensais que tu serais à Hyde Park, pour montrer ton beau phaéton.

— Pas aujourd'hui.

Ni hier. Ni plus jamais, après cette entrevue catastrophique avec le major Reynolds.

— Viens, dit-elle en prenant son frère par la main pour l'entraîner vers le canapé. Donne-moi des nouvelles de Marianne et des enfants.

Julian s'assit à côté d'elle et allongea les jambes en soupirant.

— Ils vont bien.

La porte s'ouvrit, et il se redressa en voyant le majordome entrer avec une bouteille de vin et deux verres sur un plateau.

— Du bordeaux ?

— Bien sûr.

Julian examina la bouteille et remplit les verres avec une précaution empreinte de révérence pour le précieux liquide.

— J'ignorais que tu serais en ville. Combien de temps restes-tu à Londres ? s'enquit Isabella.

Julian savoura une gorgée de vin et haussa les sourcils en signe d'approbation.

— Une seule nuit, répondit-il en abaissant son verre. J'ai une chambre au *Grillon*.

— Au *Grillon* ? Mais tu pourrais dormir ici...

Elle se tut, se rappelant brusquement qu'elle n'avait plus de cuisinière et qu'une invitée secrète logeait à l'étage.

— Telle que je te connais, tu vas sortir, de toute façon. Où iras-tu ce soir ? demanda-t-il d'un ton taquin. Un bal masqué ? L'opéra ?

— Nulle part, répondit Isabella en fixant son verre. Je suis fatiguée. Je compte rester à la maison.

Julian ne dit rien. Intriguée, elle leva les yeux et vit qu'il la regardait. Elle s'obligea à sourire.

— Tu es là pour affaires ?

— Non. Je suis venu en ville pour te voir.

— Moi ? Oh, à cause de la lettre que je t'ai envoyée. Aurais-tu une cure disponible ? s'enquit-elle, le cœur gonflé d'espoir.

Son frère fit non de la tête. Déçue, elle se mordit les lèvres et baissa de nouveau les yeux sur son verre.

Julian posa le bras sur le dossier du canapé. Sa main touchait presque l'épaule d'Isabella.

— Je suis là, car plusieurs personnes ont récemment laissé entendre que tu étais proche d'un certain major Reynolds.

Elle releva brusquement la tête et manqua renverser son vin.

— En dix ans, continua-t-il, je ne t'ai jamais vue t'intéresser à un homme. Et encore moins avoir un soupirant. J'aimerais faire la connaissance de ce major Reynolds, pour me faire une opinion.

— Il a quitté la ville.

À cause de moi.

— Ah, fit son frère, renonçant à son sourire. Dommage. J'espérais lui être présenté.

Isabella se mordit les lèvres en contemplant le liquide rouge dans son verre.

— Parle-moi de lui.

— De Nicholas ?

Julian haussa les sourcils. Isabella se rendit compte un peu tard qu'elle venait de se trahir. Ses joues se colorèrent légèrement. *Oui, je l'appelle par son prénom.*

Mais si elle parlait de Nicholas, elle allait se mettre à pleurer.

— Que sais-tu de lui ? demanda-t-elle pourtant.

— Du major Reynolds ?

Julian fit tourner le vin dans son verre. Il la regarda un moment, puis sembla prendre une décision.

— Tu n'as pas l'habitude de jouer les coquettes. Aussi, les bavardages concernant cet homme m'ont intrigué. J'avoue avoir éprouvé de la curiosité, et avoir interrogé quelques personnes.

— Vraiment ? Et qu'ont dit ces gens ? demanda-t-elle, les doigts crispés sur son verre.

— Tous ceux qui m'en ont parlé ont chanté ses louanges. C'est un homme respecté, autant par les hommes autrefois placés sous ses ordres que par ses supérieurs. Il est apprécié.

— Oui. C'est... quelqu'un de bien.

— On prétend qu'il serait colonel, s'il n'avait pas décidé de quitter l'armée.

— J'ignorais cela.

Son frère se rembrunit et tapota le dossier du bout des doigts.

— Il a refusé le grade de colonel... Peu d'hommes en auraient été capables. La guerre peut avoir un drôle d'effet sur certains hommes, les perturber...

— Nicholas n'est pas perturbé. Il a quitté l'armée car il ne supportait plus de voir des gens mourir. Il veut avoir une famille, des enfants.

Les doigts de Julian pianotaient toujours. Il la dévisagea longuement.

— Est-ce aussi ce que tu veux ?

Isabella s'empourpra. « Oui », songea-t-elle. Mais elle ne put prononcer le mot à haute voix. Les larmes menaçaient de se mettre à couler. Elle dut fournir un effort pour les maîtriser. *Je ne suis pas Harriet. Je ne vais pas pleurer.*

Comme elle ne disait rien, Julian continua :

— Ton major a la réputation d'être juste, et d'être un homme très compétent et efficace.

Isabella hocha la tête. Très compétent. Elle en avait eu la preuve... Elle se rembrunit légèrement. Au fait, comment avait-il découvert qu'elle hébergeait Harriet ?

— Ce que je veux savoir, maintenant, c'est s'il est digne de toi.

— C'est... le meilleur des hommes, parvint-elle à dire d'une voix incertaine.

Julian la considéra d'un air pensif.

— Puis-je te demander quelles sont tes intentions ? Ton nom a été fréquemment… associé au sien, ces derniers temps.

Il n'y avait pas trace de réprobation dans la voix de son frère. Mais elle décela son inquiétude, l'affection qu'il lui portait. *Il m'aime. Il est inquiet pour moi.*

— Mes intentions…

Sa voix se brisa et elle se détourna, posant son verre d'une main tremblante. *Je ne dois pas pleurer devant lui.*

Son frère posa une main réconfortante sur son épaule.

— Izzie, dit-il doucement. Est-ce que tout va bien ?

Elle ferma les yeux. *Non, non, non.*

Julian se rapprocha d'elle et lui entoura les épaules de son bras.

— Izzie…

Elle perdit toute contenance et, comme elle le craignait, ne parvint pas à contenir ses larmes.

— Chut, dit Julian en lui caressant les cheveux. Ne pleure pas.

L'accès de pleurs finit par se calmer, mais Julian la garda dans ses bras. Elle se blottit contre lui, pressant le visage contre son gilet. Des larmes perlaient encore sous ses paupières.

— Je l'aime, chuchota-t-elle. Et… il…

Il me déteste.

La main de Julian, qui lui caressait le dos, s'immobilisa. Elle le sentit se raidir.

— T'a-t-il fait quelque chose ? A-t-il…

— Non, je suis seule fautive, marmonna-t-elle, les lèvres contre son gilet. Je lui ai menti.

— Toi ? Tu lui as menti ?

Julian ne la repoussa pas ; il resserra même les bras autour d'elle. Sa main se remit à tracer des cercles apaisants sur son dos.

— Je ne t'ai jamais vue mentir, Izzie. Tu devais avoir une bonne raison de le faire.

Isabella poussa un soupir tremblotant.

— Je ne voulais pas le faire, mais tout est tellement... compliqué. Cela a commencé à Stony Stratford, alors que je revenais de chez toi.

Elle lui rapporta toute l'histoire. Comment elle avait recueilli Harriet, comment elle avait laissé échapper un mot malencontreux devant Sarah Faraday, puis comment elle avait voulu arrêter cette histoire ridicule, alors qu'elle nouait des liens d'amitié avec le major Reynolds. Elle omit de parler des baisers. Mais elle raconta tout le reste. Les mensonges, les petites tricheries. Julian écouta en silence.

— Je ne sais pas quoi faire, avoua-t-elle finalement. Nicholas a quitté la ville. J'ignore s'il reviendra. Il était si furieux.

Les larmes surgirent de nouveau. Elle les réprima en se mordant les lèvres.

— S'il t'aime, il reviendra.

— Tu crois ?

— Oui.

Julian glissa une main dans sa poche et lui tendit un mouchoir de lin blanc. Isabella se moucha.

— Je suis désolée. Je ne voulais pas pleurer.

— Je ne t'avais pas vue pleurer ainsi depuis longtemps.

Il y eut un silence, puis Julian reprit :

— Ce major Reynolds semble être très important pour toi.

— Oui.

Il était tout pour elle. Elle se redressa et s'essuya les joues.

— Aimerais-tu faire la connaissance de Harriet ?

— Oui, répondit Julian en reprenant son verre. Tu as bien fait de l'aider. Si un jour Felicity devait se trouver dans une telle situation...

Il pinça les lèvres. Mais sa fille ne connaîtrait jamais ce genre de problème. Elle avait des parents qui l'aimaient. Ce qui n'était pas le cas de Harriet.

— Oui, j'ai bien fait, admit-elle en soupirant. Mais ensuite, j'ai tout fait de travers.

Julian ne nia pas. Il esquissa une grimace narquoise et avala une longue gorgée de bordeaux.

Isabella prit aussi son verre.

— Je pourrais la ramener à la maison, proposa-t-il. Ce serait une compagnie pour Felicity. Elles ont le même âge, d'après ce que j'ai compris.

Isabella réfléchit, son verre à la main. L'espace d'une seconde, elle se sentit plus légère, comme si un poids venait d'être ôté de ses épaules. Puis le poids réapparut et elle secoua la tête.

— Merci, mais il vaut mieux que Harriet reste ici. Moins de gens sont au courant, plus il sera facile de garder le secret.

Car si la haute société découvrait la vérité…

Isabella sirota son vin. Les accusations du major résonnaient dans sa tête. « Gardez vos amis proches de vous, et vos ennemis encore plus proches. »

La bonne société penserait que c'était exactement ce qu'elle avait fait avec lui. Elle imaginait déjà les rires, les chuchotements, les moqueries.

Ses doigts se crispèrent sur le verre.

Non, je ne permettrai pas que cela arrive de nouveau à Nicholas.

*

* *

Julian resta pour le déjeuner, et on servit de la fricassée de poulet et de la tourte à la viande. Ayant une fille de dix-sept ans, il parvint sans trop d'efforts à mettre Harriet à l'aise. Après avoir pris le thé dans le salon et avoir raconté en détail les progrès de William, son jeune fils de trois mois, il prit congé.

— Je ne te reverrai pas cette fois-ci, Izzie. Je dois partir tôt demain matin.

Isabella raccompagna son frère à la porte.

— Je n'aime pas la responsabilité que tu as endossée, dit-il, recouvrant sa gravité.

— Tu n'apprécies pas Harriet ?

— Non, non, ce n'est pas cela. Ce que je veux dire, c'est... tu t'es chargée d'un fardeau, et je ne sais pas comment cette histoire se terminera.

Moi non plus.

— Si tu as besoin d'aide, il faut me le dire. Tu me le promets ? Si ce major est encore en colère à son retour en ville, s'il cause des difficultés... je viendrai sur-le-champ.

Tu veux dire, s'il veut se venger. Me punir.

Elle songea au jour, à Hyde Park, où le major Reynolds avait fait allusion à la bienfaitrice de Harriet. Son visage était froid, implacable. Elle frissonna.

— Ne t'inquiète pas.

— Promets-moi, répéta Julian.

Isabella se mordit les lèvres. Son frère était aussi grand que le major et aussi robuste, mais il était également plus vieux. S'ils en venaient à un duel...

— Promets-moi, répéta encore Julian, l'air aussi implacable que le major.

— Très bien, c'est promis, dit-elle en soupirant. Mais il ne causera pas de problème. Ce n'est pas son genre.

Du moins, je l'espère.

*

* *

Le vendredi matin, Harriet montra une feuille de papier à Isabella.

— De quoi s'agit-il ?

Isabella lut la première ligne, et jeta un coup d'œil à la jeune fille. *Garde-malade.*

— Il faut que je gagne ma vie, expliqua Harriet en ravalant un sanglot. Je ne pourrai pas rester toujours ici.

Isabella lut la ligne suivante.

— Couturière ?

— Je sais tenir l'aiguille, répondit Harriet avec un sourire tremblant.

C'était exact. Elle cousait vite et bien. Isabella avait perdu le compte des draps dont la jeune fille avait refait l'ourlet, ces trois dernières semaines. Elle aurait elle-même trouvé cette tâche mortellement ennuyeuse, mais apparemment Harriet aimait coudre.

La jeune fille avait indéniablement le talent nécessaire pour devenir couturière, mais...

Elle lut la troisième ligne et secoua la tête. *Modiste.* Certes, Harriet ne voyait pas d'inconvénient à passer ses journées enfermée, à coudre et à broder, mais...

Gagner sa vie en restant penchée sur son fil et son aiguille... ce n'était pas facile.

Sur la ligne suivante, elle avait écrit : *femme de chambre.* Venaient ensuite : *servante, fille de cuisine, bonne d'enfants, laitière.*

Isabella rejeta toutes ces suggestions. La première lui paraissait la plus intéressante. Garde-malade. Mais ce travail serait plus ardu que toutes les tâches que la jeune fille accomplissait ici. Elle faisait la lecture à Mme Westin, raccommodait des mouchoirs et brodait des fleurs. Une garde-malade devait avoir la force de porter quelqu'un, et de lui prodiguer des soins.

À dix-sept ans, elle est encore trop jeune. Ce n'est pas une femme, mais une enfant.

Elle reposa la liste et regarda Harriet. La jeune fille soutint son regard, l'air inquiète. Des larmes apparurent dans ses doux yeux bruns.

Isabella réprima un soupir. *Que vais-je faire d'elle ?* Harriet avait été élevée comme une dame de qualité, pas comme une domestique. Même si cela ne voulait plus dire grand-chose, dans cette période de crise économique. Combien de femmes nobles mais pauvres devaient gagner leur vie en devenant gouvernantes, dames de compagnie, ou même couturières ?

Harriet sembla lire dans ses pensées.

— Je n'ai pas écrit « gouvernante d'enfants » car... car mon grand-père pensait qu'une fille n'avait pas besoin de s'instruire.

Naturellement.

Isabella examina de nouveau la liste et songea une fois de plus qu'elle avait de la chance. Si elle était née dans une famille différente, elle aurait dû devenir dame de compagnie ou couturière. *Ou épouse.* Cela restait la meilleure solution pour Harriet. Le mariage. Cette enfant avait besoin de quelqu'un pour veiller sur elle.

Je dois trouver une cure pour le pasteur Fernyhough.

En attendant, la jeune fille pouvait-elle rester sous son toit, en tant que dame de compagnie de Mme Westin ? Mais en abandonnant le secret qu'elles avaient observé au cours des dernières semaines.

Quand Nicholas reviendra, je lui poserai la question.

Il avait son mot à dire au sujet de l'avenir de Harriet. Il avait failli l'épouser.

La jeune fille la regardait, anxieuse. Craignait-elle d'être jetée dehors ?

— Il ne faut pas vous faire trop de souci, déclara Isabella avec un sourire rassurant. Nous allons trouver une solution. Et en attendant, vous resterez ici.

— Je ne veux pas être un fardeau...

— Vous n'en êtes pas un. Nous apprécions votre compagnie.

Des larmes de gratitude apparurent dans les yeux de la jeune fille.

— Merci, madame.

Elle fit une révérence et quitta le salon, refermant doucement la porte derrière elle.

Isabella soupira et regarda la feuille qu'elle tenait à la main.

Bon sang, Nicholas, où êtes-vous ?

22

Nicholas avait eu besoin de prendre ses distances. Avec Londres, avec lady Isabella, mais surtout avec les pensées qui le tarabustaient. Il avait besoin de vivre dans le présent, sans penser à ce qui s'était passé, sans éprouver d'émotion. C'était ce qu'il avait fait hier. Il n'avait pas réfléchi, s'était contenté d'exister, assis devant l'auberge sur un rustique banc de bois, une chope à la main. L'enseigne se balançait au-dessus de sa tête, et il contemplait le monde.

Aujourd'hui, le moment était venu de prendre des décisions. Il choisit de nouveau le banc devant l'auberge et aligna mentalement les faits pour les passer en revue.

Pour commencer, lady Isabella avait hébergé Harriet.

Il ne pouvait que la remercier de l'avoir fait.

Ensuite, elle avait dit qu'il était un ogre.

Il grimaça au souvenir du bal de Gussie, des chuchotements, des ricanements, des regards en coin, et de sa rage quand il avait appris qu'on lui appliquait ce sobriquet.

Il attendit que la colère remonte à la surface. En vain.

Donc, lady Isabella l'avait affublé de ce surnom. Mais elle ne l'avait pas fait intentionnellement. C'est ce qu'elle avait dit, et il la croyait. Isabella était le genre de femme qui vole au secours de chatons en train de se noyer dans une rivière. Elle ne ferait jamais de mal délibérément. Donc, c'était une erreur. Il pouvait lui pardonner une telle bévue.

Troisièmement, elle lui avait menti.

Ce souvenir était le plus douloureux. Lady Isabella lui avait menti les yeux dans les yeux. Il se rappelait le moment, l'heure et le lieu. C'était en fin d'après-midi à Hyde Park. Le soleil était bas dans le ciel et la brise soulevait les feuilles des arbres. Il était assis dans le phaéton avec elle et lui avait fait part de son intention de mettre la main sur la bienfaitrice de Harriet. Isabella était très belle. Et tendue.

J'étais en colère. Elle avait peur.

Et elle lui avait menti.

Dans un tel contexte, cela se comprenait aisément. Mieux que cela, c'était excusable.

Nicholas soupira.

Isabella avait prévu de tout lui dire, d'avouer son mensonge. « Nicholas, je dois vous dire quelque chose. C'est au sujet de Harriet Durham. »

Mais il avait été trop furieux pour l'écouter, trop blessé par la tromperie. Il s'était senti trahi.

Il poussa un grognement sourd. *Idiot.* Isabella avait commis une erreur, plusieurs erreurs, mais elle n'avait jamais eu l'intention de lui faire du mal.

Tout le monde commet des erreurs. C'est ce qui fait de nous des êtres humains.

Lui-même avait commis une grave erreur en lui rendant visite tout de suite après son entrevue avec M. Shepherd. Il s'était laissé guider par sa fierté, l'accusant de garder ses amis proches d'elle et ses ennemis encore plus proches.

Il croyait encore entendre sa voix et voir les larmes briller dans ses yeux quand elle avait protesté. « Ce n'est pas cela du tout ! »

Il le savait, alors même qu'il lui lançait ces accusations. Ce qui s'était développé entre eux, l'amitié, les rires, les baisers, était parfaitement authentique. Sincère. Ce n'était pas un jeu.

Je l'aime. Et je crois qu'elle m'aime aussi.

Non. Il était possible que lady Isabella l'ait aimé… et il était probable qu'elle ne l'aime plus.

Nicholas se leva et courut vers l'écurie en appelant le palefrenier.

— Mon cheval ! Vite, vite !

*

* *

Isabella alla frapper à la porte du major Reynolds, à Albemarle Street, le vendredi après-midi. Il n'était toujours pas revenu en ville.

— Voulez-vous lui laisser un message, Madame ? s'enquit le majordome.

— Non.

Pas de message, pas d'écrit. Elle tourna le dos et redescendit les marches. Partridge ne dit rien, affichant son masque de domestique placide. Que pensait-elle de cette deuxième excursion à Albemarle Street ?

L'attitude de Rufus était plus facile à déchiffrer. Il n'en avait absolument rien à faire. Il leva avec insouciance la patte sur les marches – par chance, le majordome avait déjà refermé la porte d'entrée. Puis il repartit devant elle en sautillant et en reniflant au passage les barreaux de la grille.

En approchant de Clarges Street, Isabella ralentit le pas. Elle s'arrêta devant la maison.

Partridge l'imita, toujours silencieuse. Rufus s'assit devant la porte et attendit.

Isabella n'avait pas envie d'entrer, de s'asseoir avec ses regrets, son chagrin, et son désarroi.

Elle avait besoin d'agir. De faire quelque chose. N'importe quoi.

Et donc, à 17 heures, elle se rendit à Hyde Park dans son phaéton. Son arrivée causa une légère agitation.

Les gens arrêtaient leur voiture pour la saluer, et lui demander si elle avait été souffrante.

Isabella sourit et resta dans le vague.

Personne ne lui demanda si ces deux jours de disparition avaient quelque chose à voir avec le départ soudain du major Reynolds. Mais elle était certaine que quelques-uns le pensaient.

Cela lui était égal. L'air frais, le soleil et la brise légère lui redonnèrent le moral.

« Je ne me cacherai plus, décida-t-elle en remontant dans sa chambre. À partir de maintenant, j'affronterai le monde. »

Elle déboutonna ses gants et les enleva.

— Je sortirai ce soir, Partridge. J'irai au bal des Griffith. Je porterai... le fourreau ivoire et la robe rouge pivoine.

Le rouge est la couleur du courage.

— Très bien, Madame.

Isabella dîna avec sa cousine et Harriet, puis monta se changer. Une fois habillée, elle contempla son reflet dans le miroir. La soie lisse qui tombait sur ses chevilles, le crêpe rouge au corsage garni de perles, les mules de satin, les boucles de rubis à ses oreilles.

Une servante toqua à la porte.

— La voiture des Washburne est arrivée, Madame.

— Parfait.

Isabella inspira pour se donner du courage, puis ramassa son sac de soirée et son éventail.

*

* *

Le bal des Griffith était l'un des plus grands événements de la saison. Dès qu'Isabella entra dans la salle avec les Washburne, elle fut happée par l'ambiance gaie et trépidante de la salle de bal brillamment éclairée. Il lui fut plus facile qu'elle ne l'avait cru de garder ses émotions enfermées au plus secret d'elle-même, et de plaquer un sourire sur son visage. Elle apprécia chaque aspect de la soirée. La musique, les conversations, les rires, la danse. Surtout la danse.

Après un quadrille particulièrement énergique, Isabella se retira d'un côté de la salle pour boire une coupe de champagne en agitant son éventail. Gussie et Lucas vinrent la retrouver. Lucas était rouge et hors d'haleine.

— Je suis trop vieux pour ça. Ayez un brin de compassion, Isabella, prêtez-moi votre éventail.

Elle le lui passa en riant.

— Où est le vôtre, Gussie ?

— Lucas a marché dessus, répondit celle-ci avec une grimace de contrariété. Il était en ivoire !

— Ce n'est pas mon jour, reconnut Lucas en s'éventant.

Gussie lui prit la main. Le regard complice qu'ils échangeaient troubla Isabella. Elle détourna vivement les yeux et avala une longue gorgée de champagne.

La piste de danse était déserte. Les invités s'étaient regroupés sur les côtés de la salle pour parler, boire et échanger des plaisanteries. Tout au bout de la salle, un homme apparut sous la voûte de l'entrée. Son visage était dans l'ombre, mais il avait l'allure d'un militaire, à la fois discret et observateur.

Cela aurait pu être le major Reynolds, si ce dernier avait été à Londres en ce moment. Ce qui n'était pas le cas.

Isabella détourna les yeux et avala une autre gorgée de champagne. Tout le plaisir de la soirée s'était évaporé. Elle avait envie de rentrer chez elle.

— Nicholas est là, lui dit Gussie.

Isabella regarda autour d'elle.

L'homme s'était avancé sous la lumière des lustres. Il venait vers eux. Ses cheveux étaient bruns, son visage bronzé.

Une large cicatrice lui barrait la joue gauche.

23

Visiblement en proie à une certaine nervosité, lady Isabella le regarda approcher. Elle portait une robe de soie rouge et ivoire. Des perles et des rubis ornaient ses oreilles. Sa tenue était festive, mais elle était pâle et tendue.

— Bonsoir, Gussie. Lucas. Lady Isabella.

Les premières notes de la danse suivante se firent entendre alors qu'il s'inclinait sur la main gantée d'Isabella. Une valse.

— M'accorderez-vous cette danse ?

Lady Isabella se crispa davantage. Son regard croisa le sien, et il lut de la peur dans ses yeux. Elle le croyait toujours en colère.

Il sourit pour la rassurer et répéta sa question :

— M'accorderez-vous cette danse ?

Isabella hésita, inspira, puis hocha la tête.

Nicholas lui offrit le bras. Après une nouvelle hésitation, elle le prit.

Ils se dirigèrent vers la piste de danse, ce qu'ils avaient déjà fait des douzaines de fois. Mais ce soir, c'était différent. Isabella avait l'allure d'une reine dans cette robe, et pourtant elle était tendue, peu sûre d'elle.

Ils se saluèrent et il tint sa main dans la sienne, mais ce soir ils dansaient avec maladresse. La grâce et l'aisance de la jeune femme avaient disparu. Il aurait dû attendre le lendemain pour la revoir, et lui parler en tête à tête.

— Isabella, dit-il doucement.

Sa tête était penchée ; elle ne leva pas les yeux vers lui.

Les mots surgirent dans l'esprit de Nicholas. *Je vous pardonne de m'avoir menti. Je ne suis pas venu pour vous réprimander, mais pour vous demander de m'épouser. Je vous aime.*

Sur le point de parler, Nicholas leva les yeux et croisa le regard de lady Faraday. Celle-ci portait une robe jaune garnie de volants. La couleur lui allait mal au teint et les volants la vieillissaient. Sous son haut chapeau piqué de plumes d'autruche, ses yeux brillaient de curiosité.

Il garda le silence et entraîna lady Isabella dans la direction opposée.

— Nicholas, dit-elle d'une voix si basse qu'il l'entendit à peine. Nicholas, je...

Sa voix s'étrangla. Sa main tremblait dans la sienne. Elle retenait ses pleurs, comprit-il brusquement.

La gorge de Nicholas se noua. Attirant la jeune femme plus près de lui, il la guida vers le bord de la piste. Elle ne leva pas les yeux quand il s'arrêta et la relâcha.

— Nicholas, répéta-t-elle, tremblante.

— Pas maintenant.

Plaquant une main dans son dos, il la poussa doucement vers la porte la plus proche. Ils se retrouvèrent dans la salle des rafraîchissements. Celle-ci était vide, à l'exception d'un valet en livrée qui renouvelait les brocs de limonade.

— Pardonnez-moi, je ne voulais pas vous bouleverser.

Il souleva la main pour lui caresser la joue et interrompit son geste, conscient de la présence du valet.

— Non. Je suis désolée, Nicholas, chuchota-t-elle. Pour tout ce qui est arrivé.

Derrière eux, le valet rassemblait les verres sales sur un plateau.

— Nicholas…

Elle leva les yeux. Lady Isabella l'avait déjà regardé une fois comme cela, les yeux brillant de larmes. Puis il lui avait tourné le dos. À présent, il devait serrer les poings pour ne pas la prendre dans ses bras.

— C'était une erreur, assura-t-elle. Je ne l'ai dit qu'une fois. Demandez à Gussie, elle était là.

Le valet sortit, avec son plateau de verres.

Nicholas desserra les poings et attira la jeune femme à lui.

— Je n'ai pas besoin de demander à Gussie, murmura-t-il, les lèvres contre sa tempe. Je vous crois.

Elle inspira en tremblant, et il perçut le frémissement qui lui parcourait le corps. Si elle était vue en larmes, ce serait une terrible humiliation pour elle.

C'est ma faute. J'aurais dû attendre demain.

— Vous êtes venue avec Gussie ?

— Oui.

— Allez chercher votre manteau. Je vous ramène chez vous. Je vais prévenir Gussie, ajouta-t-il en reculant d'un pas.

Isabella acquiesça. Elle penchait la tête, ses doigts gantés pressés contre ses lèvres.

Nicholas crispa les poings de nouveau. Il avait envie de la prendre dans ses bras et de la serrer de toutes ses forces.

— Allez, dit-il. Je vous retrouve dans le vestibule.

— Nicholas…

Ses yeux gris-bleu brillaient encore de larmes.

— Allez, répéta-t-il d'une voix enrouée.

Posant une main sur sa nuque, il se pencha pour l'embrasser sur le front. Sa peau était douce et tiède. Puis il tourna les talons et sortit. Un autre valet transportant un plateau s'écarta pour le laisser passer. La valse n'était toujours pas terminée.

*
* *

Lady Isabella l'attendait dans le vestibule. Elle demeura près de lui, pâle et silencieuse, pendant qu'un jeune valet hélait un fiacre. Dès qu'ils furent dans la voiture, Nicholas lui prit la main. Il régnait dans l'habitacle une vague odeur de moisissure.

— Je suis désolé. Je n'aurais pas dû venir ce soir. Ce n'était pas judicieux de ma part.

— Je pensais que vous n'étiez pas en ville, chuchota-t-elle. Votre majordome m'avait dit…

Son majordome lui avait rapporté qu'elle était venue deux fois pour le voir.

— C'est vrai. J'aurais dû revenir plus tôt. Je suis désolé.

— Où étiez-vous ?

— Je voulais prendre de la distance, avoua-t-il en resserrant les doigts sur sa main. Je suis désolé de vous avoir quittée aussi brusquement, mercredi dernier.

Il avait craint de dire quelque chose d'impardonnable, dans sa colère.

— Ce que je vous ai dit était… inexcusable, reprit-il. Je me suis laissé dominer par la colère. Pourrez-vous me pardonner ?

Un silence emplit l'habitacle. Il eut conscience du balancement de la voiture, du cliquetis des roues, du claquement des sabots, et surtout du silence d'Isabella.

Elle va dire non.

Puis il se rendit compte qu'elle avait posé une main sur son visage.

— Isabella ? dit-il en lui caressant la joue.

Elle pleurait.

Le cœur de Nicholas se serra. Il se rapprocha d'elle et glissa un bras sur ses épaules.

— Qu'avez-vous ? Dites-moi, je vous en prie...

Elle ne s'appuya pas contre lui, comme il l'avait espéré. Elle se tint raide, crispée, l'air malheureuse.

— Je vous en prie, Isabella... dites-moi.

Elle garda un long moment le silence avant de répondre :

— Vous me demandez de vous pardonner, alors que tout est ma faute.

— Ah, fit-il, comprenant enfin.

— J'ai dit que vous étiez un ogre.

— Oui, admit-il en lui caressant la nuque. C'est ce que vous avez dit.

— J'aurais dû me couper la langue plutôt que de dire une chose pareille ! s'exclama-t-elle en pleurant de plus belle.

Nicholas l'entoura de ses bras.

— D'après ce que j'ai compris, vous ne l'avez pas fait exprès.

— Et ensuite, je vous ai menti.

Isabella pleurait si fort qu'il avait du mal à comprendre ses mots. Il posa la joue sur ses cheveux soyeux.

— C'était ma faute. Vous aviez peur de moi.

Elle secoua la tête, sans cesser de pleurer. Nicholas la berça doucement contre lui.

— Allons, allons... ce n'est rien.

Elle protesta d'un signe négatif de la tête.

— Nous avons commis des erreurs tous les deux. Un jour, Isabella, nous en rirons. Quand nous serons mariés.

Elle se figea. Ses sanglots cessèrent brusquement.

— Isabella, voulez-vous m'épouser ?

Il attendit sa réponse, le souffle court, le cœur plein d'espoir.

La jeune femme resta silencieuse un moment dans ses bras, puis elle se remit à pleurer.

— Est-ce que ça veut dire oui ? demanda Nicholas.

Elle hocha la tête contre son épaule.

Il poussa un soupir de soulagement et se renversa contre le dossier en l'entraînant avec lui.

— Ne pleurez plus, dit-il en lui embrassant la tempe.

— Je ne pleure jamais, répliqua-t-elle, le visage enfoui dans les plis de sa veste.

Il éclata de rire.

— C'est pourtant ce que vous faites en ce moment, ma chérie.

Elle inspira longuement et, au prix d'un gros effort, cessa de pleurer.

Resserrant son étreinte, Nicholas regarda par la fenêtre. Ils venaient de tourner dans Clarges Street.

— Il vaut mieux que vos domestiques ne vous voient pas ainsi. Allons chez moi. Nous ne croiserons personne. J'ai donné congé aux miens jusqu'à demain.

Car je ne savais pas ce que vous feriez en me voyant. Vous auriez pu me tourner le dos. Me détester.

Et dans ce cas, il aurait été si mal en point qu'il valait mieux que ses domestiques ne le voient pas.

Isabella acquiesça, et il la relâcha à regret.

— Nous avons changé d'avis, dit-il au cocher quand celui-ci ouvrit la portière. Conduisez-nous à Albemarle Street, je vous prie.

La jeune femme fouilla dans son réticule et en sortit un mouchoir. Elle s'essuya les yeux, se moucha et remit le mouchoir à sa place.

Nicholas lui tendit la main. Après une hésitation, elle la prit et se laissa de nouveau aller contre lui. La tête sur son épaule, elle se détendit.

— Je suis désolée. En temps normal, je ne pleure pas.

Nicholas lui caressa doucement l'épaule et le bras.

— Cessez de vous excuser. Nous avons tous deux commis des erreurs.

Isabella soupira.

— Oui, concéda-t-elle.

Ils gardèrent le silence pendant un long moment, puis elle demanda :

— Vous êtes sûr ? Je suis beaucoup plus vieille que ce que vous envisagiez.

— Je me moque de votre âge.

— Mais j'ai presque trente ans...

— Vous pourriez en avoir quarante, ça me serait égal.

Il l'attira plus étroitement contre lui et inclina la tête pour l'embrasser.

Leurs lèvres restèrent unies un moment. Celles d'Isabella avaient le goût salé des larmes.

Le fiacre s'arrêta dans un soubresaut, et Nicholas releva la tête. Ils étaient à Albemarle Street.

*

* *

Sans lui lâcher la main, le major déverrouilla la porte et l'attira à l'intérieur. Isabella regarda autour d'elle. La maison était sombre et silencieuse. Une unique lampe posée sur un guéridon de marbre éclairait l'entrée. Une bougie fichée dans un chandelier était posée à côté de la lampe. Nicholas l'alluma.

Face à eux, un corridor disparaissait dans l'obscurité. Sur la droite, elle devina les contours d'un escalier. La chambre du major se trouvait quelque part là-haut. Soudain, Isabella se sentit nerveuse. Pensait-il que...

— Par ici, dit-il, l'entraînant avec lui dans le corridor.

Elle se détendit. Il ne l'emmenait pas dans la chambre.

Nicholas la fit entrer dans ce qui était de toute évidence une bibliothèque. Les étagères étaient remplies de livres reliés de cuir dont les titres en lettres d'or scintillaient à la lueur de la bougie.

— Tout devrait être prêt dans la cheminée… Ah, oui.

Il lui lâcha la main à regret et lui caressa la joue.

— Asseyez-vous, pendant que j'allume le feu.

Isabella prit place dans un canapé au tissu doux et moelleux.

Il m'a demandé de l'épouser.

L'émotion était si forte qu'elle ferma les yeux pour retenir ses larmes. *Il est revenu. Il m'a pardonné.* Demain, peut-être éprouverait-elle de l'euphorie. En attendant, le soulagement était intense. Si intense qu'elle dut faire appel à toute sa volonté pour ne pas se remettre à pleurer.

Elle ouvrit les yeux et regarda Nicholas Reynolds allumer le feu. Sa silhouette se détachait dans la lueur de la bougie. Elle vit la largeur de ses épaules, les muscles puissants de ses cuisses, son profil. *Le meilleur des hommes.*

— Un brandy ? proposa-t-il en se redressant. Je sais que ce n'est pas une boisson pour les dames, mais…

— Oui, je veux bien. S'il vous plaît.

Il remplit deux verres. Il lui en tendit un et resta debout à la regarder. Les flammes éclairaient sa joue intacte.

— Buvez, dit-il.

Elle avala une gorgée, puis une autre. Le brandy lui brûla la gorge et la chaleur se répandit dans sa poitrine. L'envie de pleurer s'évanouit.

Isabella soupira.

— Merci, dit-elle. J'en avais besoin.

Nicholas s'assit à côté d'elle, si près que leurs cuisses se touchèrent. Il lui prit la main, et leurs doigts s'entrelacèrent.

— Quand voulez-vous vous marier ? J'avoue que pour moi, le plus tôt sera le mieux.

Elle posa la joue sur son épaule.

— Il y a le problème de Harriet.

— Ah, oui. Harriet. Je l'avais oubliée. Est-elle encore chez vous ? Ne devait-elle pas partir chez sa tante ?

— La tante est partie vivre en Amérique.

— Ah…

Elle n'avait pas besoin d'en dire davantage, il comprenait le problème. Harriet était sans le sou, et elle avait besoin de quelqu'un pour veiller sur elle.

Il fit tourner le brandy dans son verre.

— Que suggérez-vous ?

— Eh bien. Il y a un certain M. Fernyhough…

Le major émit un son entre le rire et le grognement.

— Fernyhough ! Son nom a émergé il y a quelques jours. Je me demandais qui c'était.

Isabella lui expliqua, pendant qu'il traçait de petits cercles du pouce sur le dos de sa main. Elle lui parla de l'affection qui était née entre Harriet et le pasteur Fernyhough, et du refus catégorique que le colonel avait opposé à ce mariage.

— Si M. Fernyhough ne dépendait pas du colonel, il pourrait emmener Harriet à Gretna Green pour l'épouser, dit Isabella. Mais il doit subvenir aux besoins de sa mère qui est veuve, et de ses nombreux frères et sœurs.

— Je vois, murmura Nicholas, pensif.

— J'ai demandé à mon frère s'il avait une cure disponible, mais il n'en a pas.

Elle nicha sa tête au creux de l'épaule de Nicholas. L'épaule solide d'un militaire.

— Nous devons trouver une nouvelle cure au pasteur Fernyhough. Ainsi, il pourra épouser Harriet.

Il demeura silencieux un moment. Elle vit qu'il fronçait les sourcils, absorbé dans ses réflexions.

— Il me semble qu'il y a une cure disponible dans l'un des domaines de mon frère, dit-il lentement. J'aimerais me rappeler…

— Nous en trouverons une. Chez votre frère ou ailleurs.

— Vous pensez ? s'enquit-il, amusé.

— Oui.

— Comment pouvez-vous en être aussi certaine ?

— Parce que...

Elle marqua une pause, cherchant les mots pour décrire ce qu'elle ressentait. La certitude que tout allait s'arranger.

— Parce que, il y a trois semaines, j'aurais dit que ceci était impossible.

— Ceci ?

— Nous.

Être ainsi, ensemble. S'aimer.

— Et il y a deux jours, j'aurais dit que c'était encore plus impossible.

— Ah. Oui..., dit-il en resserrant les doigts sur les siens.

— Si cela a pu arriver, alors tout est possible. Nous trouverons une cure pour M. Fernyhough.

— Oui, admit-il en riant doucement. Je le crois. Isabella...

Il posa son verre, et se tourna pour la regarder. L'une de ses mains tenait toujours la sienne ; de l'autre, il lui caressa doucement la joue.

Isabella reprit son souffle. Ce sourire en coin, l'intensité de son regard... Elle connaissait cette expression. *Il va m'embrasser.*

Elle ne se trompait pas. Il posa les lèvres au coin de sa bouche.

Elle chercha à tâtons un endroit où poser son verre. Nicholas le prit sans même lever la tête et le posa sur la table.

Sa bouche se pressa contre la sienne, il lui caressa les lèvres du bout de la langue. Isabella lui rendit son baiser.

Très vite, le baiser devint plus intense, presque désespéré. Il avait le goût du brandy. Isabella s'agrippa à lui, enfonçant les doigts dans ses bras. *Ne me quittez plus jamais.*

Elle tremblait quand il s'écarta, les yeux brillants.

— Isabella, dit-il, hors d'haleine.

— Non, n'arrêtez pas.

Il eut un petit rire incertain.

— Isabella...

— Pas encore, supplia-t-elle. N'arrêtez pas.

*

* *

Nicholas poussa un profond soupir. *Je devrais la ramener chez elle...* Mais au lieu de s'écarter, il pencha la tête et embrassa Isabella de nouveau.

De longues minutes s'écoulèrent. Il oublia le monde, devint sourd et aveugle à tout ce qui n'était pas le plaisir. Le plaisir de goûter à sa bouche, d'enfouir les doigts dans sa chevelure blonde, d'entendre le minuscule soupir qu'elle poussait quand il lui embrassait le cou, de sentir ses doigts lui agripper le bras. Le désir s'intensifiait.

Arrête tout de suite.

Nicholas recula, se leva brusquement et alla jusqu'à la cheminée. Là, il attisa les flammes à l'aide du tisonnier, essayant de recouvrer sa maîtrise. Il inspira longuement pour calmer sa respiration.

Quand il eut recouvré un peu de contrôle sur lui-même, il se retourna vers la jeune femme. Elle le fixait, assise dans le canapé, le regard sombre. Il la vit frissonner.

— Vous avez froid ?

— Un peu.

Il tendit la main, et elle se leva pour le rejoindre. Il lui saisit fermement les doigts.

Elle est à moi.

— Prenez ce fauteuil.

Mais Isabella préféra s'asseoir sur le tapis devant le feu, les jambes repliées sous elle, telle une enfant. Nicholas s'installa à son côté et allongea les jambes. Adossé au fauteuil de cuir, il lui tint la main, regardant les flammes projeter des ombres sur son visage, sur son cou, entre ses seins.

Les boucles d'oreilles de perles et de rubis se balançaient dans la lumière des flammes. Il en toucha une du bout des doigts.

— Elles vous plaisent ? demanda-t-elle en souriant.

— Oui.

Il aimait encore plus les perles qui fermaient son corsage, et dont la nacre scintillante se détachait sur le rouge foncé de la robe.

Repliant les doigts à l'intérieur de sa main, il s'efforça de regarder ailleurs. *Je devrais la ramener chez elle.* Mais il éprouvait un profond contentement à rester ainsi à côté de la jeune femme, dans la pénombre. Il chercha un sujet de conversation anodin.

— Avez-vous réussi à placer le dernier chaton ?

— J'ai décidé de la garder. Elle se met à ronronner chaque fois que je la prends. Je ne peux pas la donner.

— Comment allez-vous l'appeler ? Pussy ?

— J'y ai pensé, mais non.

Elle sourit. Ce que Nicholas trouvait de plus beau dans son visage, c'était le petit défaut de ses dents. Sans cela, elle aurait été trop parfaite, inaccessible.

Il resserra les doigts sur sa main. *Elle est à moi.*

— Qu'avez-vous décidé ?

— Son nom doit commencer par un M. Sa fourrure dessine un M sur son front.

Nicholas réfléchit.

— Martha ?

— Non, protesta-t-elle en souriant.

— Matilda ? Mary ?

Si elle souriait de nouveau, il serait obligé de l'embrasser. Il concentra son regard sur la cheminée.

— Euh… Minerva ?

— Oui, Minerva !

— Mais j'ai une tante qui porte ce nom, protesta Nicholas en lui lançant un regard en coin. Que diriez-vous de… Melusina ?

Isabella éclata de rire, et il ne put s'empêcher de la regarder. Et une fois qu'il l'eut regardée, il ne put s'empêcher de l'embrasser.

Ils s'embrassèrent de longues minutes, jusqu'à ce que le désir devienne douloureux et oblige Nicholas à s'écarter. Il tremblait. *Je dois la ramener chez elle.* Il se détourna pour reprendre sa respiration.

— Non, n'arrêtez pas, dit-elle en le retenant par la main.

— Il le faut.

— Non, je vous en prie, Nicholas. N'arrêtez pas.

Sa voix était basse, elle était aussi haletante que lui.

— S'il vous plaît, Nicholas…, insista-t-elle.

— Isabella…

Elle savait ce qu'elle lui demandait. Il le lut sur ses traits.

— Pourquoi ?

S'offrait-elle à lui pour se faire pardonner ? Il se crispa, prêt à refuser cette offrande.

— Parce que je vous désire, dit-elle en toute franchise. Je vous veux, tout entier.

Je vous veux tout entière aussi.

Nicholas relâcha son souffle. *Je devrais refuser. Elle mérite mieux.* Il imaginait un large lit, garni de draps immaculés.

— Je vous en prie, Nicholas.

Alors il la prit dans ses bras, sachant que cette fois il n'arrêterait pas. Il lui embrassa les lèvres, le cou, puis défit les boutons de perles, et la robe de crêpe rouge glissa sur ses épaules.

Les minutes passèrent lentement, accompagnées de murmures tandis qu'ils dégrafaient leurs vêtements et les posaient de côté. La redingote de Nicholas d'abord, puis le fourreau de soie ivoire d'Isabella. Sa cravate, et son jupon. Son gilet, et les bas de la jeune femme. Nicholas ôta sa propre chemise de lin, puis lentement, avec des gestes doux, lui enleva sa chemise.

— Allongez-vous, chuchota-t-il.

Isabella obéit. Elle était allongée, nue sur le tapis. Nicholas la contempla avec admiration. À la lueur des flammes, elle était pâle et dorée, comme Vénus. Il fit glisser ses mains tremblantes sur sa peau douce et soyeuse. Puis il se pencha et embrassa ses lèvres brûlantes.

Il la toucha de ses doigts, de ses lèvres, de sa langue. Contemplant avec adoration les seins qu'il tenait dans ses mains, émerveillé par les mamelons roses qu'il prenait entre ses lèvres, et par la façon dont ses muscles frémissaient sous ses caresses.

Sa peau était enflammée par le désir, elle tremblait.

— Nicholas, enlevez ce pantalon, dit-elle en posant les doigts sur sa ceinture.

— Pas encore.

Il captura sa main, y plaqua un baiser et la ramena au-dessus de sa tête. Puis il se pencha pour embrasser de nouveau ses seins, et son ventre. L'odeur de son corps exacerbait son désir. Il ferma un instant les yeux, luttant pour garder le contrôle de lui-même. Puis il les rouvrit et contempla sa peau pâle, le creux de sa taille, la courbe de ses hanches, le triangle de boucles claires entre ses jambes.

— Pas encore, répéta-t-il en insinuant une main entre ses cuisses.

Isabella frémit, le souffle court.

— Pas encore, chuchota-t-il une troisième fois en faisant remonter sa main entre ses jambes soyeuses.

Il explora son sexe du bout des doigts, glissant dans les boucles, caressant, taquinant, plongeant en elle, regardant le plaisir la submerger. Sa respiration s'accélérait, devenait hachée. Elle creusa les reins pour aller au contact de sa main.

— Nicholas.

Il pencha la tête pour inspirer son odeur et céda à l'envie de goûter sa chair humide. Au contact de sa bouche, elle bascula dans le plaisir. Il sentit les muscles de son ventre se contracter et faillit se laisser emporter, lui aussi.

Il se hissa sur les coudes et la tint entre ses bras. Isabella se cramponna à lui, le visage enfoui au creux de son cou. Il sentait son souffle sur sa peau nue, et les frémissements se calmèrent.

— Nicholas... Je pense que vous devriez enlever ce pantalon. Tout de suite.

Avec un rire tremblant, il la relâcha et se redressa, se débarrassant vivement de ce dernier vêtement. Il se tint un moment nu et immobile. Isabella le regarda en écarquillant les yeux.

— N'aie pas peur.

Elle tendit une main hésitante, et ses doigts effleurèrent son sexe tendu.

Nicholas manqua céder aussitôt à la jouissance. Il lui captura la main.

— Plus tard.

Il s'allongea sur le tapis à côté d'elle. Sa chevelure blonde était répandue dans la lumière, les boucles de perles et de rubis brillaient à ses oreilles.

— J'essaierai de ne pas te faire mal, mais la première fois...

— Je sais, murmura Isabella en lui caressant la joue. Ne t'inquiète pas.

— Comment le sais-tu ?

— Les bavardages de salon, expliqua-t-elle en rougissant.

Nicholas laissa échapper un rire et lui effleura les tempes de ses lèvres.

— Des bavardages de salon ? Les jeunes filles parlent de ce qui se passe au lit ?

— C'était pendant ma première saison. Certaines des débutantes exprimaient de la curiosité à ce sujet.

Il rit et l'embrassa de nouveau. Il approfondit le baiser, s'enivrant du goût de sa bouche, l'attirant contre lui. Leurs corps étaient en feu. Puis il se hissa au-dessus d'elle, dans la pénombre.

Doucement.

C'est à peine s'il parvint à garder le contrôle quand il pénétra en elle. Isabella se raidit et il resta un instant immobile, incapable de prononcer un mot. Puis elle se détendit et lui offrit son corps.

Nicholas s'abandonna à la chaleur et au plaisir. Un grognement prit naissance dans sa gorge, et il ferma les yeux. *Se contrôler.*

— Isabella… tout va bien ?

— Oui…

Il leva la tête, contempla ses yeux sombres, ses joues enflammées, ses lèvres pulpeuses entrouvertes.

Elle est à moi.

Puis il ne tenta plus de se contrôler. Son monde se réduisait à cette femme, à ce tapis, aux mouvements de leurs corps, à la façon dont ceux-ci s'accordaient instinctivement. Il ne craignait plus de céder trop vite au plaisir. Il aurait pu rester ainsi toute sa vie, dans cet instant exquis. Faire indéfiniment l'amour avec Isabella Knox.

La flèche de la jouissance monta en lui, si puissante qu'elle était presque douloureuse. Isabella s'abandonna dans un cri, et il sentit ses muscles se resserrer sur lui. Il sombra alors, à mi-chemin entre le plaisir et la douleur.

Étourdi, tremblant, il tint la jeune femme contre lui tandis que leur respiration s'apaisait. Les battements de son cœur ralentirent, des gouttes de sueur coulaient sur son front. Il pressa le visage dans sa chevelure, inhalant son parfum. *Elle est à moi.*

— Je ne savais pas que c'était aussi bon, dit-elle contre son épaule.

Moi non plus.

Embrasser Isabella était un délice incroyable. Mais lui faire l'amour était mille fois plus incroyable encore.

Elle s'écarta légèrement et le regarda. Ses lèvres étaient douces, et souriantes. Elle caressa légèrement la cicatrice de sa joue.

— Je t'aime, Nicholas.

— Je t'aime aussi.

— Je n'aurais jamais cru que cela arriverait.

— Moi non plus. Je suis l'homme le plus chanceux d'Angleterre.

Il vit des larmes briller dans ses yeux quand elle referma les bras autour de son cou. Elle se blottit contre lui, et Nicholas resserra son étreinte.

Elle est à moi.

— Quand pourrons-nous recommencer ? demanda-t-elle d'une voix étouffée.

Il se mit à rire.

— Nous pourrons le faire chaque jour, une fois que nous serons mariés.

Il eut une vision du futur. Il s'imagina emmenant Isabella à Elmwood. Ils seraient amis, amants, parents. La vieille maison jacobéenne retentirait des rires et des cris d'enfants. Elle serait pleine de vie.

Soudain, l'émotion lui noua la gorge. Il ferma les yeux, retenant la jeune femme dans ses bras. Il ne la laisserait plus partir. Jamais.

Pendant quelques minutes, il écouta leurs respirations mêlées, leurs cœurs qui battaient à l'unisson, le grésillement des bûches dans la cheminée, le tic-tac de la pendule. Puis, avec un soupir, il relâcha son étreinte.

— Il faut que je te ramène chez toi. Tes domestiques doivent se demander où tu es passée.

Et les miens ne vont pas tarder à rentrer.

Il s'assit. Isabella en fit autant. Il la contempla un moment. Elle était belle, nue, avec la lueur des flammes qui jouait sur son corps, les boucles d'oreilles qui brillaient et sa longue chevelure blonde qui tombait en vagues souples sur ses épaules.

— La Vénus de Botticelli, dit-il à haute voix.

— Pardon ?

— Tu ressembles à la Vénus de Botticelli sortant de l'onde.

Isabella fit la moue.

— Je ressemble à une laitière en porcelaine de Saxe.

Nicholas laissa échapper un rire de surprise. Ses cheveux dorés, sa peau laiteuse, ses joues roses. Oui, la comparaison était parfaite.

— Tu n'aimes pas tes cheveux ?

— J'aurai préféré être brune.

— Mais si tu étais brune, tu ne pourrais pas être la Vénus de Botticelli, rétorqua-t-il en souriant. Ma Vénus.

— C'est vrai.

Nicholas se leva et lui tendit la main.

— Je te raccompagne chez toi.

24

Le lendemain après-midi en se rendant à Clarges Street, Nicholas passa devant la maison de son frère. À son grand étonnement, il vit que le heurtoir était sur la porte. Gérald était-il revenu à Londres ?

Sur un coup de tête, il gravit les marches du perron. Sa main était encore posée sur le heurtoir lorsque la porte s'ouvrit. Hampton, le majordome de son frère qui avait aussi été celui de leur père, le gratifia d'un pâle sourire et le fit entrer d'un air grave.

— Mon frère est là ?

— Dans la bibliothèque, Monsieur, dit le majordome en prenant ses gants et son chapeau.

— Inutile de m'annoncer.

Nicholas s'engouffra dans le corridor. Il était de bonne humeur et optimiste. Isabella avait raison : l'impossible était possible. Si Gérald n'avait pas de cure disponible, quelqu'un d'autre en aurait une. Le problème de Harriet serait résolu. Ce n'était qu'une question de temps.

Il toqua une seule fois à la porte, et entra.

Gérald leva les yeux de son journal. Son visage aux lourdes bajoues se crispa.

— Nicholas. Je croyais que tu avais quitté la ville.

« Et tu regrettes que je sois revenu », songea Nicholas, narquois.

— Je suis rentré hier. Et toi ? demanda-t-il en refermant la porte.

— Pareil. Que veux-tu ?

Gérald replia son journal d'un air irrité.

— Je suis venu te demander un service.

Son frère laissa échapper un rire sans joie.

— Toi ? fit-il, amer. Me demander un service, à moi ?

Nicholas garda un moment le silence, notant des signes de colère chez son aîné. La bouche pincée, les joues empourprées.

— Je reviendrai, déclara-t-il en tournant les talons.

— Non. Je veux savoir de quoi il s'agit.

Nicholas lui fit face.

— Très bien, dit-il doucement.

Gérald s'était préparé à une querelle et ne s'attendait pas à ce ton conciliant. Il demeura quelques secondes figé de surprise.

Nicholas alla s'asseoir dans un fauteuil. Le silence se prolongea un moment, troublé uniquement par le bruit de la pendule sur la cheminée. Gérald allait-il lui offrir quelque chose à boire ?

Son frère croisa les bras.

— Alors ? lança-t-il d'un ton agacé. Quel est ce service ?

« Je n'aurai pas droit à un verre », songea Nicholas. Ses pensées retournèrent vers lady Isabella, et son optimisme resurgit.

— J'ai quelque chose à te demander. Mais je ne sais pas si tu pourras m'accorder cette faveur ou non.

Gérald poussa un grognement.

Nicholas lui résuma brièvement la situation dans laquelle se trouvait Harriet Durham en évitant de révéler que lady Isabella était sa bienfaitrice. Tout en parlant, il éprouva de la pitié pour Harriet. Elle n'avait pas de famille, aucun moyen de subvenir à ses besoins, et sa réputation était en miettes. Il parla ensuite de M. Fernyhough, exposant le dilemme auquel était confronté le pauvre pasteur.

— Si M. Fernyhough recevait une autre cure, il pourrait épouser Harriet Durham.

— Cette fille qui t'a plaqué ? Qui voudrait l'épouser, après ce qu'elle a fait ?

— Apparemment, M. Fernyhough le ferait. S'il ne dépendait pas du colonel Durham pour vivre.

Gérald eut un reniflement hautain.

Nicholas se renversa dans son fauteuil.

— Voilà le service que je voulais te demander. Si tu disposais d'une cure, accepterais-tu de l'attribuer à M. Fernyhough ?

Les lèvres de Gérald étaient pincées. Ses doigts pianotaient sur l'accoudoir de son fauteuil.

— Pourquoi te soucies-tu du sort de cette fille ? Elle t'a tourné en ridicule !

— Je me sens responsable de sa situation. Elle aurait dû devenir ma femme.

Gérald renifla de nouveau.

— J'aimerais que son avenir soit assuré le plus vite possible, ajouta Nicholas.

Il observa son frère, hésita et prit sa décision.

— Je vais me marier, annonça-t-il.

— Toi ?

Gérald cessa de pianoter.

— Oui. Isabella Knox m'a accordé sa main.

Les émotions de la veille, la joie, l'euphorie, l'émerveillement resurgirent. Il se rendit compte qu'il souriait niaisement.

— Isabella Knox ? Et toi ?

— Oui, confirma Nicholas, dont le sourire s'élargit.

Gérald ne le félicita pas. Il garda le silence et son regard s'assombrit.

Le sourire de Nicholas s'évapora.

— Gérald ?

— J'ai une cure disponible, déclara-t-il d'un ton rageur. Mais si tu crois que je vais l'attribuer à ton M. Fernyhough, tu te trompes.

Nicholas le considéra avec stupeur.

— Gérald ? Pourquoi...

— Pourquoi ? s'exclama son frère en quittant son fauteuil. Parce que c'est tout ce que tu mérites, espèce de salaud ! Ne t'avise plus jamais de me demander un service ! s'écria-t-il en serrant les poings.

Nicholas se leva lentement.

— Gérald...

— Sors de chez moi !

Son frère était rouge de colère. Nicholas obéit en silence. Il ferma la porte derrière lui et demeura un instant dans le corridor. Que s'était-il passé ?

Il regagna le hall d'entrée à pas lents. Le majordome lui tendit ses gants et son chapeau.

— Lord Reynolds n'est pas de très bonne humeur, aujourd'hui, fit remarquer Hampton d'une voix impassible.

— Non, marmonna Nicholas.

Il prit son chapeau, les yeux fixés sur la porte de la bibliothèque. Que diable était-il arrivé ?

— Le jeune Harry a décidé d'entrer dans l'armée, révéla Hampton. Dans la brigade des fusiliers.

— Ah, dit Nicholas.

Le jour se fit dans son esprit, et il éprouva une bouffée d'indignation. *Il croit que j'ai persuadé Harry de s'engager. Il croit que j'ai brisé ma promesse.*

Nicholas fit un pas en direction de la bibliothèque, s'arrêta, puis se tourna vers le majordome.

— Je reviendrai plus tard.

— Très bien, Monsieur.

Hampton ouvrit la porte d'entrée, et un vent violent s'engouffra dans le hall.

Nicholas descendit lentement les marches du perron. Il demeura un moment immobile dans la rue, faisant tourner son chapeau entre ses mains. *Gérald croit que je n'ai pas tenu parole.* Son regard se posa sur la haute façade de pierre, avec ses fenêtres ternes, et il se sentit étrangement troublé.

Plus tard. Il se secoua mentalement. Il discuterait avec Gérald plus tard. Pour le moment, il devait se rendre chez lady Isabella.

Son humeur lugubre l'accompagna jusqu'à Clarges Street. Mais quand la maison de la jeune femme fut en vue, sa gaieté remonta à la surface. *Elle est à moi. Elle sera mon épouse.* Ce mot comprenait beaucoup de choses. Elle était la personne avec laquelle il passerait le reste de sa vie, avec laquelle il parlerait, rirait, ferait l'amour et dormirait. Celle avec qui il fonderait une famille. Elle était la personne à qui il appartenait.

Il était émerveillé. Comment cela était-il arrivé ? Il appartenait à Isabella Knox, et elle était à lui.

Nicholas s'arrêta devant la maison. Lors de leur première rencontre, elle lui avait dit qu'elle était une excentrique. Il secoua la tête en montant les marches. Isabella était différente des autres dames de la haute société, mais elle n'était pas excentrique. Elle était elle-même.

Bien sûr, si elle s'amusait à faire asseoir Rufus à la table du dîner... Ravalant un rire, il fit retomber le heurtoir contre le battant de chêne.

Le majordome le fit entrer, lui prit son chapeau et lui dit qu'il était attendu. Nicholas monta l'escalier le cœur léger.

Un valet lui ouvrit la porte du salon. Isabella se tenait à la fenêtre, en plein soleil. Elle se retourna vers lui. Le sourire qu'il vit dans ses yeux lui coupa le souffle. Elle vint vers lui, les mains tendues. Il les prit et l'attira dans ses bras.

Elle est à moi.

Quand l'un des chatons commença à faire ses griffes sur les bottes du major, ils se séparèrent en riant. Isabella prit le chaton dans ses bras. Le petit animal se mit immédiatement à ronronner.

— Vous voyez ? dit-elle en passant le doigt sur le front du chaton. Il lui faut un nom commençant par M.

— Moppet, suggéra Nicholas en se penchant pour caresser Rufus.

Isabella s'assit dans le canapé de velours jaune.

— Non, ça ne lui va pas.

Il prit place à côté d'elle en souriant. *Comment ai-je pu penser qu'il avait des traits durs ?*

— Molly, suggéra-t-il.

— C'est le nom d'une des servantes.

— Mariage, dit-il en se penchant vers elle.

Isabella fit la moue, feignant de réfléchir.

— Ce n'est pas un nom.

— Embrassez-moi ? suggéra-t-il doucement.

— Cela ne commence pas par un M.

Elle le regarda, tenta de réprimer un sourire et y renonça.

— Non ? Vous êtes sûre ?

Du bout du doigt, il lui caressa le cou et remonta le long de sa joue.

— Oui, chuchota-t-elle en levant la tête pour l'embrasser.

De longues minutes paresseuses s'écoulèrent. Le chaton s'endormit sur les genoux d'Isabella tandis que Nicholas l'embrassait, et qu'elle lui rendait ses baisers pour lui prouver combien elle l'aimait.

— Je trouve que « embrassez-moi » est un joli nom, déclara-t-il.

Glissant un bras autour d'elle, il embrassa doucement ses cheveux.

— « Épousez-moi » est encore mieux, répondit Isabella.

Elle absorbait les sensations. La chaleur, la solidité, la fermeté de son épaule, la force de son bras, son délicieux parfum masculin. Elle se sentait comblée de bonheur.

Qu'ai-je fait pour mériter cet homme ?

— Quand voudriez-vous vous marier ? demanda-t-il en lui caressant les cheveux.

— Dès que vous aurez rencontré mon frère Julian. Je pense qu'il serait vexé si je vous épousais avant de vous avoir présenté.

— Bien entendu. Il vit dans le Derbyshire, n'est-ce pas ? Voulez-vous vous marier là-bas ?

— Oh, oui ! Ça me plairait beaucoup.

— Je me procurerai une licence spéciale. Nous nous rendrons dans le Derbyshire la semaine prochaine, et nous nous marierons sans attendre que les bans aient été publiés.

Il marqua une pause, puis reprit :

— À propos de Harriet…

Un coup timide fut frappé à la porte.

Ils s'écartèrent vivement l'un de l'autre.

— Entrez ! lança Isabella.

Nicholas se leva et alla à la fenêtre. Le chaton gris se mit à miauler sur les genoux de la jeune femme, qui le caressa pour le calmer.

La porte s'ouvrit, et Harriet apparut sur le seuil. Elle était très pâle. Son regard passa du major à Isabella, et elle parut effrayée.

— Harriet ?

Isabella lança un coup d'œil à Nicholas. Son visage était sans expression.

— Je… je voudrais vous parler.

— À moi ?

— À vous deux, madame.

— Entrez, je vous prie.

Harriet entra et referma la porte. Rufus se leva pour aller l'accueillir, et la jeune fille eut un mouvement de recul.

— Rufus ! lança Isabella avec un claquement de doigts.

« Pauvre Rufus, songea-t-elle en caressant la tête soyeuse du chien. Presque un mois qu'elle est là, et elle a encore peur de toi. »

— Que se passe-t-il, ma chère ?

Harriet n'osa pas avancer dans la pièce et resta adossée au battant.

— Je voudrais...

Elle s'interrompit. Son regard glissa sur Nicholas, et se détourna aussitôt. Une émotion traversa son visage, trop fugitive pour qu'Isabella puisse l'identifier. Était-ce de la peur ? de la répugnance ?

— Je voudrais vous demander pardon de ce que j'ai fait, major Reynolds, dit-elle en évitant son regard.

— Merci, mademoiselle Durham.

Il s'inclina poliment.

— Et..., reprit Harriet en croisant les mains pour rassembler son courage. Et je désire vous épouser.

Isabella vit la stupeur se peindre sur le visage de Nicholas. Il cligna des paupières.

Ils échangèrent un coup d'œil. Isabella était trop choquée pour dire quoi que ce soit. Par chance, il se ressaisit plus vite qu'elle.

— Je suis désolé, Harriet, répondit-il gentiment. Je suis fiancé à quelqu'un d'autre, à présent. Je ne peux vous renouveler ma demande.

Harriet se décida enfin à le regarder. Isabella vit son désarroi, et les larmes qui perlaient sous ses paupières.

— Je vais épouser lady Isabella, précisa Nicholas d'une voix encore plus douce.

Harriet se tourna vers Isabella, qui ébaucha un sourire.

— Oh ! balbutia-t-elle dans un sanglot. Je vous souhaite beaucoup de bonheur.

Elle sourit à travers ses larmes, puis tourna les talons et s'enfuit.

Il y eut un long silence. Enfin, Nicholas se tourna vers Isabella, perplexe.

— Pourquoi diable veut-elle m'épouser, à présent ?

— Je suppose qu'elle s'inquiète pour son avenir, répondit Isabella en se levant. Il vaut mieux que j'aille la voir.

Il la retint par la main.

— Laissez-lui un peu de temps, conseilla-t-il en la prenant dans ses bras.

Isabella ne fit pas mine de se dégager. Mais cette scène l'avait ébranlée.

— Nicholas, êtes-vous certain que…

— Si vous osez me demander si je ne préfère pas épouser Harriet plutôt que vous, si vous osez penser une chose pareille… je vous donnerai une bonne correction !

Isabella laissa fuser un petit rire et parvint à se détendre. Il resserra l'étreinte de ses bras et murmura :

— Je ne lèverai jamais la main sur vous, bien sûr…

— Je sais. Pourquoi est-ce que je me sens coupable ? ajouta-t-elle en soupirant. Comme si j'avais soufflé son fiancé à Harriet ?

— Ce n'est pas ce que vous avez fait, donc n'y pensez plus.

— Non.

Il pressa la joue contre ses cheveux.

— Harriet Durham était mon premier choix, et Clarissa Whedon le deuxième. Mais vous, Isabella Knox, vous êtes le meilleur choix pour moi. N'en doutez pas une seconde.

25

Isabella pensait savoir pourquoi Harriet avait changé d'avis. Son grand-père l'avait reniée, sa tante était partie en Amérique, et son dernier échange avec M. Fernyhough était une lettre d'adieu.

Harriet avait peur du major, mais elle avait encore plus peur de se retrouver seule, livrée à elle-même.

Isabella songea à la liste que la jeune fille lui avait donnée la veille. *Garde-malade, couturière, modiste, femme de chambre.* Une perspective redoutable, pour une jeune fille de la noblesse.

Objectivement, le mariage avec le major Reynolds était un choix raisonnable. Nicholas était peut-être un ogre, mais cet ogre assurerait son avenir. Isabella ne pouvait reprocher ce revirement à la jeune fille. Nombreuses étaient les femmes qui auraient pris la même décision.

Harriet était dans sa chambre. Isabella constata au premier coup d'œil qu'elle avait pleuré.

— Harriet ? Puis-je entrer ?

Isabella redoutait que la jeune fille ne lui ait attribué le rôle de la méchante, mais apparemment elle n'adressait de reproches qu'à elle-même.

— Que devez-vous penser de moi ? chuchota-t-elle en se tordant les mains.

— Je pense que l'avenir vous fait très peur. Mais il n'y a pas lieu de vous tracasser, ma chère. Vous êtes ici chez vous, en attendant de trouver à vous établir quelque part.

— Vous ne pouvez pas vouloir de moi sous votre toit ! s'exclama la jeune fille, mortifiée. Plus maintenant !

— Et pourquoi donc ? répliqua Isabella en souriant. Parce que je vais épouser Nicholas ?

Harriet crispa les mains si fort que ses doigts blanchirent.

— Vous devez me détester.

— Bien au contraire ! Sans vous, je n'aurais jamais connu Nicholas, et je ne serais pas tombée amoureuse de lui.

— Vous l'aimez ? s'enquit Harriet, incrédule.

— Oui.

Beaucoup plus qu'elle n'avait aimé Roland.

— Et donc, continua-t-elle, j'éprouve de la gratitude envers vous, et j'espère vous récompenser en vous aidant à épouser M. Fernyhough.

Les yeux de Harriet s'emplirent de larmes.

— Je ne pourrai jamais épouser Malcolm, chuchota-t-elle. Mon grand-père...

— J'ai toutes les raisons de croire que M. Fernyhough disposera bientôt d'une nouvelle cure.

— Il n'a pas de relations haut placées, protesta Harriet en cherchant son mouchoir.

— Mais il me connaît. Et grâce à moi, il est en relation avec mon frère, qui est duc. À nous deux, nous parviendrons à trouver une cure pour lui.

Cette annonce n'eut pas l'effet escompté. Les larmes de la jeune fille redoublèrent.

— Je suis désolée d'être un tel fardeau pour vous, madame...

— Vous n'êtes pas un fardeau ! Pas plus que les chatons que j'ai recueillis. Croyez-vous que je les jetterais à la rue, alors qu'ils ont besoin de moi ? Jamais de la vie. Et je ne vous chasserai pas non plus. Allons, ma chère, dit-elle en repoussant une mèche sur la joue de Harriet, trempée de larmes. Ne perdez pas espoir. Tout finira par s'arranger.

Harriet se tamponna les yeux à l'aide du mouchoir et sourit vaillamment.

*

* *

Ensuite, Isabella alla annoncer ses fiançailles à Mme Westin.

— Je ne peux nier que j'attendais ce moment avec impatience, dit sa cousine en posant son tricot. Cela m'attristait de vous voir vivre seule.

— J'étais parfaitement heureuse, répondit Isabella, désarçonnée.

— Vous le serez encore plus avec un mari pour vous guider et vous protéger.

Isabella ouvrit la bouche pour dire qu'elle n'épousait pas le major Reynolds pour cette raison, mais cette discussion était inutile. Elle préféra changer de sujet.

— Vous pourrez rester dans cette maison aussi longtemps qu'il vous plaira, après mon mariage.

— Merci, répliqua Mme Westin en reprenant son ouvrage. Mais si vous n'avez plus besoin de chaperon, je partirai à Bath. Je m'y sens mieux qu'à Londres.

— Oh, fit Isabella, déconcertée. Vous ne me l'aviez jamais dit.

— Bien sûr, répondit sa cousine avec un doux sourire. Pourquoi l'aurais-je fait ?

Isabella ne sut quoi répondre. Elle écouta le cliquetis des aiguilles en lissant les plis de sa jupe, puis reprit :

— Au sujet de Harriet…

Les aiguilles s'immobilisèrent.

— Je sais que le secret de sa présence ici vous pesait, Elinor.

Mme Westin acquiesça d'un signe de tête.

Isabella tortilla un bout de mousseline entre ses doigts.

— Lorsque j'aurai épousé le major, nous n'aurons plus de raison de cacher sa présence, mais… je crains que le fait qu'elle vive dans la même maison que Nicholas et moi ne déclenche des ragots, étant donné qu'ils ont été fiancés.

— Des ragots ? Oui.

Mme Westin plissa les lèvres d'un air réprobateur.

— Aussi, je me demandais… Harriet pourra-t-elle rester avec vous, comme dame de compagnie ? Cela ne durera pas très longtemps. Jusqu'à ce que nous ayons trouvé une nouvelle cure pour M. Fernyhough.

Les aiguilles se remirent à cliqueter.

— Bien sûr. Elle pourra rester avec moi.

— Merci, dit Isabella, soulagée.

*
* *

Le dimanche s'écoula, comme tous les dimanches, dans la tranquillité. Isabella se rendit à l'église, flottant sur un petit nuage de bonheur. Gussie parvint à l'accaparer après l'office.

— Eh bien ?

— Eh bien, quoi ?

— Comment allez-vous ? Vous êtes partie brusquement l'autre soir, et vous n'étiez pas au bal des Fothergill hier.

— Je vais très bien, affirma Isabella, regrettant de ne pouvoir annoncer la nouvelle à son amie. Gussie, aimeriez-vous venir dans le Derbyshire avec Lucas, la semaine prochaine ?

Gussie haussa les sourcils.

— Dans le Derbyshire ?

— Je sais que la saison bat son plein, mais… je pensais que cela vous plairait peut-être.

Gussie darda sur elle un regard inquisiteur.

— Peut-être ? Pourquoi ?

— Il y aura une petite… célébration à laquelle vous pourrez assister, expliqua Isabella en rougissant.

Gussie écarquilla les yeux, bouche bée.

— Vous ne devez rien dire ! s'exclama Isabella. Je dois avertir Julian d'abord.

Gussie ravala les mots qu'elle allait prononcer.

— Nous viendrons dans le Derbyshire. C'est promis, répondit-elle avec enthousiasme. Écrivez vite à votre frère !

Isabella suivit ce conseil. Une fois rentrée, elle s'assit à son secrétaire pour écrire une lettre à Julian.

Nicholas et moi allons nous rendre dans le Derbyshire pour nous marier. Nous arriverons la semaine prochaine. Le problème de l'avenir de Harriet n'est toujours pas réglé, mais elle sera dame de compagnie d'Elinor jusqu'à ce que nous ayons trouvé une cure pour M. Fernyhough.

Elle écrivit ensuite à ses sœurs et à son frère qui se trouvait à Naples. Nul ne pouvait dire quand Simon recevrait cette lettre.

Après coup, elle songea à envoyer un mot à Gussie pour lui demander si Lucas n'avait pas une cure disponible dans ses domaines. Elle reçut la réponse une demi-heure plus tard, et celle-ci était négative.

Elle ne dit rien à Harriet. La jeune fille se faisait extrêmement discrète.

Isabella partit à sa recherche et la trouva en train de pleurer devant un journal grand ouvert.

— Allons, dit-elle avec douceur. Il n'y a pas de raison de pleurer. Tout s'arrangera.

Au prix d'un effort héroïque, Harriet retint ses larmes.

— Je suis désolée d'être un tel poids, madame. Vous devez avoir hâte d'être débarrassée de moi. Surtout après ce qui s'est passé hier.

— N'y pensez plus. Le major ne vous en veut pas, et moi non plus. Venez plutôt m'aider avec les chatons. Ces petites canailles ont besoin de manger. Vous ai-je dit que j'avais trouvé un nom pour la grise ? Elle s'appellera Mimi.

*

* *

Le lundi matin, assis à son bureau, Nicholas examinait la liste des tâches à accomplir dans la journée. La plus importante était de déposer une demande pour une licence de mariage au bureau de l'archevêque de Canterbury. Mais il fallait aussi organiser le voyage dans le Derbyshire, et veiller à régler une multitude de détails. Son mariage avec lady Isabella était un peu précipité, mais tout serait fait dans les règles.

Il leva la tête en entendant des voix dans le couloir.

— Ne prenez pas la peine de m'annoncer, lança gaiement son visiteur.

On toqua à la porte, et son neveu entra en souriant.

— Monsieur ! J'ai une grande nouvelle à vous annoncer !

— Tu t'es engagé dans la brigade des fusiliers, dit Nicholas en posant sa liste de côté. Oui, je sais.

Le sourire de Harry s'élargit. Il tira une chaise devant le bureau de Nicholas et s'assit en se penchant en avant pour lui exposer d'un ton volubile pourquoi il avait décidé de devenir militaire. Nicholas considéra son visage jeune et enthousiaste, et éprouva une légère appréhension.

L'armée fera de lui un homme, ou le tuera.

— Est-ce Mayhew qui t'a mis cette idée en tête ? demanda-t-il dès que son neveu fit une pause.

Harry parut offensé.

— Personne ne m'a aidé ! J'ai pris cette décision seul.

Nicholas caressa d'un doigt sa joue abîmée.

— Ce n'est pas un jeu. Tu le sais ?

— Naturellement, répliqua Harry, outré. Je ne suis plus un enfant, monsieur.

Il y a un mois, tu étais encore un garçon oisif et renfrogné. Mais le Harry assis face à lui ne ressemblait plus du tout à celui qu'il était le mois dernier.

— Non, tu n'es plus un enfant, reconnut Nicholas en se levant et en lui tendant la main. Je te souhaite bonne chance.

Harry sourit, les yeux brillants, et lui serra fermement la main.

— Merci, monsieur.

— Comment as-tu acheté ta commission ? Je croyais que tes poches étaient vides.

Harry rougit et se mit à rire.

— Grâce à un cheval, monsieur. Aux courses. Il s'appelait Chance de l'Ogre, précisa-t-il, un peu embarrassé.

Nicholas émit un petit rire, et Harry parut soulagé.

— Vous n'êtes pas fâché, monsieur ?

— À cause du nom ? La moitié de Londres m'appelle ainsi, maintenant. C'est un surnom, rien de plus. Cela ne me fait rien, ajouta-t-il en haussant les épaules.

Ils passèrent encore dix minutes à discuter avant que Harry prenne congé.

— Vous devez avoir à faire, monsieur.

Nicholas posa les yeux sur sa liste. *Obtenir une licence de mariage.*

— Je vais me marier.

— Avec lady Isabella Knox ? Tout le monde l'a deviné ! Il suffisait de vous voir roucouler ensemble !

— C'était si évident que cela ? s'enquit Nicholas en rougissant un peu.

— C'était aveuglant. Félicitations, monsieur.

Harry traversa le bureau d'un pas vif. Une pensée traversa Nicholas alors qu'il ouvrait la porte.

— Harry ?

— Monsieur ?

— Rends-moi un service. Dis à ton père que ce n'est pas moi qui t'ai poussé à intégrer l'armée.

— Il est de mauvaise humeur, répondit Harry en faisant la moue.

— Il a peur pour toi.

Le jeune homme haussa les épaules, l'air agacé.

— C'est ton père, et il t'aime. Il craint que tu ne meures sur le champ de bataille.

Harry garda le silence un moment, puis hocha la tête.

— Je lui parlerai, monsieur, dit-il avant de le saluer et de fermer la porte derrière lui.

Nicholas écouta l'écho de ses pas dans le couloir, puis reporta son attention sur la liste. *Obtenir une licence de mariage.* Il allait régler la question dès ce matin.

*
* *

Isabella vit le major Reynolds trois fois le lundi. Une première pour lui donner son nom complet, et celui de son père, pour la licence de mariage. Une autre dans l'après-midi, à Hyde Park, et enfin le soir quand il l'escorta avec Mme Westin à l'opéra. Cette fois, il ne lui vola pas de baiser dans la loge, mais il lui tint discrètement la main pendant le spectacle. Pour Isabella, la soirée fut magique.

Le mardi matin, Harriet ne descendit pas pour le petit déjeuner. Isabella considéra sa chaise vide avec inquiétude. Était-elle dans sa chambre en train de pleurer ? *Je dois trouver un moyen de lui remonter le moral.* Mais comment ?

Isabella laissa ce problème de côté pour le moment, se servit une tasse de thé, et pensa à Nicholas. Elle mangea ses œufs et but son thé sans s'en rendre compte. Elle ne reprit pied dans la réalité que lorsque Mme Early entra. La gouvernante était rouge et agitée.

— Madame ! Mlle Durham n'est pas dans sa chambre.

— Non ? Avez-vous regardé dans le salon ? Les chatons...

— Elle a laissé ceci, dit la domestique en posant deux lettres sur la table. Une pour vous, et une pour Mme Westin.

Isabella croisa le regard de sa cousine. Elle prit la lettre qui lui était adressée, l'ouvrit et la parcourut rapidement.

Vous êtes trop bonne pour me le dire franchement, mais je sais que je suis un fardeau, écrivait Harriet de son écriture enfantine. Le papier était taché de larmes. *Je ne peux vous remercier de votre générosité et de vos nombreuses marques d'affection en restant sous votre toit.*

— Harriet dit qu'elle a pris un peu d'argent dans mon réticule, annonça Mme Westin, étonnée. Elle promet de me rembourser. Où a-t-elle pu aller ? Et pourquoi ?

— Elle est partie car elle croit être un fardeau, expliqua Isabella en se levant. Madame Early, quelle servante était au service de Mlle Durham ? Je désire lui parler.

Molly, la nouvelle femme de chambre, s'était occupée de Harriet. Mlle Durham, révéla-t-elle en ouvrant de grands yeux affolés, lui avait demandé de faire deux courses pour elle.

— J'ai posté une lettre, Madame, dit-elle, les doigts crispés sur son tablier. Je ne savais pas que c'était mal.

— Ce n'était pas mal, assura Isabella avec un sourire. Vous rappelez-vous l'adresse ?

La servante secoua la tête, effrayée.

— Je ne sais pas très bien lire, madame.

— Et l'autre course ?

— J'ai acheté un billet de diligence. Elle a écrit son nom sur le bordereau.

— Vous rappelez-vous la destination ?

— Chippenham, répondit la servante. Je n'avais encore jamais entendu ce nom. La diligence est partie très tôt ce matin.

— Je vois, dit Isabella en s'efforçant de garder son calme. Pour quelle raison ne nous avez-vous pas informées, Mme Westin et moi ?

— Je pensais que vous étiez au courant, Madame ! Je vous en supplie, ne me renvoyez pas…

Les yeux élargis d'inquiétude, la servante crispa les doigts sur son tablier.

— Je ne vais pas vous renvoyer. Merci, Molly. Vous pouvez vous retirer.

Quand la servante et la gouvernante furent sorties, Isabella regarda sa cousine.

— Pourquoi Chippenham ?

— Je pense le savoir, dit doucement Mme Westin.

Elle se leva, sortit et revint quelques minutes plus tard avec un journal.

— Il y avait des annonces d'emploi dans ce journal.

Mais la page contenant les annonces avait disparu.

— Je dois partir à sa recherche, déclara Isabella en se levant. Elle est trop jeune pour se rendre seule à Chippenham.

Elle était aussi trop jolie, trop innocente, et trop pauvre. Une proie idéale pour toutes sortes de monstres.

Isabella tira sur le cordon de la sonnette.

— Faites préparer ma voiture, ordonna-t-elle au valet. Sur-le-champ.

Elle s'arrêta sur le seuil et se tourna vers sa cousine.

— Voulez-vous m'accompagner, Elinor ?

— Vous irez plus vite sans moi.

Isabella approuva d'un hochement de tête. Mme Westin n'aimait pas voyager. Elle referma la porte du salon, et monta dans sa chambre.

— Partridge ! Mon costume de voyage, vite !

26

Nicholas gravit les marches de son perron d'un pas léger. La licence était dans sa poche, et il sifflotait.

— Un messager a apporté ceci pendant que vous étiez sorti, Monsieur, déclara son majordome en lui présentant deux lettres.

Nicholas les prit et reconnut l'écriture sur l'une d'elles. Gérald. Il ouvrit la missive en regagnant son bureau, et déchira légèrement le papier dans sa hâte. Il la déplia d'une main en prenant la bouteille de brandy.

Il se servit, parcourut la lettre et poussa un grognement. La cure de Halvergate était libre, et à sa disposition s'il le désirait. *Des excuses, Gérald ?* Cela tombait à pic.

Nicholas posa la lettre de Gérald sur le côté et ouvrit la deuxième, en prenant soin cette fois de ne pas la déchirer. Il porta le verre de brandy à ses lèvres et lut les premières lignes.

Nicholas,

Harriet est partie en cachette à Chippenham, afin de répondre à une annonce pour un poste de dame de compagnie.

Il posa son verre et poursuivit sa lecture.

— Frye ! hurla-t-il en sortant du bureau. Quand cette lettre est-elle arrivée ?

— Il y a environ une heure, Monsieur.

Une heure. Nicholas relut la dernière ligne.

Je quitte Londres immédiatement. J'espère la rattraper à Marlborough, écrivait Isabella.

— Faites préparer la voiture, ordonna Nicholas en repliant la lettre. Tout de suite !

*

* *

Quand Isabella parvint à Hungerford, elle n'avait qu'une demi-heure de retard sur la diligence de Bristol. L'une des servantes de l'auberge confirma que Harriet était à bord du véhicule.

— Une petite jeunette avec des cheveux bruns ? dit-elle en s'essuyant les mains sur son tablier. Elle avait l'air d'avoir pleuré.

Harriet avait acheté un verre de limonade, mais elle avait refusé les sandwichs offerts par l'établissement.

Isabella scruta le ciel. Des nuages s'amoncelaient à l'horizon. Elle resserra les pans de son manteau, et monta en voiture pour demander au cocher de repartir.

À Froxfield, ils avaient encore gagné du terrain. Les nuages formaient une immense masse sombre.

— La diligence est partie il y a quinze minutes ?

— Oui, Madame, répondit le valet d'écurie.

Une corne résonna dans la cour de l'auberge, signalant qu'un voyageur arrivait et demandait à changer de chevaux.

— Pardon, Madame, bredouilla le valet en tournant les talons.

Une voiture entra alors dans la cour, avec des chevaux trempés de sueur. Le cœur d'Isabella fit un bond.

— Nicholas !

Le major lança les rênes à son valet et sauta à terre. Les pans de son manteau se soulevèrent telles des ailes.

— J'espérais vous rattraper plus tôt, dit-il en lui prenant les mains. Vos chevaux ont été rapides comme le vent.

— Oui, nous n'avons qu'un quart d'heure de retard sur la diligence.

— Voulez-vous monter dans ma voiture ?

— Oui, dit Isabella en regardant les nuages à l'horizon.

Elle donna des ordres à son cocher pendant que de nouveaux chevaux étaient attelés à la voiture de Nicholas, et elle grimpa sur le siège à son côté. Le valet d'écurie attrapa habilement la pièce que le major lui lança.

— Donc, Harriet veut être dame de compagnie ? demanda-t-il en reprenant la route.

— Non, pas du tout.

— Mais alors, pourquoi s'est-elle enfuie ?

— C'est un noble sacrifice de sa part. Elle pense être un fardeau pour moi. Mais je crois que cela a quelque chose à voir avec nous, ajouta-t-elle pensivement. Vous et moi.

— Nous ?

— Notre attachement. Harriet a trouvé la situation très embarrassante.

— C'était plus qu'embarrassant ! s'exclama-t-il en riant.

Ils traversèrent le village de Froxfield à une allure raisonnable, puis laissèrent les chevaux prendre de la vitesse. Ils semblaient survoler les haies et les fossés. L'air était chargé des odeurs de la campagne. L'herbe, le crottin, la fumée. Isabella tint son chapeau d'une main pour l'empêcher de s'envoler.

— Cela ressemble un peu à une farce théâtrale, vous ne trouvez pas ? demanda son compagnon en riant.

— Une farce ?

— Imaginez cette scène au théâtre. Tout le monde se poursuivant. Nous avons tous les personnages nécessaires : la demoiselle en détresse, le méchant tuteur, l'affreux prétendant, et le fringant héros attendant en coulisses de faire son apparition.

— M. Fernyhough n'a rien de fringant. C'est un héros modeste et sincère.

— Un héros modeste, donc, concéda Nicholas en négociant un virage.

— Quel est mon rôle dans cette histoire ? demanda Isabella, amusée.

— C'est une énigme. Je ne sais pas ce que fait la Vénus de Botticelli dans cette pièce de théâtre. Peut-être êtes-vous là pour apprivoiser le cœur d'ogre du méchant prétendant ?

Le cœur d'Isabella tressauta. *J'aime cet homme.*

Une longue route droite apparut devant eux. À moins d'un kilomètre de distance, ils virent une autre voiture.

— Ah ! s'exclama Nicholas. La situation est en notre faveur.

Il lança les chevaux au triple galop. Le véhicule qui les précédait était une lourde diligence, avançant à une allure d'escargot. Quand ils la rattrapèrent, ils constatèrent qu'il s'agissait bien de la diligence de Bristol. Le toit était chargé de bagages, et trois malheureux passagers étaient assis sur les sièges extérieurs.

Nicholas cria au cocher d'arrêter. L'homme regarda fixement devant lui, ignorant ses cris.

Le major marmonna entre ses dents et fit passer sa voiture devant la diligence. Puis il mit les chevaux au trot, roulant au milieu de la route.

Isabella tint son chapeau encore plus solidement. Toutes sortes de bruits résonnaient autour d'elle. Le grondement des sabots et des roues, les cris des hommes. Puis la diligence finit par ralentir derrière eux.

Nicholas arrêta la voiture et lui tendit les rênes.

Isabella le regarda rejoindre la diligence alors que le cocher tempêtait contre lui.

— Nous cherchons une fugitive, dit-il en ouvrant brusquement la portière.

Il la referma d'un air sombre et discuta avec le cocher. Isabella n'entendait pas ce qu'il disait, mais elle devina qu'il décrivait Harriet.

Le cocher secoua la tête.

— Où est-elle ? demanda-t-elle quand Nicholas grimpa dans la voiture et reprit les rênes.

— Elle est descendue à Froxfield, répondit-il en dirigeant la voiture vers le côté de la route pour laisser passer la diligence.

Les passagers se tordirent le cou pour les dévisager avec curiosité.

— Froxfield ? Mais elle avait un billet pour Chippenham. Pourquoi serait-elle descendue plus tôt ?

— Elle a eu une longue conversation avec un client de l'auberge. Puis elle a demandé à récupérer ses bagages.

— Un homme ? s'exclama Isabella, affolée.

— Oui. Nous ferions bien de retourner à Froxfield. Et vite.

Isabella regarda les collines à l'horizon. Ils n'étaient pas loin de l'endroit où Harriet avait grandi.

— C'était peut-être le colonel Durham ? Le cocher vous a-t-il dit quel âge…

— C'était un homme jeune.

— Vous a-t-il dit si Harriet le connaissait ?

— Il m'a dit qu'elle était bouleversée, et qu'elle pleurait.

— Oh.

Ils reprirent la route en silence, ne s'arrêtant que près de la voiture d'Isabella qui les suivait à une allure modérée.

— Retournez à Froxfield, ordonna Nicholas au cocher, sans autre explication.

Ils parvinrent en vue de Froxfield. Isabella fixait anxieusement la flèche de l'église. Une fois dans la cour de l'auberge, elle descendit sans attendre que la voiture soit complètement arrêtée. Elle traversa la cour en courant et ouvrit la porte si brusquement qu'elle manqua heurter l'aubergiste.

— Une jeune fille est descendue de la diligence, dit-elle, hors d'haleine. Il y a environ une demi-heure. Elle a parlé avec un homme. Savez-vous où ils sont ?

Derrière elle, la silhouette immense de Nicholas bloquait la porte.

— Ils sont dans le salon, Madame, répondit l'aubergiste. Mais...

Nicholas passa devant eux et alla ouvrir la porte du salon pour s'y engouffrer. Isabella courut derrière lui.

— Harriet...

Elle se figea sur le seuil en découvrant la scène. Le petit salon comprenait un canapé, deux fauteuils et une petite table de chêne. Un homme se tenait devant la fenêtre. Recroquevillée dans le canapé, Harriet serrait un mouchoir dans sa main. Nicholas se dressait au milieu du salon. Il était grand, mais dans cette pièce au plafond bas, il paraissait encore plus grand. Tel un géant, vêtu d'une large cape. Un ogre. Il se tenait silencieux, pourtant la fureur irradiait de sa personne. Isabella eut l'impression de voir Harriet trembler de terreur.

— Monsieur Fernyhough, dit-elle en refermant la porte derrière elle. Je suis contente de vous voir.

Nicholas se retourna et sembla se détendre légèrement.

— Fernyhough ?

— Oui, fit Isabella en tendant la main au pasteur. Comment allez-vous ?

M. Fernyhough redressa les épaules et s'écarta de la fenêtre. Il passa à bonne distance du major pour venir s'incliner devant elle. « Je vous comprends, songea Isabella. À votre place, j'aurais peur aussi. » Nicholas réussissait à avoir l'air dangereux sans même hausser le ton.

— Que faites-vous ici ?

M. Fernyhough lança un regard craintif au major.

— Harriet... c'est-à-dire, Mlle Durham, m'a écrit pour me dire qu'elle quittait Londres afin de chercher un emploi à Chippenham. Je suis venu pour l'en dissuader, ajouta-t-il d'un air de défi.

— C'est très prévenant de votre part, commenta chaleureusement Isabella.

Elle regarda Harriet, recroquevillée dans le canapé. La jeune fille était si pâle qu'elle semblait sur le point de s'évanouir.

— Nous devrions prendre des rafraîchissements, suggéra-t-elle. Nicholas, voulez-vous demander à l'aubergiste de nous apporter une collation ?

Le major fit un bref signe de tête. Quand il fut sorti, le niveau de tension diminua nettement dans la pièce.

Isabella défit les rubans qui maintenaient son chapeau et l'enleva. Elle le posa sur la petite table de chêne, avec ses gants.

— Harriet, ma chère, reprit-elle en allant s'asseoir près de la jeune fille. Vous n'aviez absolument aucune raison de partir.

— Je ne pouvais pas rester, madame, chuchota Harriet. C'était impossible.

Nicholas revint dans le salon. Son expression était douce, mais Harriet et M. Fernyhough tressaillirent légèrement. Le sourire d'Isabella s'évapora.

Ne voient-ils que sa cicatrice ?

Harriet baissa les yeux et fixa son mouchoir.

— Monsieur Fernyhough, fit Nicholas en désignant la porte. Je désire vous dire un mot en privé.

— Bien sûr, Monsieur, balbutia le pasteur.

La porte se referma sur les deux hommes, et Harriet se mit à sangloter.

— Il va le tuer...

— Bien sûr que non !

Isabella inspira, et s'obligea à sourire avant de reprendre :

— Ma chère, je sais que vous avez quitté la maison avec les meilleures intentions du monde, mais je dois vous dire que ce n'était pas nécessaire du tout.

— J'étais une telle charge pour vous, bredouilla Harriet, le nez dans son mouchoir.

— C'est ridicule ! Ma cousine apprécie beaucoup votre compagnie, je vous l'ai déjà dit. D'autre part, j'ai une dette envers vous, car sans vous je n'aurais pas rencontré Nicholas.

Mais ces paroles ne purent arrêter le flot de larmes. « Comment mettre fin à ces sanglots ? » se demanda Isabella, désemparée. À son grand soulagement, la porte s'ouvrit de nouveau. M. Fernyhough se tenait sur le seuil. Elle lança un coup d'œil interrogateur à Nicholas derrière lui.

— Harriet ! s'exclama-t-il alors en entrant dans le salon. Il n'y a aucune raison de pleurer.

Harriet leva la tête.

— Il me semble que nous pouvons sans crainte laisser ces jeunes gens, déclara Nicholas avec un sourire en coin.

Il tendit la main à Isabella, qui se leva, et l'entraîna dans le couloir.

— Que se passe-t-il ? demanda-t-elle en le voyant refermer la porte.

— M. Fernyhough a quelque chose à dire à Mlle Durham, expliqua-t-il en se dirigeant vers la salle de l'auberge.

— Mais...

— Je pense qu'il va lui demander de l'épouser.

Il la conduisit vers la banquette placée devant la fenêtre. La pluie battait à présent les carreaux.

— L'épouser ? Mais il est tenu par le colonel Durham...

— Plus maintenant.

Nicholas fouilla dans sa poche et en sortit une lettre.

— Notre modeste héros a reçu une bonne nouvelle, et il pourra emmener l'héroïne à Gretna Green pour l'épouser ce mois-ci.

Isabella déplia la lettre et la lut rapidement.

— Une cure dans le Norfolk ? Oh, Nicholas !

— Qu'est-ce que je disais ? Une vraie pièce de théâtre. Tout est bien qui finit bien pour le héros et l'héroïne, et le rideau peut maintenant retomber. Et voilà l'épilogue de notre pièce de théâtre, ajouta-t-il en lui tendant une deuxième lettre.

Isabella déplia la feuille et vit que ce n'était pas une lettre, mais une licence de mariage portant le sceau de l'archevêque de Canterbury.

— Nicholas...

Il s'assit à côté d'elle et l'attira dans ses bras.

— Il arrive parfois que le méchant finisse par se marier et par être très heureux.

— Vous n'êtes pas un méchant !

— C'est pourtant le rôle qui m'est généralement attribué dans les pièces.

— Vous étiez peut-être le méchant pour Harriet, mais vous êtes mon héros !

Il l'embrassa en riant.

— Je vous aime.

— Je vous aime aussi... mon ogre, répondit-elle en respirant la délicieuse odeur virile qui imprégnait ses vêtements.

— L'ogre le plus chanceux d'Angleterre, ajouta-t-il avant de l'embrasser de nouveau.

Remerciements

Beaucoup de gens m'ont aidée à écrire ce livre. J'aimerais remercier particulièrement Maria Fairchild et Martin O'Hearn, qui ont relu et corrigé ce texte.

Et enfin, mes remerciements vont à mes parents. Sans le soutien qu'ils m'ont apporté, ce livre n'aurait jamais vu le jour.

14097

Composition
FACOMPO

Achevé d'imprimer en Italie
par GRAFICA VENETA
le 1er avril 2024

Dépôt légal : mai 2024
EAN 9782290396483
OTP L21EPSN002576-616312

ÉDITIONS J'AI LU
82, rue Saint-Lazare, 75009 Paris

Diffusion France et étranger : Flammarion